LE DUO

Impression : Libri Plureos GmbH, Friedensallee 273, 22763 Hamburg (Allemagne)

Traduction française: © 2025 Harper Bliss

Roman traduit de l'anglais par Audrey Smondack et Valentin Translation

Publié par Ladylit Publishing – First Page V.O.F., Belgique

ISBN-13 9789464339482

D/2025/15201/01

Titre original: The Duet

© 2022 Harper Bliss

ISBN-13 original: 9789464339154

HARPER BLISS

LE DUO

CHAPITRE 1
LANA

Sans Joan à mes côtés, c'est comme si je me lançais dans cette aventure amputée d'un membre ou, pire, une corde vocale arrachée. Je ne me sens pas entière, comme privée de mon essentiel. Ce n'est pas pour rien que notre nouveau single s'appelle *The Better Part of Me*.

— Je suis hyper excitée, s'exclame Billie. Let's go !

Les Lady Kings ont recruté Billie pour remplacer Joan il y a presque un an. Je devrais m'être habituée à elle. Dans un sens, c'est le cas, mais à bien d'autres égards et en toute partialité, elle ne sera jamais Joan, la meilleure guitariste qui n'ait jamais foulé cette terre et aux doigts les plus agiles qui soient, je suis bien placée pour le savoir.

Le fossé qui subsiste entre Billie et moi sera bientôt comblé par la tournée que nous sommes sur le point d'entamer. Un périple de deux mois à travers le pays, ça vous rapproche. Toutes les barrières sont sur le point de sauter, mais avant cela nous devons jeter un coup d'œil à notre première partie, The Other Women, et la représentation que le groupe va donner chaque soir. Ces filles ont intérêt à être à la hauteur. Je ne suis pas venue là uniquement pour assister à une répète. Les Lady Kings sont ici pour assister à une véritable performance.

Notre tour manager, Andy, nous accueille à l'entrée du Hollywood Bowl. Le premier concert de la tournée de retrouvailles des Lady Kings, si je puis dire, se jouera à domicile. Je ne saurais dire combien de fois nous nous sommes produites dans cette salle. Pour les Other Women, ce doit être la première. J'essaie de me souvenir de mon tout premier concert sur cette scène, en vain. Cela remonte à trop loin. Bien des années se sont écoulées et il s'est passé trop de choses depuis… comme la mort de notre guitariste.

La majeure partie de l'équipe est là. Certains nous accompagnent depuis des décennies, d'autres me seront bien assez tôt familiers.

Nous venons à peine de prendre place dans nos sièges que ça s'active sur scène. Le groupe ne veut pas nous faire attendre. Bien. J'ai des attentes à la fois élevées et faibles. Je n'aurais pas choisi les Other Women comme première partie, mais d'après notre maison de disques, ce choix est des plus logique. À vrai dire, je ne sais même pas pourquoi nous avons besoin d'une première partie. Nous sommes les Lady Kings, nom d'un chien. Quand j'entre en scène, la foule devient bouillante en une fraction de seconde. J'ai toujours su comment enflammer un public. C'est mon métier, ce que je sais faire. Or, les temps changent, et les Lady Kings n'ont pas tourné depuis près de dix ans.

Nous voilà donc devant les Other Women. Nous nous étions préparées. Nous avons regardé leurs clips sur YouTube. Nous avons écouté en boucle leurs morceaux sur Spotify. Nous avons épluché leurs photos, lu leurs biographies.

Roy, le manager qui nous suit depuis notre formation, au début des années quatre-vingt-dix, nous a dit :

— Le fait est que vous pourriez avoir besoin d'elles plus qu'elles n'ont besoin de vous.

— Ça reste à voir, a répondu Deb, notre batteuse.

— Ça file un coup de vieux.

Sam, notre bassiste, regarde la scène tandis que les Other Women prennent place.

— Quel âge ont ces gamines, déjà ?

— Elles ont la vingtaine, répond Billie. Et un énorme fan-club.

— Bonsoir ! lance la chanteuse dans le micro, avant d'être accueillie par une vague de réverbe qui transperce les tympans.

Elle recule et attend que l'un des techniciens du son lève le pouce.

— On la refait.

Si elle est intimidée de voir que tous les membres actuels des Lady Kings et leur équipe ont les yeux rivés sur elle depuis le premier rang du Hollywood Bowl, par ailleurs vide, elle le cache bien.

— C'est un honneur de jouer pour les reines du rock ce soir. Merci de nous emmener en tournée. On vous promet de ne pas vous décevoir.

— Et courtoises avec ça, marmonne Sam à mon oreille. Je savais pas qu'on pondait encore des jeunes comme ça.

— Elles le sont plus qu'on l'était à leur âge, déclare Deb. Ça, c'est certain.

Je les laisse parler, le regard braqué sur Cleo Palmer, la chanteuse. Bien que nous n'ayons rien de semblable, elle me rappelle moi, il y a bien longtemps, quand les Lady Kings ont pris d'assaut la scène musicale. Quand le public ne pouvait se passer de nous. Quand les agents de sécurité devaient former un bouclier humain autour de nous après chaque concert pour que nous puissions passer de l'entrée des artistes au bus de tournée sans être harponnées par des groupies hystériques. Une époque révolue.

Nos fans ont vieilli avec nous et, apparemment, de nos jours, la rencontre avec le groupe fait officiellement partie du package quand on achète un billet pour le concert. Je suis curieuse de voir comment cela se passera une fois que la tournée aura commencé.

— Vous connaissez peut-être ce premier morceau, annonce Cleo. Il s'appelle *Like No One Else*.

— Je rêve ! s'exclame Sam.

— Le culot de ces mômes, ajoute Deb.

— Ils vous roulent dans la farine avec leur courtoisie de façade, renchérit Billie.

Je ne peux que pouffer de leur effronterie.

Like No One Else ! C'est juste notre morceau le plus emblématique, notre plus grand succès. Notre première partie commence par une reprise. Je ne sais pas si je dois être flattée ou outrée.

— Y a intérêt à ce que ce soit bien ! leur lance un membre de l'équipe.

Les Other Women répondent par les premiers accords de notre morceau.

— Est-ce qu'elles sont toutes des femmes, au moins ? J'entends dire derrière moi. Pour moi, la bassiste ne ressemble pas à une fille. Et, en y réfléchissant bien, cette batteuse…

Une voix féminine les fait taire. Même quand on fait partie d'un groupe composé exclusivement de femmes, on doit parfois faire fermer son clapet aux hommes de son entourage.

Je remarque à peine la bassiste, la batteuse, ou la guitariste des Other Women, qui joue un riff avec un panache que Joan aurait approuvé. J'ai les yeux rivés là où il le faut. Le sentiment que j'ai eu quand j'ai découvert les Other Women se voit confirmé. Cleo Palmer est née pour la scène. Je serais incapable de détourner le regard, même si je le voulais. Sa présence, la façon dont elle se sert de sa voix, la façon dont son corps se contorsionne contre le pied du micro, la note aiguë tenue de façon spectaculaire à la fin du refrain. Tout est là, et cela retient toute mon attention.

C'est indéniable, Cleo Palmer est une star. Il se peut que Roy ait eu raison. C'est peut-être nous qui avons la chance de tourner avec elle et non l'inverse.

Quand le morceau se termine, elles ont déjà conquis tous ceux qui composent le petit public de ce soir.

— Putain, elles sont douées, s'exclame Billie, bluffée.

— Je confirme, dis-je, tandis qu'une idée germe dans ma tête.

Puisque nous partons en tournée avec les Other Women, avec une fille comme Cleo Palmer, autant en faire bon usage.

CHAPITRE 2
CLEO

Ouvrir le bal avec le plus grand succès des Lady Kings était un choix audacieux. Je ne me suis pas lancée dans le métier pour être une gentille fille et ne faire que ce que l'on attend de moi, bien au contraire. Et, quel pied de regarder Lana Lynch droit dans les yeux pendant que je chantais cette chanson à pleins poumons ! J'ai eu des années de pratique. Quand nous avons formé le groupe, *Like No One Else* a été le premier morceau que nous avons appris à jouer, même si c'est la première fois que nous le jouons devant un public. J'espère que Lana a été impressionnée.

Je lui jette un dernier regard, laissant la dernière note de notre set s'éteindre dans ma gorge. Nous n'avons plus l'habitude de jouer pour un public aussi restreint. Or, il se rattrape par un tonnerre d'applaudissements. Lana frappe dans ses mains, les bras levés. Je rêve ou elle vient de m'adresser un hochement de tête approbateur ? Je ne vais pas tarder à le savoir.

— Merci, tout le plaisir est pour moi, je lance à l'auditoire. J'ai hâte de rejouer ici dans quelques jours.

Deux doigts sur le front, je leur adresse un salut militaire et quitte la scène.

Dans les coulisses, je suis rejointe par les membres de mon groupe.

— C'était mortel ! s'exclame Daphne. Tu as tout déchiré.

Je frappe dans la main de notre guitariste, Tim et Jess à sa suite.

— Tu crois qu'on les a impressionnées ?

Vu le sourire en coin de Tim, ce n'est pas une question.

— Grave !

— Cleo ?

Je me retourne.

— Lana aimerait te parler, m'annonce Roy, le manager des Lady Kings. Quand tu auras une minute.

— Madame veut te voir, me taquine Daphne. Tu ferais mieux ne pas la faire attendre.

— Pff, gémit Jess.

Elle a toujours eu le béguin pour Lana Lynch.

— Viens avec moi, je lui propose.

Jess pousse un soupir pour se reprendre.

— On part en tournée avec elles. Je devrais réussir à avoir mon petit moment à moi avec Lana.

— Va ! m'encourage Tim. Tu as dû lui en mettre plein la vue.

Je suis Roy jusqu'à la scène où Lana est entourée des autres membres de son groupe. Ce ne sera donc pas un tête à tête.

— Bien joué, me félicite Billie, la nouvelle guitariste des Lady Kings, le pouce levé.

— Je peux te voir une minute ?

Même lorsqu'elle parle, Lana a une voix grave et rocailleuse.

— Bien sûr.

— Quelle audace !

Nous montons quelques marches.

— Commencer par *Like No One Else*.

— C'était un hommage, évidemment.

Quand je m'adresse à Lana Lynch, je me fiche de passer pour la fan absolue. Tous les membres de mon groupe citeraient les Lady Kings comme l'une de leurs influences.

— Vous lui avez fait honneur et ça m'a donné une idée.

Lana s'appuie sur un banc.

— Merci.

C'est surréaliste de savoir que nous allons tourner avec nos idoles. Nous nous préparions à faire une tournée en tête d'affiche avec notre propre première partie, mais nous y avons volontiers renoncé pour avoir la chance de tourner avec les Kings. Toutes les quatre, à l'unanimité, sans hésiter la moindre seconde.

— Tu as peut-être entendu parler de ce duo que j'ai fait avec Isabel Adler, poursuit Lana.

— Le single tant attendu de ton retour.

J'essaie de garder mon sang-froid. Depuis sa sortie, j'ai écouté en boucle *I Should Have Kissed You*, ce que je n'aurais jamais pensé faire avec une chanson avec Isabel Adler.

— Je l'adore.

— Oui. Et donc, pendant la tournée, que dirais-tu que toi et moi, on la chante ensemble ?

Lana me fixe de son regard sombre.

— T'es sérieuse ?

— Oui.

Elle bat des cils une fois.

— D'accord, enfin, si tu penses que je suis à la hauteur.

Il ne reste plus grand-chose de l'audace dont j'ai fait preuve plus tôt.

— Bien.

Elle plonge les mains dans ses poches.

— Je ne te l'aurais pas proposé si je ne t'en croyais pas capable.

— Merci. Je suis partante.

— Il va falloir qu'on répète à fond. La tournée commence

dans trois jours. Je dois en parler au groupe, mais je me disais qu'on pourrait l'ajouter au rappel. Histoire que les gens rentrent chez eux avec de bonnes vibes !

De bonnes vibes lesbiennes, suis-je à deux doigts d'ajouter, mais je me retiens. J'ignore pourquoi. Je suis sûre que je pourrais dire une chose pareille à Lana. Seulement, je ne la connais pas très bien, du moins pas encore.

— Oui, je renchéris à la place de tout ce à quoi je pense.

Je peux difficilement me reprocher d'avoir des étoiles dans les yeux. Lana Lynch et les Lady Kings sont des légendes du rock, et non seulement mon groupe va assurer la première partie de leur concert, mais je vais aussi monter sur scène avec Lana.

— Tu peux venir chez moi demain ?

Si Lana est excitée à cette idée, elle ne laisse rien transparaître. Il faut dire qu'elle a la réputation d'être d'un calme olympien dans les circonstances les plus folles.

— On fera d'abord quelques essais sans le groupe. On verra si nos voix s'accordent.

On dirait qu'elle a décidé cela sans en parler aux autres membres des Kings.

— Ça va de soi. Ton heure sera la mienne.

Tant pis pour le milliard de trucs que j'ai à faire avant de quitter la ville pour deux mois, je bouclerai tout en moins de temps que prévu. Outre le fait que je veuille partir du bon pied avec Lana, je serais prête à tout annuler pour avoir la chance de chanter durant quelques heures avec elle.

— Roy te donnera toutes les infos. Merci, petite.

Petite. Et moi qui commençais à nous considérer comme des égales.

— Tu as du talent. Il faudrait être aveugle pour ne pas le voir.

Purée. Voilà que je me mets à rougir. Fait chier, cette peau d'Irlandaise. La dernière chose que je voulais, c'était de rougir devant Lana Lynch. Heureusement, la nuit est tombée et l'endroit où nous nous trouvons n'est pas très bien éclairé.

— Merci, je balbutie.

Lana acquiesce d'un hochement de tête et s'en va.

J'ai beau respirer un bon coup, je ne me suis toujours pas remise de mes émotions quand je rejoins les membres de mon groupe. Je leur rapporte la proposition que Lana m'a faite.

— J'hallucine ! s'exclame Jess. Pourquoi je n'arrive pas à chanter comme toi, nom de nom ?

Jess s'est toujours refusée à jurer avec nous.

— Putain, tu vas monter sur scène avec elles !

Tim saute pratiquement de joie.

— C'est pas encore fait, je tempère. C'est plus une audition qu'autre chose d'aller chez Lana demain.

— Allons, Cleo, dit Daphne. Lana sait ce que tu es capable de faire avec ta voix. Tu as dû l'impressionner ce soir. C'est pour ça qu'elle te l'a demandé. Et puis, elles seraient bêtes de ne pas mettre ce morceau sur leur set list. Elle est en tête du classement depuis des mois. C'est probablement pour cette raison qu'elles repartent en tournée.

— On verra bien.

Je bouillonne d'impatience. J'ai hâte d'être à demain.

— Ce soir, je paie ma tournée. Allez, venez.

Nous nous rendons dans notre bar préféré de Silver Lake, où j'avale bien trop de shooters pour tenter de noyer ma nervosité.

CHAPITRE 3
LANA

— Je n'ai que cinquante-quatre ans, fais-je remarquer à Roy au téléphone. Je n'en suis qu'à la moitié du second acte.

Avec la vie que j'ai menée, et sachant depuis la mort soudaine de Joan à quel point elle peut être fragile, j'exagère un peu, mais quand on veut faire passer un message à son manager, c'est comme ça qu'on doit procéder.

— Tout de même, me répond Roy.

Au loin, la sonnette de la porte d'entrée retentit.

— Les biopics d'artistes font fureur ces temps-ci. Et Faye Fleming a exprimé son intérêt pour jouer ton rôle. Ça pourrait être génial.

— Ce n'est vraiment pas le bon moment, si tu veux mon avis.

— Je t'envoie le scénario quand même. Il est dément, Lana. Je n'essaierais pas de te convaincre d'accepter si c'était de la merde.

On frappe à la porte.

— Oui, je réponds.

— Super, lance Roy dans le haut-parleur.

— Ce n'est pas à toi que je m'adressais, Roy. Quelqu'un vient d'arriver. Je dois te laisser.

La porte s'ouvre, et mon assistant, Logan, apparaît sur le seuil. Je lève un doigt pour lui signaler que ma conversation téléphonique sera terminée dans une minute.

— Emporte le scénario en tournée. Lis-le au lit, comme tu aimes le faire.

— Je suis plus fiction.

Ma vie n'en est pas une, et ce n'est pas en lisant une version hollywoodienne de celle-ci que je me détendrai après un concert.

— On en reparlera plus tard.

Sans plus de cérémonie, Roy raccroche.

— Cleo Palmer est là.

La voix de Logan est beaucoup plus aiguë qu'à l'ordinaire.

— Super.

Je leur fais signe d'entrer. Un peu de chant me remettra d'aplomb et me fera oublier ce film, qui est la méthode hollywoodienne par excellence pour tirer profit de mon chagrin. Or, je ne laisserai personne s'offrir en spectacle la mort de Joan, un autre moyen de générer du fric. Toutes les Faye Fleming du monde ne parviendront pas à me faire changer d'avis sur ce point, même si je dois admettre qu'il est plutôt flatteur de voir qu'une actrice comme Faye veut jouer mon rôle.

— Salut !

Cleo m'adresse un signe timide de la main.

— Merci beaucoup de m'avoir invitée dans ta si jolie maison.

Où est passée la jeune femme qui, hier soir, a fait trembler la scène à tel point que tous les spectateurs ont été renversés ?

— Ça va, Cleo ?

Je scrute son visage. Ses yeux sont un peu rouges, et de sombres demi-lunes les soulignent, un regard que je connais bien pour l'avoir vu dans le miroir tout au long des années quatre-vingt-dix.

— Longue nuit ?

— On a pris une cuite sans la voir venir hier soir, mais je vais bien.

— Logan, j'interpelle mon assistant, qui s'attarde près de nous, peux-tu nous apporter une grande quantité d'eau, s'il te plaît ?

— Tout de suite.

— Ce serait un euphémisme de dire que Logan est fan des Other Women.

Je décoche un sourire à Cleo.

— D'ailleurs, merci d'être venue. Je sais que ça peut être un peu intimidant de se présenter seule chez moi.

— Et d'essayer de chanter cette chanson avec toi.

Cleo glousse comme une écolière nerveuse. Si elle est comme moi, sa nervosité fondra comme neige au soleil dès qu'elle aura un micro entre les mains.

— On s'y met ?

La tournée commence dans deux jours. Nous n'avons pas de temps à perdre.

— Je ne cherche pas la perfection, d'accord ? Loin de là. On s'améliorera au fur et à mesure de la tournée.

La partie d'Isabel Adler dans cette chanson ne représente pas un tour de force vocal, elle ne peut plus chanter comme avant. Ce qui compte, c'est l'intention, le ton et le souffle. La musicalité pure du minimalisme. La façon dont elle ne s'efforce pas d'égaler la puissance de ma voix. Le contraste entre nous deux. Cleo va devoir baisser considérablement le ton.

— J'ai été surprise que tu me proposes ça. Ma voix n'a rien à voir avec celle d'Isabel Adler.

— Hmm, je marmonne, avant de hocher la tête.

Joan aurait été parfaite pour chanter la partie d'Isabel. Seulement, Joan n'est pas là.

— Ne cherche pas à lui ressembler. Tu as raison, ta voix est différente de la sienne, mais elle l'est aussi énormément de la mienne, c'est pour ça que ça devrait fonctionner à merveille.

Je la conduis jusqu'à l'angle de la pièce où se trouvent plusieurs instruments, même si nous n'en aurons pas besoin aujourd'hui.

Logan revient avec cinq bouteilles d'eau.

— Ça devrait t'aider, assure-t-il à Cleo. Si tu as besoin d'autre chose, dis-le-moi. Je suis là pour toi.

Cleo lui sourit, ressemblant déjà un peu plus à son personnage de scène qu'il y a quelques minutes.

— Merci, Logan. C'est gentil.

— Je pense que ça ira.

D'un clin d'œil, je congédie Logan.

— J'ai les paroles imprimées ici.

Je tends une feuille de papier à Cleo, ainsi qu'une bouteille d'eau.

— Je les connais par cœur, assure-t-elle, mais c'est toujours bien de les avoir sous les yeux.

Cleo porte une salopette en jean qui est, j'en suis certaine, passée de mode il y a des décennies. Encore un de ces trucs qui sont revenus à la mode sans que je m'en aperçoive. En dessous, elle porte un haut rose pâle qui, curieusement, ne détonne pas avec la couleur de ses cheveux, à mi-chemin entre le blond et le roux. La tête renversée, la gorge offerte, elle boit goulûment la bouteille d'eau et n'a rien d'une rock star. Elle ressemble davantage à une de ces starlettes de la pop dont l'image et la musique ont été fabriquées de bout en bout par une maison de disques, qui espère s'en mettre plein les poches pour avoir associé le style de personne qu'il fallait à une chanson accrocheuse et surproduite.

— Vous avez été fantastiques hier soir. J'ai hâte de partir en tournée avec ton groupe.

Je m'assieds sur un tabouret à côté d'un des pieds de micro.

— Je te remercie. Ça me touche beaucoup venant de toi.

Les joues de Cleo rosissent très légèrement, comme si son rougissement se limitait à un petit cercle, juste sous ses pommettes. Cela lui redonne bonne mine. C'est peut-être cette image que les groupes de rock veulent donner de nos jours, des jeunes gens pleins de vertu et de bonnes vibes. Les temps ont bien changé par rapport à notre âge d'or. Le public accorde de l'importance à d'autres choses.

— Tu es d'accord pour faire quelques essais a cappella ? Histoire de s'imprégner un peu de l'énergie de l'autre ?

— Tout ce que tu voudras.

La voilà, cette lueur dans ses yeux qui perce le masque de la fille timide. Encore une trace de la jeune femme qui est montée sur scène hier soir. Il faut dire aussi que Cleo est là sans son groupe, sans ses renforts.

Elle penche la tête.

— Je peux te demander un truc ?

— Bien sûr.

— Tu étais nerveuse à l'idée d'enregistrer cette chanson avec Isabel Adler ?

— Nerveuse ? Non.

Quand il s'agit de chanter, de se produire sur scène, la nervosité n'a jamais cours chez moi. J'ai rencontré beaucoup d'artistes qui avaient un trac terrible avant un concert. Je n'en fais pas partie.

— Pas pour le chant, en tout cas, je corrige. J'appréhendais de la rencontrer. Avec tout ce qu'elle a traversé…

— Toi aussi, tu as traversé beaucoup de choses.

Le bon moyen d'ébranler mon calme apparent. Je jette un coup d'œil au mur opposé, où la guitare préférée de Joan, une Gibson Les Paul, est accrochée telle la pièce maîtresse d'un musée, sans trop savoir quoi lui répondre.

— Ça s'entend dans ta voix, surtout dans cette chanson, poursuit Cleo. C'est peut-être parce que c'est un duo.

— Peut-être.

Un sourire aux lèvres, je regarde Cleo qui s'est installée confortablement sur le tabouret à côté de moi. Je l'aime bien. Peut-être que je pourrais être sa mentore, ou un truc dans le genre, non pas qu'elle en ait besoin.

— Je suppose que tu connais la mélodie ?

— Je connais cette chanson comme si je l'avais écrite.

Cleo range avec ostentation la feuille de papier qui contient les paroles.

— On y va ?

Elle se tourne vers moi et me regarde droit dans les yeux.

Pour la première fois depuis longtemps, je sens mes joues rougir, prise au dépourvu par une bouffée de chaleur inattendue.

CHAPITRE 4
CLEO

Je chante cette chanson comme jamais, et je le sais. C'est ce que je fais le mieux et c'est un pur régal d'avoir Lana Lynch à mes côtés. Et dire que j'étais nerveuse avant de venir ici ! Des milliers de personnes paient cher pour me voir faire ce que je fais en ce moment même. Seulement, dans cette pièce, il n'y a que Lana et moi, et elle s'y connaît, elle aussi, en chant. Sa voix est tellement sensuelle et grave, comme une note de basse mélodieuse qui vous frappe sans relâche en pleine poitrine, un son auquel je suis devenue accro il y a longtemps.

— Peut-être qu'on devrait aussi la faire a cappella pendant la tournée, je suggère, après que nous avons chanté *I Should Have Kissed You* à quelques reprises et trouvé un groove incomparable, comme si nous étions faites pour l'interpréter ensemble.

— Je n'en suis pas si sûre, conteste Lana, prenant très au sérieux ma remarque. Je pensais en faire le dernier morceau du set et je ne devrais peut-être pas exclure le groupe.

— Oh, bien sûr que non ! Ce n'était qu'une idée. J'ai parlé sans réfléchir. Ça m'arrive parfois.

— J'apprécie ta contribution. Et, tu as raison. Ça sonne bien sans accompagnement musical, mais on devrait au moins l'essayer avec le groupe, parce qu'on va la faire cette chanson, c'est clair. Si tu es partante. Tu ne pourras pas aller faire la fête avec les membres de ton groupe dès la fin de ton concert.

— Et manquer ne serait-ce qu'une seconde de votre concert ? Jamais de la vie !

Lana ne sait probablement pas ce que son groupe représente à mes yeux. De toute évidence, elle n'est pas du genre à papoter, à voir la façon dont elle m'a fourré un micro dans les mains alors que je venais à peine de franchir la porte. Elle agit comme une femme qui court après le temps. Tiens ! Ça pourrait faire une bonne ligne de couplet, mais je peux difficilement la noter maintenant, surtout quand j'ai la chance de pouvoir discuter avec Lana Lynch.

— C'est la même chose tous les soirs.

— Oui, mais quand même.

Je lui adresse un grand sourire.

— On en reparlera dans quelques semaines, me fait-elle.

— Sérieusement, Lana, c'est vraiment un honneur pour moi de chanter avec toi. Je suis fan des Lady Kings depuis que je suis haute comme trois pommes. J'ai toujours écouté vos morceaux. Si les Other Women existent, c'est en grande partie grâce à vous. On veut devenir comme vous quand on sera grandes, si tu vois ce que je veux dire.

Je n'ajoute pas que nous aurions pu tourner en tête d'affiche au lieu de jouer en première partie. Cela n'a pas d'importance. Il n'y a pas plus grand rêve que de le faire pour les Lady Kings.

— Merci.

Lana sourit à peine. Même à son âge, elle reste beaucoup trop cool pour ça.

— C'est gentil de ta part.

— C'est la vérité.

— Vu le nombre de bobards débités dans ce milieu, ça fait plaisir à entendre, insiste Lana.

— On a vraiment hâte de partir en tournée.

— Nous aussi, même si l'on est un peu rouillées. Ça fait longtemps qu'on n'a pas tourné et, deux mois, c'est long quand on est loin de chez soi.

— C'est pas comme ça que je vois les choses. Cette tournée, c'est un immense cadeau pour nous, mais je comprends que ce soit différent pour vous.

— Hmm.

Lana semble en avoir assez des bavardages.

— Tu es d'accord pour qu'on prenne une petite photo pour Insta ? Notre manager a insisté.

Jess va sauter au plafond, même si elle sera sûrement un peu jalouse aussi. Elle aura bien l'occasion de prendre des selfies avec Lana Lynch. À cet égard, deux mois, c'est long.

— J'imagine que ça fait partie du marché de nos jours, soupire Lana. Billie est sur les réseaux sociaux. C'est un employé de la maison de disques qui gère mes comptes.

Elle esquisse un geste dédaigneux de la main.

— Personnellement, je ne vois pas l'intérêt de ces machins-là.

Je manque de dire : « tu n'es pas vieille à ce point-là. » Je sais que Lana a cinquante-quatre ans. Ma mère, qui a récemment fêté ses soixante ans, est sur les réseaux sociaux, sauf que ma mère n'est pas une icône du rock qui a des millions de followers.

Je sors le téléphone de la poche arrière de ma salopette.

— Prête ?

Lana hoche la tête.

Je me serre contre elle. Elle est un peu plus grande que moi. Jusqu'à présent, nous avons utilisé chacune un micro pour chanter notre duo, mais alors que je brandis mon téléphone pour prendre la photo, je me dis que, peut-être, pour le dernier refrain, quand ça commence à chauffer dans la chanson, nous devrions partager le micro.

J'inspecte le cliché que j'ai pris.

— Tu es géniale sur la photo, je constate. Moi, beaucoup moins. On peut en faire une autre ?

— Montre-moi ça.

Lana tend la main et, avec une docilité qui m'est étrangère, je le lui donne.

— Qu'est-ce que tu racontes ? me dit-elle. Tu es superbe. Qu'est-ce qui ne va pas sur cette photo ?

— J'ai les yeux à moitié ouverts. J'ai une mèche de cheveux en travers de la joue.

Et puis, je ne suis pas aussi photogénique que Lana. L'objectif semble davantage aimer ses cheveux bruns, courts et brillants et ses flamboyants yeux marron.

— N'importe quoi.

Elle me rend mon téléphone.

— Si c'est si important pour toi, on peut en prendre une autre. Mais, pour info, je te trouve magnifique.

Elle appuie sa remarque d'un sourire chaleureux.

— Pour celle-ci, on peut peut-être faire semblant de chanter dans le même micro, je hasarde.

— Comme tu veux.

Elle me regarde avec un sourire jusqu'aux oreilles, comme si c'était bien la seule fois qu'elle comptait m'accorder une faveur ridicule de ce genre.

— Cette tournée va faire le tour des réseaux sociaux, tu te rends compte ?

— Oui.

Lana a l'air de se moquer éperdument de ce qui est, de nos jours, l'élément essentiel qui permet aux nouveaux groupes de percer. Elle n'a pas à s'en soucier. Elle possède déjà un manoir à Laurel Canyon. Quantité de ses disques ont été numéro un au classement. Si le nombre de fans a diminué durant la longue pause des Kings, beaucoup sont restés fidèles à leurs idoles, car The Lady Kings n'est pas n'importe quel groupe.

Même si je n'étais qu'une enfant lorsqu'elles ont connu le succès, je sais à quel point c'était difficile, pour un groupe de rock composé exclusivement de femmes, de se faire prendre au sérieux dans les années quatre-vingt-dix. The Lady Kings a ouvert la voie à des groupes comme The Other Women. Elles ont enduré un tas de conneries qui paraîtraient inconcevables de nos jours.

Je rapproche le pied de micro, et nous prenons place. Au lieu de faire semblant, Lana chante le refrain de *I Should Have Kissed You*, et je l'imite. L'image qui en résulte est tout bonnement parfaite, si je puis me permettre.

Nous allons bien ensemble, et j'ai hâte de monter sur scène avec elle à la fin du concert. Lana et moi, derrière le micro, en train de chanter ce morceau, au moment où le public est le plus chaud. Cette chanson est lente, sensuelle, pleine de sous-entendus. Bon nombre de gens dans la foule deviendront fous avec un titre pareil, c'est certain. Nos deux groupes ont un public plutôt queer. Ce sera parfait pour clore le concert, Lana a raison sur ce point. Cela ramènera aussi un peu l'attention sur la première partie, ce qui est une bonne chose pour les Other Women.

— Tu es libre demain matin pour répéter avec le groupe ? me demande Lana.

Pas vraiment, mais comment dire ? Je peux difficilement refuser.

— Oui.

— Ça va cartonner, s'exclame-t-elle, une pointe d'excitation dans la voix. Tu es douée, ma petite. Très douée.

Remplie de fierté, je rechante quelques fois la chanson à pleins poumons.

CHAPITRE 5
LANA

Le premier soir de la tournée, je suis plus nerveuse que prévu. Quand je regarde Billie, je comprends pourquoi. Billie est une femme merveilleuse et une guitariste hors pair, mais elle n'est pas Joan.

Étant donné que je suis la chanteuse du groupe, on m'a toujours considérée comme la figure de proue pleine de sang-froid. Si, moi, j'ai le sang-froid, alors Joan était de glace polaire. Rien ne semblait l'ébranler. Quand quelque chose me tapait sur les nerfs, je n'avais qu'à tourner les yeux dans sa direction. Elle me rendait mon regard avec le plus grand des calmes, et je savais que tout irait bien. Cela marchait à merveille jusqu'au jour où elle s'est effondrée par terre et ne s'est plus jamais relevée. C'est ainsi que l'enveloppe physique de Joan Miller a cessé de fonctionner. Elle est morte en moins d'une minute.

Billie est le contraire de Joan. Elle est tout, sauf calme. Même si je le comprends, puisque c'est sa première grande scène avec les Lady Kings, cela me fait bondir.

Depuis notre loge en coulisses, nous entendons le concert des Other Women. Je me demande comment Cleo se sent. Tout à l'heure, leur batteuse, Jess, n'arrêtait pas de me regarder, comme si elle cherchait à se rassurer, comme je le faisais avec Joan.

— Je vais voir comment elles se débrouillent, j'annonce aux membres de mon groupe. Je suis curieuse.

— Je t'accompagne, déclare Sam, avant de me suivre. Comment tu te sens ?

Elle me donne un petit coup d'épaule et ajoute :

— Revenir après toutes ces années, sans Joan, c'est pas une mince affaire. On en est toutes conscientes.

— Ce soir, on joue pour elle.

Je verse dans le mélodrame malgré moi.

Sam tend son poing, et j'y cogne le mien. Alors que nous nous approchons de la scène depuis les coulisses, la musique devient trop forte pour que nous puissions confortablement échanger.

Immédiatement, mon regard est attiré par Cleo. Le morceau que les Other Women jouent atteint son point d'orgue. Cleo est plongée dans la musique et se cramponne à son pied de micro. Lorsque la batteuse met fin au morceau en quelques coups de cymbales, Cleo revient instantanément à elle. Même si elle se tient de profil, je vois bien qu'elle affiche un immense sourire.

— Vous êtes géniaux, les gars ! crie-t-elle au public.

Elle a raison. La foule est en délire ce soir. The Other Women est loin d'être un groupe qui débute. À voir les premiers rangs du public, il y a fort à parier que bon nombre de ces gens sont venus ici pour voir le groupe de Cleo plutôt que le nôtre. Nos fans ne sont plus aussi jeunes et rebelles. Cela me rappelle le bon vieux temps, quand je m'émerveillais chaque soir de ce que le rock'n'roll faisait aux gens, de la frénésie dans laquelle il les plongeait, de ce que les fans étaient prêts à donner. Une fille qui a le charisme de Cleo doit recevoir un tas d'offres, décentes, comme indécentes.

— C'est vraiment un honneur de jouer ici, pour vous et pour les seuls, les uniques Kings ! lance Cleo.

Elle se tourne vers les coulisses et me décoche un clin d'œil. Cette fille est au top niveau, croyez-moi. Elle surfe sur le haut de vague, quand la confiance en soi, qu'on doit à la performance, est à son pic, un sentiment que je ne connais que trop bien. Je lui rends son clin d'œil, car je ne tiens pas à stopper une artiste en plein élan. Cleo Palmer est une vraie de vraie, c'est certain.

— La vache, s'exclame Sam. Cette Cleo, c'est quelque chose !

— Hmm.

C'est ma réponse habituelle à de nombreuses affirmations.

La batteuse donne le coup d'envoi de la chanson suivante et, bien que notre set démarre bientôt et que je doive commencer mon rituel d'avant spectacle, je reste plantée là. Cleo et son groupe me fascinent. Merde, ça va être dur de passer après eux. Cela dit, je ne permettrai pas, quels que soient le talent des Other Women et le phénomène que ce groupe représente, que notre première partie nous éclipse, surtout à la toute première soirée de notre retour. Quand je vois à quel point ils sont remarquables, j'ai envie de les égaler, de poursuivre la soirée avec la formidable énergie qu'ils ont générée pour nous. Je sens que le public sera fou de joie quand je ramènerai Cleo sur scène à la fin du spectacle.

Je respire un bon coup, fais apparaître l'image de Joan lorsqu'elle jouait l'intro de *Like No One Else*, avec toute l'intrépidité et l'arrogance d'une déesse du rock, et dis à Sam :

— Viens. C'est l'heure de la causerie d'avant-match.

———

Je n'aurais pas dû m'en faire. Billie joue comme si l'esprit de Joan s'était logé au plus profond de ses tripes. La basse de Sam est toujours aussi lascive et percutante. Les coups de Deb sur sa batterie semblent s'être synchronisés aux battements de mon cœur. Quant à moi, je fais ce que j'ai toujours fait. Je me laisse porter par la passion du public, par la façon dont il hurle mon nom, comme si j'étais bien plus qu'une femme en pantalon de cuir qui s'époumone sur un air de rock. Je chante à plein gosier, arpentant la scène comme s'il s'agissait d'un podium qu'on aurait monté uniquement pour moi. Je joue avec la foule comme d'une marionnette. Je lui donne tout ce que j'ai, et elle me rend bien plus.

Quand enfin nous arrivons au morceau *Like No One Else*, je suis convaincue que beaucoup ont oublié la version des Other Women. Je me demande aussi pourquoi nous avons cessé de jouer de la musique. La réponse me reviendra bien assez tôt, lorsque je rentrerai chez moi et que la maison sera vide. La brutalité avec laquelle Joan a été emportée n'a pas seulement été un choc physique pour nous. Son absence soudaine a changé nos vies et notre vision des choses, de tout. Sa mort nous a bouleversées sur le plan personnel et en tant que groupe. Pour ma part, elle a tué mon amour pour la musique. Elle a tout assourdi, comme si le noir et le blanc avaient soudainement replacé toutes les couleurs de l'arc-en-ciel de la vie. Je n'ai pas perdu ma voix. Cependant, pendant très longtemps, j'ai eu l'impression que je n'avais plus le droit de l'utiliser, du moins pas comme avant, quand Joan était à mes côtés. Comme Isabel Adler, il a fallu que je la retrouve. En ce sens, il est logique que cette chanson en duo que nous avons enregistrée ait signifié le retour des Lady Kings sans Joan.

Après que les applaudissements nourris de notre plus grand succès se sont calmés, je marque une pause. Je reste immobile et balaie du regard la foule, tous ces gens qui sont venus nous voir jouer ce soir.

— La prochaine chanson s'appelle *The Better Part of Me*.

Ma voix fait quelque chose qu'elle ne fait jamais sur scène. Elle tremble.

— Et elle est pour Joan Miller.

Je n'aime pas du tout ces tremblements, alors je les dissimule à ma façon, la seule que je connaisse. J'ajoute une touche théâtrale. Je lève deux doigts, j'en embrasse le bout et, d'un souffle, j'envoie mon baiser vers le ciel, comme si Joan était là-haut en train de nous regarder. Si j'ai appris une chose au cours de ma longue carrière musicale, c'est que le public adore les gestes chargés d'émotions. Il répond par de bruyants applaudissements étonnamment sereins.

— Tu nous manques, Joan, crie quelqu'un dans la foule.

À vous comme à moi.

Deb compte la mesure à rebours et, malgré la fluidité suprême de notre jeu jusqu'ici, malgré l'enthousiasme de la foule, malgré le fait que les membres de mon groupe jouent comme si leur vie en dépendait, alors que j'entame le premier couplet, tout me semble soudain bancal, pas tout à fait comme il faut. Billie vient se coller à moi et je joue le jeu, mais ça sonne faux. Je ne peux pas lui reprocher de ne pas être Joan, et je ne le fais pas, mais ce n'est pas pareil sans elle. Joan et moi nous connaissions si bien que je pouvais anticiper chacun de ses mouvements.

Je tâche de faire de mon mieux parce que je chante cette chanson pour elle, mais elle me rappelle trop cette place dans mon cœur qui était la sienne et qui sera à jamais froide sans elle.

Lorsque je détourne le regard, j'aperçois Cleo et les membres de son groupe. Son sourire est accompagné d'un léger hochement de tête, comme s'il existait entre nous une entente secrète. Au lieu de m'énerver, je me laisse emplir d'un peu de chaleur, comme lorsque j'ai su que, après des années sans le groupe et sans faire de musique, je devais leur rouvrir mon cœur si je voulais avoir la vie que Joan aurait souhaitée pour moi. C'est ce que j'ai fait, et maintenant je suis là. L'interprétation que je donne de cette chanson pour Joan est loin d'être parfaite, mais je m'améliorerai avec le temps, tout comme la douleur causée par sa perte s'est adoucie au fil des ans.

À la fin du morceau, nous sommes récompensées par la plus grande salve d'applaudissements de la soirée, et c'est comme si chaque claquement de mains du public se répercutait au plus profond de mon âme.

CHAPITRE 6
CLEO

Quand je vois la façon dont Lana joue avec la foule, la façon dont elle livre sans effort un spectacle inoubliable, je me dis que je suis en train d'assister à un cours du maître absolu.

Les Lady Kings en sont à leur deuxième série de rappels. Je vais bientôt entrer sur scène. Je suis plus excitée que nerveuse. Je m'apprête à chanter aux côtés du maître devant dix-huit mille personnes, devant une foule si bouillante qu'elle est sur le point de fondre tant Lana l'a galvanisée.

Le sol sous mes pieds tremble tandis que le public tape du pied et en redemande. Je les soutiens pleinement. Moi aussi, je veux encore entendre Lana. Je veux que cette soirée ne s'arrête jamais, mais avant cela je dois chanter.

— Je te dis merde, murmure Jess à côté de moi.

— J'ai hâte, ajoute Tim.

Mon propre groupe ne m'a pas vu le faire, ne m'a pas vu chanter aux côtés de Lana Lynch.

Comme nous l'avions convenu, elle remontera sur scène en premier, sans les membres de son groupe.

Elle passe devant moi sans me regarder. Elle doit encore être sous le coup de l'euphorie provoquée par la scène, de cette sensation délirante que l'on ne peut comparer à rien d'autre.

La main sur le cœur, Lana remercie la foule.

— Nous avons une dernière chanson pour vous ce soir, annonce-t-elle.

Quelqu'un s'écrie « *I Should Have Kissed You* », parce que c'est une évidence.

— Bonne réponse, confirme Lana, mais je vais avoir besoin d'aide pour la chanter.

Le public hurle de joie. Génial. Je viens à peine de comprendre qu'ils s'attendent à une apparition surprise d'Isabel Adler.

— Isabel Adler n'a pas pu être présente ce soir, mais j'ai trouvé une personne exceptionnelle avec qui chanter notre chanson.

Une personne exceptionnelle ? Pendant une fraction de seconde, je me demande si Lana a engagé quelqu'un d'autre que moi pour ce duo. C'est alors qu'elle se tourne vers moi, nos regards se croisent et tous mes doutes s'envolent.

— Je vous demande d'applaudir Cleo Palmer.

Le public n'a pas l'air tant déçu qu'il s'agisse de moi.

Je salue la foule tout en rejoignant Lana. Bien qu'elle soit encore l'incarnation de la classe, elle est beaucoup plus affable sur scène. Elle me tend les bras comme si nous étions des amies qui s'étaient perdues de vue depuis longtemps. Cela fait partie du jeu. Il faut procurer au public autant d'émotions que possible. J'avance dans les bras de Lana, une étreinte typique du showbiz, tout en légèreté, une grande quantité d'air entre nos deux corps.

Je me place derrière le second micro. Les hurlements de la foule sont plus que suffisants pour me remettre dans le bain. Je trouve les yeux de Lana, ces deux perles sombres et brûlantes, elle me fait un signe de tête, puis nous nous lançons dans notre duo.

A cappella, Lana entame le premier couplet, et je n'arrive pas à détacher mes yeux d'elle. Lorsqu'elle chante, quelque chose change dans l'atmosphère. Les vibrations qui nous entourent se déplacent. Je connais si bien sa voix, et voilà que je suis sur le point d'y mêler la mienne. Nous entonnons en chœur la dernière ligne du premier couplet. Nos regards se croisent, nous marquons une pause avant de nous lancer ensemble dans le refrain. Même s'il n'y a pas d'accompagnement instrumental, notre version est beaucoup plus puissante que l'originale. Elle n'est pas meilleure, mais différente en raison des circonstances dans lesquelles nous la chantons. Dans le refrain, nos voix flirtent l'une avec l'autre, se culbutent et se retrouvent au bon moment.

Alors que je chante les premiers mots du deuxième couplet, je réalise que c'est de loin le meilleur moment de ma vie, chanter cette chanson au Hollywood Bowl avec mon idole de toujours, Lana Lynch. Je ferme les yeux un instant et mets toute mon émotion dans les paroles. La foule est silencieuse, presque solennelle. Est-ce un moment aussi spécial pour elle que ça l'est pour moi ?

Lana se joint de nouveau à moi pour le refrain suivant. Cette fois-ci, nous chantons toutes les paroles, progressant lentement jusqu'au bouquet final. Quand je rouvre les yeux, parmi les milliers de visages, je vois aussi des milliers de téléphones braqués sur nous. Demain, cela fera le tour d'Internet. Je me demande ce qu'Isabel Adler en pensera, si même je le saurai un jour.

Dans le dernier couplet, nous alternons les phrases, et la chanson se fait plus sensuelle, mais aussi pleine de regrets. Cela parle de quelque chose qui aurait dû se produire, qui aurait pu se produire, mais qui ne s'est jamais fait. *I Should Have Kissed You* est une chanson sur deux femmes qui étaient folles l'une de l'autre, mais qui n'ont jamais pu être ensemble. Elle a été l'hymne saphique par excellence dès sa sortie. C'est une autre raison pour laquelle elle compte autant pour moi.

Pendant la pause entre le dernier couplet et le refrain, Lana s'approche de moi. Le regard qu'elle me lance remue quelque chose dans mon ventre, bien que cette sensation vertigineuse puisse tout aussi bien être attribuée à l'hallucinante position dans laquelle je me trouve. Non seulement je chante cet hymne saphique aux côtés de Lana Lynch, mais elle a également pris en compte mon idée de le faire a cappella, partageant le micro pour le dernier refrain, afin d'accroître la magie sur scène.

C'est quelque chose d'intime que de chanter dans le même micro que quelqu'un. L'épaule de Lana se frotte à la mienne. La chaleur que dégage son corps est hors norme. Son visage est trempé de sueur à force d'être restée sous les projecteurs toute la soirée, et je peux voir des gouttes perler sur son front. La figure de Lana n'a jamais été suffisamment symétrique pour qu'elle soit considérée comme une beauté classique et pourtant, en ce moment même, comme ça a presque toujours été le cas, je trouve qu'elle est la plus belle femme du monde.

Elle a du caractère et du cran, et les rides qui le démontrent se plissent autour de ses yeux. Elle est si froide et si chaleureuse à la fois que c'en est exaspérant.

Lorsque nous approchons de la dernière note de l'ultime chanson de cette première soirée de notre tournée, le fourmillement dans mon ventre explose. Lana me regarde dans les yeux, comme si nous chantions rien que pour nous, rien que pour l'une pour l'autre, et non pas pour une foule de milliers de personnes. Je sais que c'est pour faire le show, que c'est encore une manière de donner au public ce qu'il veut, et pourtant cela me paraît véritablement réel. Et puis il y a ces paroles que nous venons de chanter : « Même si je ne l'ai pas fait, j'aurais dû t'embrasser il y a longtemps. » Si elle m'embrassait maintenant…

Le grondement de la foule m'arrache à la bêtise dans laquelle mon cerveau ivre s'est égaré. Lana passe un bras autour de mes épaules et salue la foule. Je fais de même. Je me serre un peu contre elle, parce que je le peux, et aussi parce que mon corps y semble enclin. Quelles que soient l'image que je m'étais faite de ce moment, l'émotion que je m'attendais à ressentir, ce n'est rien comparé à la réalité de l'instant, ce que l'on éprouve lorsque son plus grand rêve devient réalité. Lorsqu'on partage une scène, une chanson et un micro avec Lana Lynch, on ne peut pas être déçu.

Lana et moi saluons la foule, puis, à ma grande surprise, elle baisse le bras et prend ma main dans la sienne pour partir. Elle la lâche dès que le public ne peut plus nous voir. Elle se tourne vers moi.

— Je te l'avais dit, petite. Un carton.

Elle agite les sourcils et disparaît dans le petit groupe qui s'est formé autour d'elle.

Les membres de mon groupe m'encerclent. Les yeux de Jess brillent de larmes.

— Tu as géré, une fois de plus ! me félicite Tim. C'était hallucinant.

Ah ? Tout ce dont je me souviens, c'est que Lana me regardait dans les yeux avec une telle intensité que j'étais contente d'avoir un pied de micro auquel me raccrocher. Quoi qu'il en soit, le premier duo de cette tournée allait forcément me chambouler. Je me laisse envahir par l'exaltation, l'euphorie d'avoir chanté avec mon idole.

— C'était un moment fort, assure Daphne. On aurait pu entendre une mouche voler, je te jure. Le public était totalement scotché.

— Moi aussi, murmure Jess, comme si elle sortait d'une hypnose.

Un membre de l'entourage des Lady Kings se joint à nous.

— After chez Lana. Une voiture vous attendra à l'extérieur.

— Putain, s'exclame Tim d'un air ahuri. C'est ça, notre vie maintenant. C'est ouf, non ?

C'est ouf. Et la nuit ne fait que commencer.

CHAPITRE 7
LANA

Je ne voulais pas nécessairement organiser cette fête après notre premier concert, mais par expérience, je sais qu'il faudra quelques heures pour que la montée d'adrénaline s'estompe. Je ne pourrai dormir que tard dans la nuit, et cette tournée se doit d'être fêtée. Le concert a été incroyable. La première soirée est toujours particulière, car c'est le début d'une aventure et tout le monde est plein d'énergie. C'est l'effervescence, et nous avons besoin de décompresser ensemble.

Lorsque j'arrive chez moi, les pièces sont allumées et il y a des gens dans mon salon. On échange des félicitations. L'ambiance est amicale et pleine d'espoir, car la tournée ne fait que commencer et la camaraderie est de rigueur si l'on doit passer des heures ensemble dans les bus et les chambres d'hôtel.

Je discute avec les uns et les autres pendant une heure environ, passant du salon à la cuisine. J'espère qu'on a prévenu mes invités que les trois membres fondateurs des Lady Kings ont maintenant la cinquantaine et que, par conséquent, le tapage des afters des tournées précédentes ne sera pas toléré. Tu parles ! La tension dans mes muscles ne relâche pas. L'excitation dans ma chair ne semble pas près de s'estomper. Comme tous les autres ici ce soir, je suis gaie comme un pinson, et nous partageons tous le sentiment de démarrer une aventure d'extraordinaire. Car, cette tournée est spéciale. Elle aurait très bien pu ne jamais avoir lieu. Nous avons à nouveau dit oui à la vie, à la vie que nous avons connue. Nous avons enregistré un nouveau disque. Nous avons mis du cœur, et la perte de Joan, dans nos nouvelles compos et nous leur faisons voir du pays maintenant.

— Ça roule ? me lance un des membres des Other Women tout en m'adressant un petit signe de tête, l'air décontracté.

— Tim, c'est ça ?

— Le seul et unique Other Women qui s'identifie comme un homme.

Il me sourit.

— J'étais en train de piller ton frigo. Je venais chercher des bières.

— Excellent concert, Tim. Vraiment génial.

— Merci.

Il ouvre le réfrigérateur et en sort, sans vergogne, quatre bouteilles de bière IPA de premier choix.

— Merci pour la binouze. Et pour l'after. On est grave contents d'être là. On risque d'être un peu bourrés ce soir.

— Amusez-vous bien.

C'est un voyage dans le passé que de partir en tournée avec un groupe beaucoup plus jeune. On revit sa jeunesse, on a l'impression d'avoir l'avenir devant soi.

— Dis… Jess, notre batteuse, elle a un gros crush pour toi et elle n'ose pas te parler. Genre, pas du tout. Est-ce que ça te dérangerait de lui faire sa journée en passant quelques minutes avec nous ? Elle ne saura pas où se mettre, ce sera trop mimi.

— Bien sûr.

Je prends deux bières des mains de Tim.

— On y va maintenant, ça te dit ?

— Oh, ben oui !

Tim me guide jusque dans un recoin du salon occupé par les

Other Women et quelques membres de leur entourage. À mon approche, l'ambiance se tend.

— Tiens.

Je donne à Jess une des bières.

— Oh, euh… Merci beaucoup, mademoiselle Lynch. Enfin, Lana.

La pauvre. Tim avait raison. J'espère que son béguin passera. Deux mois dans ces conditions, ce n'est amusant pour personne. Je donne l'autre bière à Daphne dont le jeu de guitare, ce soir, aurait suscité l'admiration de Joan.

— Je trinquerais bien à ce fabuleux concert d'ouverture avec une première partie de choix, mais je me retrouve les mains vides, dis-je.

Jess se lève d'un bond.

— Je vais vous en chercher une.

Elle s'en va d'un pas pressé.

— Je te l'avais dit, commente Tim.

— Je devrais peut-être vous laisser, je suggère, je ne voudrais pas perturber votre batteuse. Vous avez besoin d'elle.

— Oh non, non ! s'empresse de répondre Daphne. Je t'en prie, reste.

Elle se déplace sur le divan qu'elle occupe et tapote la place à côté d'elle.

— Jess va s'y faire.

— Elle craque sur toi depuis qu'elle a douze ans, explique Tim. Tu peux me croire, j'en sais quelque chose.

Je jette un coup d'œil à Cleo, qui est silencieuse. Elle est assise et se contente de siroter sa bière, une expression béate sur le visage. Elle n'est toujours pas redescendue de son nuage.

— Tenez, Lana.

Jess est revenue et s'incline presque lorsqu'elle me présente une bière bien fraîche.

— Merci. Tu peux me tutoyer.

Je lui adresse un sourire chaleureux tout en cherchant à me

souvenir de la dernière fois que j'en ai pincé pour quelqu'un. Joan et moi sortions ensemble depuis des lustres, et bien que nous n'ayons pas toujours été monogames, je n'arrive pas à me souvenir d'une autre fille qu'elle. Lorsqu'elle nous a quittés, ma capacité à éprouver des sentiments pour une autre femme est morte avec elle. Cela reviendra peut-être, maintenant que nous reprenons notre ancienne vie de rock stars. Ce n'est pas forcément quelque chose que j'espérais ou attendais.

Je lève ma bouteille pour porter un toast avec les Other Women.

— À la tournée !

— Qu'est-ce que ça fait d'être de retour sur scène après tout ce temps ? s'enquiert Tim, qui est manifestement le moins intimidé du groupe.

— Ça fait un bien fou, je réponds, comme si c'était couru d'avance que nous allions revenir.

C'était exaltant de monter sur scène, de me glisser dans mon ancienne peau et de savoir qu'elle me va encore, peut-être pas aussi parfaitement qu'avant, mais la vie est passée par là.

— Le rappel avec Cleo était génial, murmure Jess.

La mention de son nom fait lever la tête de Cleo. Elle croise mon regard. Je lui adresse l'ombre d'un sourire.

— Merci. Cleo a beaucoup de talent.

— Les membres de mon groupe n'ont pas toujours été de mon avis, pour le dire poliment, intervient Daphne, mais Isabel Adler est géniale. J'ai grandi avec ses chansons, grâce à ma mère qui est fan d'elle. L'original avec Isabel est tellement bien que j'avais un peu peur d'entendre cette nouvelle version, mais vous avez assuré. Le public était captivé.

— Cette version est différente. Cleo n'est pas Isabel. Leurs voix sont aux antipodes.

— Comment c'était ? demande Daphne. D'enregistrer cette chanson avec Isabel Adler ? Comment elle est, *en vrai* ?

Cleo garde le silence pendant que je parle à Daphne d'Isabel

Adler, dont le retour sur le devant de la scène est l'un des plus beaux de l'histoire de la musique. Le fait qu'Isabel soit redevenue chanteuse après avoir perdu sa voix, dont on peut lire les détails sordides dans sa biographie, a incité mon groupe à retenter sa chance. Tout comme Isabel, pour moi, une vie hors des planches, sans concert, sans les membres de mon groupe à mes côtés, ce n'est pas une vie.

— Quand on sera à New York, je te la présenterai, je promets à Daphne.

— Arrête !

Elle porte les mains à sa bouche.

— Il faut que je fasse venir ma mère en avion, que je lui offre le plus beau jour de sa vie.

— Il y a des célébrités qui sont venues te voir en coulisses après le concert ? demande Tim. On est à L.A. après tout.

— Pas le soir d'une première.

Cela nous flattait au plus haut point qu'une star de cinéma nous rende visite en loge et nous cire un peu les pompes. Parfois, nous finissions par faire la fête avec quelques-unes d'entre elles. Or, cette époque est révolue depuis longtemps.

Jess nous montre l'écran de son téléphone.

— D'après le hashtag TheLadyKingsInHollywood sur Insta, il y avait pas mal de stars dans le public ce soir.

Daphne s'empare du téléphone de Jess et fait défiler l'écran. Je comprends que ce soit un événement à leurs yeux. Lorsque nous avions une vingtaine d'années, nous étions comme les Other Women, bien qu'Instagram n'existait pas encore.

— Comment vous avez vécu la soirée ?

J'essaie de capter le regard de Cleo, mais elle fixe du regard le mur. Je commence à penser qu'elle a pris quelque chose. Elle ne serait pas la seule à planer ce soir, et je serais la plus grande des hypocrites si je n'autorisais pas les substances illégales à circuler dans cette fête. Les Kings étaient les premières à prendre un petit remontant à la fin des années quatre-vingt-dix.

Or, cette époque-là aussi est révolue. Avec le temps, on comprend que ces cycles se répètent sans cesse avec chaque nouveau groupe qui prend son envol, et les Other Women sont bien en train de prendre le leur.

Cleo fait ce qu'elle veut, mais je me fais du souci, peut-être parce que je suis suffisamment vieille pour être sa mère. Pourtant, les Other Women sont bien plus sages que nous ne l'étions à leur âge. Une publication bien rédigée sur les réseaux sociaux semble bien plus les amuser qu'une bonne ligne de coke.

Sans rien dire, Cleo se lève et quitte la pièce.

— Elle va bien ? demandé-je.

— Mais oui, rétorque Jess d'une voix qui semble normale pour la première fois de la soirée. Ne fais pas attention à Cleo. Elle est toujours comme ça après un concert. Il lui faut du temps pour redevenir elle-même.

— OK.

Je comprends. C'est éprouvant de se produire ainsi sur scène, de retenir l'attention de milliers de personnes, chanson après chanson. Certains s'en nourrissent, comme moi. J'ai toujours reçu de mon public bien plus que ce que je pouvais lui donner. Certains artistes, eux, ont besoin de se replier sur eux-mêmes avant de revenir sur terre. Cleo est une artiste doublée d'une chanteuse dans un groupe de rock, je l'ai bien vu quand je me suis approchée d'elle pour le dernier refrain de *I Should Have Kissed You* et qu'elle a joué le jeu comme si elle avait toujours fait ça, me répondre sur scène.

— Lana ! appelle-t-on depuis une autre pièce. Lana, t'es où ?

L'esprit encore tourné vers Cleo, persuadée d'être la personne la plus indiquée pour lui donner des conseils sur la façon de gérer le blues d'après concert, je me lève.

— Je ferais bien d'aller voir ce qui se passe. À plus.

C'est plus fort que moi, j'adresse un petit clin d'œil à Jess, histoire de lui donner de quoi faire de beaux rêves ce soir.

CHAPITRE 8
CLEO

J'enlève mes chaussures, retrousse mon jean et laisse pendre mes pieds dans la piscine de Lana. J'ai besoin de sortir de ce cafard qui s'est installé en moi. J'allais parfaitement bien après la fin de notre concert. Nous avons donné un grand spectacle, la majorité du public qui attendait leurs idoles longtemps disparues de la scène n'a pas été déçue et il se peut même que nous ayons converti quelques curieux en fans. Le fait de voir les Lady Kings se produire m'a aidé à me recentrer, et lorsque le moment est venu pour moi d'accompagner Lana au micro, j'étais gonflée à bloc et au taquet.

Pourtant, pendant que Lana et moi chantions, quelque chose s'est passé en moi. Certes, c'était un honneur, et mon rêve est devenu réalité, mais depuis que j'ai quitté la scène, depuis qu'elle m'a si brusquement lâché la main, une sorte de chagrin a pris place en moi, comme un étau serré autour de mes tripes dont je n'arrive pas à me débarrasser.

J'aimerais être à l'intérieur en train de faire la fête avec le groupe. Tim va bientôt se mettre à danser, il est toujours le premier à le faire. Daphne suivra bientôt. Jess hochera la tête au rythme de la musique jusqu'à ce que ce soit plus fort qu'elle, qu'elle surmonte sa gêne et qu'elle rejoigne Tim et Daphne sur la piste de danse improvisée.

Au lieu de cela, je m'appuie en arrière sur les mains et regarde le ciel. Je pense à Lana, assise ici, seule, la nuit, profitant de la vue. *Lana par-ci, Lana par-là.* Je ne pense qu'à elle depuis qu'elle m'a regardée dans les yeux pour me chanter, du moins ai-je eu l'impression qu'elle chantait pour moi, qu'elle aurait dû m'embrasser. À tel point que, tout à l'heure, lorsqu'elle nous a rejoints, les membres de mon groupe et moi, dans le salon, j'ai dû partir.

C'est comme si Lana Lynch, de près et en personne, le tout amplifié par la magie d'être sur scène avec elle, c'en était trop pour moi, pour mon cerveau. Espérons que je passe vite à autre chose, car il nous reste encore deux mois à monter sur scène ensemble. Va-t-elle me regarder dans les yeux comme ça tous les soirs ? Va-t-elle passer son bras autour de mes épaules ? Va-t-elle me prendre la main lorsque nous quitterons la scène, avant de la lâcher dès que le public ne nous verra plus, comme si je n'étais qu'un vulgaire accessoire ?

C'est possible. C'est ça, le showbiz. C'est notre métier. Je le sais, mais…

— Hé, petite.

Quand on parle du loup. Pourquoi s'évertue-t-elle à m'appeler *petite* ? J'aurai trente ans l'année prochaine. Ce n'est pas comme si je sortais du lycée.

— Ça va ?

Elle s'accroupit à côté de moi.

— Juste pour que tu le saches, je crois bien que la fête va migrer à l'extérieur et que ce petit moment de paix au bord de la piscine va être brutalement interrompu.

— Merci de m'avoir prévenue.

— Les membres de ton groupe m'ont dit de ne pas m'inquiéter pour toi, que tu pouvais mettre du temps à redescendre, mais sache que tu peux te confier à moi, OK ? Si tu en as envie.

Lana manque de perdre l'équilibre et pose une main sur mon épaule pour se rattraper.

— Merci.

Je jette un coup d'œil à sa main posée sur mon épaule. Ses doigts y sont fermement accrochés.

— C'est gentil, mais ça va.

Je ne peux pas parler à Lana de ce que j'éprouve en ce moment. Je ne sais même pas ce que je ressens au juste, pourquoi mon euphorie d'après concert s'est transformée en blues. Au fond, je le sais peut-être. J'ai peut-être une idée de ce que ça m'a fait de jouer avec Lana et, dans ce cas, je ne peux pas en parler. Je ne peux le dire à personne, car c'est tout simplement ridicule.

— Aux dernières nouvelles, Daphne commençait à enlever ses vêtements.

Lana se relève. Elle me tend la main.

— Allez, viens.

Je regarde à nouveau sa main. Où veut-elle que j'aille avec elle ? Je ne devrais pas accepter de la suivre. Seulement, quand Lana Lynch demande de faire quelque chose, on ne peut pas dire non.

Je sors les jambes de l'eau et laisse Lana m'aider à me relever. Je ramasse mes chaussures et, les pieds mouillés, je la suis.

Elle m'entraîne derrière le pavillon de la piscine jusqu'à un chemin qui mène à un petit bosquet d'arbres. Nous marchons encore quelques mètres, mes pieds nus accrochant toutes sortes de débris, jusqu'à ce que nous atteignions une petite clairière où trônent deux fauteuils de jardin en bois qui font face aux collines d'Hollywood.

— De tous les endroits du monde, c'était le préféré de Joan, me dit Lana.

— Waouh.

Je m'appuie sur la balustrade.

— Je comprends pourquoi.

J'entends de grands ploufs qui proviennent du pavillon de la piscine. Lana m'a sauvée à temps de la fête qui se transforme visiblement en pool party sauvage.

— Ça ne te dérange pas, tous ces gens dans ta maison ?

— C'est une tradition. Joan et moi avons toujours organisé une fête le premier soir d'une tournée. Ce serait bête de rompre avec la tradition maintenant.

— Tu t'amuses bien ?

Je contemple les lumières au loin. Malgré le bruit de la fête, ce lieu reculé est paisible.

— Oui. Et toi ?

Lana se tient à côté de moi. Tant qu'elle ne me regarde pas dans les yeux comme elle l'a fait sur scène tout à l'heure, ça devrait aller. Je me répète que ce n'était qu'un numéro. Lana sait comment donner à la foule ce qu'elle demande.

— Je viens de passer la meilleure soirée de ma vie, alors oui.

— Tu es sur le point d'en vivre plein d'autres, des soirées comme celle-ci.

Je hoche la tête.

— La soirée a été éprouvante, c'est tout.

— Comment te sens-tu quand tu es sur scène ? Qu'est-ce que ça te fait ?

Lana semble s'intéresser sincèrement à moi.

— C'est comme si…

Je détourne le regard.

— Comme si c'était la drogue la plus folle au monde. Comme si j'avais quitté mon corps. Comme si les trucs qui me dérangent dans la vie réelle n'avaient plus d'importance. Comme si je savais, avec certitude, même s'il est impossible de savoir un truc pareil, que si je donne tout ce que j'ai, le public le recevra et passera la soirée de sa vie. Mais, si je donne moins, si je doute trop de moi ou si je commence à réfléchir et me mets à penser, ne serait-ce qu'une seconde, que je suis une petite prétentieuse, le masque tombera. Tout le monde me percera à jour.

— Eh ben, ma petite, dur, dur ! Pas étonnant que tu sois épuisée.

— Je t'en prie, Lana, peux-tu…

Je me tourne pour la regarder.

— Quoi, donc ?

Elle a un sourire plaqué sur les lèvres.

— Peux-tu arrêter de m'appeler *petite* ? Ça me donne l'impression d'être… je sais pas. Comme si je ne savais pas ce que je faisais.

— C'est vrai. Pardon. Je ne voulais pas te blesser. Je disais ça sans réfléchir.

Elle me donne une petite tape sur le bras.

— J'essaierai de m'en souvenir.

Elle retire sa main.

— C'est peut-être parce que ton groupe et toi, vous me donnez l'impression d'être vieille.

— Lana, si tu te voyais sur scène !

Je passe la main dans le dos pour prendre mon téléphone dans la poche de mon jean, avant de me raviser. Je n'ai pas besoin de lui montrer à quoi elle ressemble sur scène.

— Merci, pe…

Elle se reprend.

— Désolée. C'est terriblement condescendant, je m'en rends compte. Comme si je ne te prenais pas au sérieux parce que tu es née quelques décennies après moi.

— Ton expérience te donne le droit de…

— D'être méchante ? Je ne crois pas.

Elle me sourit à nouveau.

Des bruits sourds proviennent de la piscine, suivis d'un cri de douleur déchirant.

— Et c'est reparti pour un tour, commente Lana sur un ton

détaché. On ferait mieux d'aller voir quel idiot va rater la tournée.

— Appelez une ambulance, crie-t-on, tandis que Lana et moi quittons notre petit coin tranquille qui surplombe les collines pour nous rendre à la partie de débauche qui se déroule au bord de la piscine.

— Je n'ai pas besoin d'ambulance.

Un homme appartenant à l'entourage des Lady Kings est allongé sur le dos et se tient la cheville.

— Rick a raté son saut, explique Andy, le manager du groupe.

— Emmène-le à l'hôpital, insiste Lana, même s'il proteste.

— Ce sera fait.

— La stupidité n'a ni âge ni genre.

Lana pose à nouveau une main sur mon épaule.

— Tu viens d'en avoir un parfait exemple.

Elle me presse un peu l'épaule et, sans autre commentaire, disparaît à l'intérieur de la maison.

Je retrouve les membres de mon groupe et accepte volontiers la bière que Tim me tend. Lana et moi aurons tout le loisir de terminer notre conversation. J'ai aussi le sentiment que, fracture de la cheville ou non, la fête est loin d'être finie.

CHAPITRE 9
LANA

C'est peut-être parce que c'est notre dernier concert à Los Angeles, ou parce que Cleo a semblé vivre à fond l'instant lorsque nous avons tenu la toute dernière note ensemble que je suis plus émotive que d'habitude au moment de quitter la scène.

— Elisa Fox est là, m'annonce Andy tout en me tendant une serviette. Et elle a amené Nora Levine !

— Merveilleux.

Je m'assure d'avoir l'air un peu sarcastique. Tout ce qu'Andy avait à dire avant de se mettre à débiter des noms de stars de cinéma, c'était que le concert était génial.

— Qu'as-tu pensé du concert ?

— Le grand jeu, comme d'habitude, Lana. Tu as tout déchiré. Le public exultait. Les billets qui circulent sur le marché noir pour le reste de la tournée se vendent à des milliers de dollars.

Nous tournons à l'angle de la scène. Logan, qui m'attendait là, me tend une bouteille d'eau.

— Elisa est venue sans son apollon de mari, explique Andy, comme si le fait qu'Elisa sorte seule ce soir lui donnait comme par magie une chance avec elle. Son équipe m'a contacté. Elle meurt d'envie de te rencontrer. J'ai ta permission de les emmener, Nora et elle, dans les coulisses après que tu te seras douchée ?

— On n'avait pas planifié une rencontre avec des fans qui ont payé une somme astronomique pour nous serrer la main ?

— Ils peuvent attendre. Ils en ont déjà eu plein les yeux, de toute façon. La rencontre avec Elisa et Nora ne prendra pas beaucoup de temps.

Underground, la série télévisée à succès d'Elisa Fox, a fait d'une des chansons les moins connues des Lady Kings une révélation en l'utilisant comme générique, alors je suppose que nous avons une dette envers elle, même si elle n'y est personnellement pour rien dans le choix de notre chanson pour la série dont elle est la vedette, mais bien sûr, je vais jouer le jeu. Dans le monde dans lequel nous vivons, cet univers parallèle où la célébrité est importante et où les notions d'élite et de star de seconde zone ont cours, c'est le genre de choses que l'on fait. On joue le jeu en espérant une récompense à la fin. Seulement, depuis que Joan est morte et que j'ai appris en accéléré ce qui comptait dans la vie, être en vie, je vois tout ceci d'un autre œil.

— J'aime beaucoup *Underground*, dis-je à Andy.

C'est une série géniale qui met en scène des espionnes lesbiennes ultra-sexy. Je devrais peut-être la revoir durant cette tournée.

— Et comme la plupart des gens sur cette planète, j'ai regardé la série de Nora une dizaine de fois.

— Parfait. Je vais m'arranger pour que tu les voies. Merci, Lana.

— Tu as vérifié auprès des filles si elles étaient d'accord ? crié-je à Andy, mais il a déjà disparu à l'angle du couloir.

Mon petit doigt me dit qu'il n'y aura pas que les Lady Kings, Elisa et Nora dans la loge tout à l'heure.

———

Quand je serre la main d'Elisa Fox, cela me fait l'effet d'une décharge électrique. Cette femme respire l'élégance. Nous échangeons les politesses d'usage et exprimons notre admiration mutuelle. La mienne à son égard augmente chaque seconde que je passe avec elle. Alors que je contemple ses yeux marron aguicheurs, j'envisage d'organiser un after de dernière minute. Hélas, nous prenons la route le lendemain, et je n'ai plus vingt ans ni même trente ou quarante, d'ailleurs. Et puis, Elisa Fox est mariée à un homme.

— Le groupe qui jouait en première partie était incroyable, s'extasie Nora. La dernière chanson que vous avez jouée ensemble… Waouh !

Je vois qu'elle est sincère.

— The Other Women est un groupe remarquable. Cleo Palmer a ce truc. Je crois qu'on appelle ça le facteur X de nos jours.

— C'est une star, renchérit Nora.

— Vous voulez rencontrer les Other Women ? offre Andy. Ils sont dans la loge voisine, et ils doivent rêver d'être dans cette pièce en ce moment même.

Elisa et Nora sont d'accord, et l'on s'agite. Je reste en retrait et bois encore un peu d'eau. Roy a engagé pour moi un coach personnel afin que je sois en forme pour cette tournée, mais je me sens toujours lessivée, comme si mes muscles avaient besoin d'au moins deux semaines de repos, comme si mon corps avait complètement perdu l'habitude de faire ce qu'il faisait auparavant sur scène sans le moindre effort.

Comme souvent, mon regard est attiré par Cleo. Elle semble prendre son pied à rencontrer Nora Levine. Elisa est complètement accaparée par Andy.

Un quart d'heure s'écoule avant que nous nous disions au revoir, comme si nous étions désormais les meilleures amies du monde et que nous allions bruncher ensemble un dimanche sur deux.

— Putain, je rêve.

Cleo s'enfonce dans le canapé, l'air un peu hébété.

— Qu'on me pince, s'il vous plaît.

— Quand Cleo et moi, on s'est rencontrés, elle avait encore des posters de Nora Levine sur le mur de son dortoir, raconte Tim.

— Normal ! rétorque Cleo.

Tim s'affale à côté d'elle et passe un bras autour de ses épaules.

— Et dire que je viens de rencontrer Nora Levine !

Elle lève une main et se caresse précautionneusement les doigts.

— Elle m'a serré la main.

— Eh ben, ma Cleo ! s'exclame Daphne qui s'assied à côté d'elle.

On croirait assister à une comique petite pièce de théâtre improvisée. Manifestement, ils ont oublié qu'ils étaient dans ma loge. L'éclat des Lady Kings est déjà effacé.

— T'es accro.

— Oui, mais faut dire que c'est pas tous les jours que Nora Levine vous dit qu'elle a aimé votre concert.

— Je connais quelqu'un qui va faire de très beaux rêves ce soir, plaisante Sam.

Entre-temps, Jess s'est approchée de moi.

— Dis, euh… Lana, je peux te parler d'un truc, quand tu auras un instant ?

— Bien sûr, Jess. Qu'est-ce qu'il y a ?

— Est-ce qu'on peut… Euh…

Elle regarde autour d'elle et désigne une porte.

— Est-ce qu'on peut se voir seul à seul une minute ?

Il ne faut pas avoir une maîtrise en psychologie pour savoir de quoi elle veut me parler. Elle doit simplement vouloir me dire ce qu'elle a sur le cœur avant de prendre la route. C'est certainement la chose la plus intelligente à faire.

— Bien sûr.

Je la suis dans la salle d'eau attenante, la tenue trempée de sueur que je portais sur scène encore accrochée au dos du battant.

— C'est un peu gênant, commence Jess dès que j'ai refermé la porte derrière nous, mais je me suis dit : « Si Cleo paraît aussi baba devant une star, alors je dois l'être aussi. »

Ses yeux se promènent nerveusement dans la pièce.

— Ce que Cleo ressent pour Nora Levine, c'est ce que je ressens pour toi. C'est juste que… La plupart du temps, je ne sais pas où me mettre en ta présence, ce qui devient un peu pénible pour être tout à fait honnête. Te voir jouer tous les soirs n'aide pas. Et cette chanson que tu chantes avec Cleo…

Elle soupire.

— Je suis désolée. Ce n'est pas de ta faute. Je ne te demande rien.

Elle laisse échapper un petit rire nerveux.

— Je ne suis pas *assez* bête pour te demander quoi que ce soit, c'est juste que… enfin, je voulais juste que tu saches que… parce que, bon, on va vivre en promiscuité pendant les deux prochains mois, et je voulais te rassurer, je serai toujours respectueuse envers toi, mais, euh, au cas où tu te demanderais pourquoi je suis bizarre, c'est à cause de ça. J'ai un gros crush pour toi, Lana.

D'innombrables personnes, hommes et femmes confondus, se sont entichées de moi à des degrés divers, simplement parce que je chante dans un groupe de rock. Là, c'est différent. Jess est, en quelque sorte, une collègue à présent. Elle est jeune, vulnérable, elle me livre ce qu'elle a sur le cœur et j'ignore comment gérer une telle situation. Je savais que ça allait arriver. J'aurais dû réfléchir avant de lui faire des clins d'œil coquins juste pour le plaisir.

— Je suis navrée que tu te sentes mal, Jess. Tu découvriras bien assez tôt que je n'ai rien de spécial, je t'assure.

C'était plus facile avant. Je m'en souciais beaucoup moins. Quand Joan était en vie, sa constante présence à mes côtés était une barrière naturelle contre les déclarations spontanées de ce genre.

— C'est très courageux de ta part de me l'avoir dit. Je ne peux pas te rendre la pareille, non que tu ne sois pas quelqu'un de formidable. On va tous apprendre à se connaître, c'est très chouette, et je pense qu'on va s'éclater en tournée, mais je… je porte encore le deuil de Joan, vraiment.

Bravo, Lana. Bon, ce n'est peut-être pas plus mal ainsi. Au moins, elle sait désormais que la Lana hyper cool est un personnage créé pour la scène, et cela l'aidera à calmer ses ardeurs envers la star.

— Oh, mais bien sûr ! Je n'insinuais rien de tout ça. Désolée si je t'ai donné cette impression. Je sais qu'on ne joue pas dans la même catégorie. Je voulais juste, égoïstement, vider mon sac. Merci de m'avoir écoutée et de m'avoir prise au sérieux. Ça ne fait que renforcer mon estime pour toi.

— De rien, petite, je réponds tout en réalisant à quel point j'ai l'air, une fois de plus, condescendante, même si je n'ai jamais promis à qui que ce soit que j'aurais un comportement exemplaire sur cette tournée.

Si elle est importante pour les Other Women, elle l'est encore plus pour mon groupe et moi. Nous avons perdu notre guitariste du jour au lendemain. Elle était là, et l'instant d'après elle était partie pour toujours. Personne ne l'a vue venir. À cause de cela, les Lady Kings se sont tenues à l'écart des projecteurs pendant une décennie. Il faut du temps pour se réhabituer à la scène, bien que ce soit excitant.

L'air tout à coup pressé, Jess quitte la pièce. Je reste un peu et réfléchis à ce qui vient de se passer. Si toutes les étoiles s'alignaient et que les circonstances s'y prêtaient, je pourrais, moi aussi, tomber folle amoureuse d'une fille comme Elisa Fox, mais à cause de mon âge, de mon expérience et de tout ce que j'ai vécu, jamais de la vie je n'en parlerais, ni à elle, ni à qui que ce soit d'autre.

J'ai beau avoir des courbatures et être essoufflée plus souvent que je ne voudrais l'admettre, vieillir a ses avantages. Sans vouloir parler au nom des autres stars du rock, et encore moins de la plupart de mes homologues masculins, l'âge m'a au moins apporté une certaine sagesse.

CHAPITRE 10
CLEO

Le lendemain, nous prenons la route vers le nord. C'est le premier jour dans le bus, qui sent encore bon, et tout le monde déborde d'énergie.

Apparemment, Jess a parlé à cœur ouvert avec Lana hier soir au sujet du faible qu'elle avait pour elle. Depuis, elle n'arrête pas d'en parler, encore plus qu'avant, quand elle essayait d'être au moins un peu discrète. Là, c'est Lana par-ci, Lana par-là, comme si elles avaient échangé bien plus qu'une brève discussion sur l'amour à sens unique de Jess.

— Je vais peut-être passer pour une folle, dit Jess, mais on sait jamais ce qui peut arriver sur une tournée comme celle-ci. Tout ce temps passé ensemble ! C'est trop dommage qu'on ne soit pas dans le même bus. Mais on peut pas tout avoir. On a déjà tellement de trucs !

Nous sommes membres d'un groupe de rock, mais plus encore, nous avons toujours été amis, tous les quatre. Je sais ce que c'est que de souffrir d'un amour sans retour, ce sentiment qui, à la fois, vous rend fou et vous enivre. Je ne sais que trop bien ce que Jess ressent. Seulement, je ne dois pas y céder. Je dois être forte, résister à tout prix et espérer que ça passe. Hier soir, après notre duo de rappel, quand Lana m'a à nouveau lâché la main, j'ai pensé que j'étais près de m'en remettre définitivement. C'est peut-être le cas.

Le seul problème, c'est que je dois retourner sur scène tous les soirs et chanter avec elle. Je dois la laisser à nouveau plonger son regard dans le mien et prétendre que c'est moi qu'elle veut embrasser, et si vous saviez combien Lana est capable de mettre du cœur dans ces paroles. Quand je suis sur scène, je n'ai aucun moyen de défense. Dès que j'ai un micro devant moi, je suis à nue, toutes mes émotions sont offertes en pâture. Je n'ai pas appris à faire ce que Lana fait sans effort. Je n'ai pas appris à faire semblant comme elle, même si je ne fais pas tout à fait semblant. Si c'était le cas, tous les chanteurs seraient aussi les meilleurs acteurs du monde, ce qui, on le sait, n'est bien souvent pas le cas.

La tête de Daphne surgit d'un siège.

— Vous n'avez pas parfois tendance à croire les rumeurs selon lesquelles Nora Levine est gay ?

— Tendance ? demande Jess. Si, mais ça ne veut pas dire que c'est vrai.

— Tu l'as ressenti, toi, hier soir ?

Daphne me fixe du regard.

— Non, dis-je en toute sincérité, sans que cela change quoi que ce soit.

— Tu étais trop occupée à lui faire les yeux doux.

Daphne tire la langue d'un air moqueur comme si nous étions des élèves en plein voyage scolaire. C'est à ça que ressemble parfois une tournée.

— À part Jess qui craque pour Lana, est-ce qu'il y a de potentielles idylles en perspectives dans les semaines à venir ?

— Je ne sais pas, Daph, à toi de nous le dire !

Elle ne poserait pas la question si elle n'avait pas déjà la réponse.

— La coiffeuse des Lady Kings m'a tapé dans l'œil, nous

apprend-elle. Je vais peut-être me faire coiffer par elle plutôt que par Gill.

— J'ai entendu ce que tu as dit, s'écrie Gill, quelques rangées plus loin. Je veux bien faire un effort une fois au nom de l'amour ou je ne sais quel nom que tu veux donner à ça, mais pas plus.

Et voilà que le bus prend vie sous le feu des plaisanteries et des taquineries impitoyables. C'est ainsi que l'on tue le temps sur la route, surtout les premiers jours, quand les gens ont encore envie de se parler et que, comme Jess l'a dit, tout est encore possible, même si ce dont Jess et moi rêvons n'en fait pas partie.

———

Au concert suivant, lorsqu'il est l'heure pour moi de rejoindre Lana sur scène pour le rappel, bien que portée par les acclamations du public, je suis très agitée au moment d'enrouler les doigts autour du micro. La proximité de Lana et la façon dont elle joue avec moi pour duper la foule me font enrager, pourtant je me plonge encore plus dans la chanson. Je canalise mes émotions contradictoires dans la façon dont je chante et prononce les paroles qui, déjà, signifient tant pour moi.

Il nous reste trente et un concerts à donner sur cette tournée. Si elle ne finit pas par se lasser de moi, je vais devoir faire ça trente et une fois de plus : m'approcher d'elle comme si nous allions nous embrasser, clamer l'une et l'autre que c'était ce que nous voulions depuis le début. Nous n'en sommes qu'à notre quatrième représentation, et cela commence déjà à ressembler à d'interminables préliminaires sans orgasme en vue. Tout ce que je peux faire, c'est canaliser ma frustration, mes cinq minutes d'attraction folle par jour, dans ma performance artistique.

Ce soir, je n'attends pas qu'elle vienne vers moi. C'est moi qui vais vers elle. Lana est une professionnelle, et un concert de rock n'est pas un spectacle rigoureusement chorégraphié. Il y a de la place pour improviser, pour s'adapter et faire ce qui semble adéquat sur le moment. Comme nous sommes à San Francisco, le public est encore plus hétéroclite qu'à Los Angeles, même si l'on m'a prévenue que des gars de la tech s'étaient déplacés pour nous rencontrer après le concert, et ses hurlements d'encouragement ne font que m'inciter à me rapprocher le plus possible de Lana.

Je l'observe pendant qu'elle chante une ligne de couplet, aussi fascinée par elle que toutes les autres personnes présentes dans la salle. Quand Lana chante, il est impossible de détourner le regard, car ce n'est pas seulement sa voix qui fait d'elle ce qu'elle est, qui a fait d'elle l'icône d'aujourd'hui. C'est son magnétisme, l'assurance avec laquelle elle prononce les paroles les plus sensuelles, l'aisance avec laquelle elle se comporte sur scène, comme si c'était sa seule et unique maison.

Qu'est-ce que je ressens pour elle ? Est-ce un coup de cœur idiot, comme Jess et sans doute beaucoup d'autres personnes ont pour elle ? Est-ce la scène qui fait cet effet, ce qui n'a rien d'inhabituel ? Quand on monte sur les planches, on entre dans un autre monde, avec des règles totalement différentes. Cela demande un effort de concentration qui n'a pas son pareil de divertir une foule de milliers de personnes. Pendant les quelques minutes que dure cette chanson, toute mon attention est dirigée vers Lana. Le fait qu'on m'ait demandé de faire ce duo, les éloges que je reçois, d'un petit groupe tout au moins, chaque fois que je descends de la scène, la satisfaction vertigineuse d'avoir réussi, d'avoir tenu bon aux côtés d'une légende comme Lana, la joie de chanter à l'unisson sans aucun accompagnement musical pour le plus grand plaisir de tant de gens, tout cela n'est rien en comparaison de ces moments privilégiés entre elle et moi sur la scène.

Nous disparaissons, rien que toutes les deux, dans une sorte de bulle où il se produit chaque fois quelque chose de magique.

Je ne peux pas le décrire autrement. Ce que j'aimerais vraiment savoir, c'est ce que ressent Lana lorsque nous sommes là, à interpréter ce duo, lorsque nous entonnons cette chanson d'amour l'une pour l'autre. Ressent-elle la même magie ? Ressent-elle ne serait-ce qu'une once de l'alchimie que je flaire entre nous ou est-ce dans ma tête ? À la façon dont elle me lâche la main une fois que c'est fini, j'ai tendance à croire que tout cela n'est que du spectacle pour elle, qu'elle est plus aguerrie à ce genre de choses, à simuler des émotions, à faire semblant d'avoir envie de moi.

Tout à l'heure, pendant les longues heures entre les balances et le début du concert, j'ai tapé nos noms sur Google et, d'après Internet, Lana et moi sommes déjà tombées éperdument amoureuses l'une de l'autre. À en croire les milliers de commentaires sous la vidéo où nous chantons ce duo, il n'y a plus de place pour le doute quant à notre idylle.

Lana et moi n'avons jamais discuté de tout cela. Lorsque je me suis rendue chez elle pour répéter cette chanson, il n'a pas été question de créer un fantasme saphique pour les fans. Lana avait simplement besoin d'une voix féminine pour chanter, j'étais là, et elle m'en a jugée capable. Toutefois, elle doit bien avoir un avis sur la question. Je note de le lui demander plus tard dans la soirée.

Elle passe à nouveau un bras autour de mes épaules, et son étreinte n'a rien de superficiel.

Je me délecte de son contact et renverse la tête en arrière contre son épaule. La foule hurle. C'est exactement ce qu'ils attendent. Ils ne se lassent pas de cette illusion que nous créons.

Je chante la dernière ligne de couplet, la tête en arrière contre l'épaule de Lana, le micro relevé de manière théâtrale. Lorsque la chanson se termine et que le public lâche un tonnerre d'applaudissements, Lana me presse l'épaule. Je redresse la tête. Elle prend à nouveau ma main dans la sienne. Je serre ses doigts un peu plus fort qu'à l'accoutumée. Nous saluons le public, le remercions abondamment pour tout ce qu'il nous a donné ce soir et quittons la scène.

Comme s'il existait une ligne invisible entre la scène et les coulisses, Lana me lâche la main dès que nous franchissons cette satanée démarcation que personne ne peut voir.

— Nom de Dieu, Cleo.

Au moins, elle me parle cette fois.

— Tu étais vraiment dedans.

Elle hausse les sourcils tout en me regardant et ajoute :

— Merci pour tout.

Puis elle disparaît à nouveau, happée par son entourage, et je suis une fois de plus abandonnée à mon désarroi.

CHAPITRE 11
LANA

Nous sommes sur la route depuis quelques jours. C'est l'anniversaire d'Andy, et il a privatisé le bar de l'hôtel à Oakland où nous logeons pour prendre un verre après le concert.

Nous en sommes au cinquième de la tournée, et il est dorénavant plus facile d'interpréter la chanson que j'ai écrite pour Joan. Cela me fait toujours bizarre de ne pas l'avoir avec moi, de ne pas la voir m'aider à redescendre après un concert. Certains soirs, quand j'étais shootée à l'adrénaline et aux autres substances occasionnelles, elle restait éveillée avec moi et me caressait le dos du bout de ses doigts calleux. Je devrais peut-être me trouver une autre petite amie guitariste, une fille avec les mêmes doigts exercés que Joan. La guitariste des Other Women, Daphne, n'a cessé de draguer la femme qui nous coiffe depuis que nous sommes sur la route, alors je peux faire une croix dessus, non que j'envisagerais un seul instant de coucher avec un membre du groupe qui joue en première partie de notre concert.

Je jette un coup d'œil à Billie, avec qui je commence à mieux m'entendre. D'ici la fin de la tournée, nous serons les meilleures amies du monde. D'après mes souvenirs, les derniers concerts d'une tournée sont toujours les plus forts en raison du lien qui se noue au fur et à mesure des semaines.

— Coucou.

Cleo se glisse à côté de moi sur la banquette en cuir dans le box où je me cache. Je les ai vus, les membres de son groupe et elle, avaler des shooters avec Andy tout à l'heure. Heureusement que nous ne jouons pas demain.

— Je peux te demander un truc, Lana ? demande-t-elle, avec une élocution laborieuse.

Il est habituel d'avoir affaire à des gens en état d'ébriété en tournée, si bien que j'ai appris il y a longtemps à ne pas m'en formaliser. Avant notre traversée du désert, lorsque la consommation d'alcool de la veille n'avait que peu d'effet sur ma performance, voire pas du tout, je faisais souvent partie de ceux qui étaient les plus éméchés. Je ne prétends pas avoir une patience d'ange pour les gens qui font les mêmes erreurs que moi, mais je peux faire preuve d'une certaine douceur à leur égard, surtout envers Cleo.

— Vas-y.

Ça promet.

— Quand on chante « I Should Have Kissed You », qui est une chanson, disons… intime.

— Hmm.

— Qu'est-ce que tu ressens ? Est-ce que tu ressens un truc ?

Cleo me regarde droit dans les yeux.

— Qu'est-ce que je ressens ?

Je ne m'attendais pas à cette question.

— Pourquoi tu demandes ça ? Qu'est-ce que tu ressens, toi ?

— Je me sens hyper bien, Lana, parce que quand je chante avec toi, c'est comme si je me prenais un shoot d'endorphines, et ce petit numéro qu'on fait pour le public, c'est génial, mais je sais pas…

Elle s'efforce de garder ses yeux brillants sur moi, mais elle vacille un peu.

— À vrai dire, après, je me sens un peu… utilisée.

— *Utilisée* ? D'où tu sors ça ?

J'ai loupé un épisode ? Je sais que Jess a un faible pour moi, bien qu'elle m'évite depuis notre discussion dans les coulisses du Hollywood Bowl. C'est quoi, ce cirque ? Les quatre Other Women vont venir me voir à tour de rôle pour me déclarer leur flamme ?

— Quand on est sur scène, tout ce que tu fais paraît si sincère, si réel. Quand tu me prends la main pour partir ensemble, par exemple. Avant que tu dises quoi que ce soit, je sais que tu le fais pour donner au public ce qu'il attend. Je le sais. Je ferais la même chose à ta place, mais…

Cleo fronce les sourcils et se mure dans le silence.

— Que veux-tu dire ? Que je ne devrais plus te prendre la main ?

Nous ferions peut-être mieux d'avoir cette discussion demain, quand elle sera sobre. J'ai dépassé les bornes sans le savoir ? Les temps ont beaucoup changé depuis la mort de Joan.

— Non, vas-y, prends-la.

Elle me tend la main. Je la saisis délicatement et la pose sur la table. Nous contemplons toutes deux la paume de Cleo, comme si elle contenait la clé qui nous permettait de débloquer cette conversation déroutante.

— Et si je demandais à Logan de te raccompagner à ta chambre ? proposé-je.

— Non, Lana, j'ai pas encore envie d'aller me coucher. Je me demandais si, tout ça, c'était juste du spectacle pour toi.

— Que veux-tu que ce soit d'autre ?

Cleo s'est mise sur son trente-et-un pour cette soirée, qui n'est autre que le rassemblement des gens avec lesquels nous passons tout notre temps ces jours-ci. Elle porte le genre de tenue extra-large dont les *millennials* raffolent et dont la couleur rose me rappelle le carrelage de la salle de bains de mes parents il y a plusieurs décennies.

— J'imagine que c'est différent pour moi, parce que tu es mon idole, argue Cleo. Mais, moi, je ressens un truc, Lana. Un feeling entre nous, une sorte d'alchimie…

— Cleo ! s'écrie Tim.

Nous nous retournons. Il a pris la place du barman derrière le bar. Nous aurions peut-être mieux fait de partir en tournée avec un groupe plus mature ou, mieux encore, seules. Cela dit, Sam et Deb ont l'air de bien s'amuser. Billie boit un verre à l'autre bout du bar et observe la scène en silence.

— Allez, encore une tournée de shooters !

Comme si Tim ne me remarquait que maintenant, il ajoute :

— Pour toi aussi, Lana. Bois un verre avec nous.

Je secoue la tête. Je prendrai une bière dans la soirée, néanmoins je préférerais de loin retrouver mon lit et reposer mes os fatigués, plutôt que de m'enfiler des shooters avec des petits jeunes.

— C'était chouette de papoter, dit Cleo tout en se levant.

Ah ? C'était plus déconcertant que chouette. Je regarde Cleo s'éloigner, les mains enfouies dans ses poches, cliché parfait de la déesse du rock jeune et pleine de sex-appeal, et repasse notre conversation dans ma tête pour essayer de lire entre les lignes.

J'ai dû faire quelque chose pour qu'elle vienne me voir et m'en parle, bien qu'elle soit ivre. Simplement, je fais ce que j'ai toujours fait sur scène : je fais le show. C'est notre métier. Cleo est un véritable cadeau à cet égard. Sa présence insuffle un nouvel élan à nos concerts. Sa voix est plus que suffisamment puissante pour compenser l'absence d'instruments sur scène. Certes, il y a une certaine alchimie entre nous sur scène. Nous sommes des professionnelles de la musique. C'est notre boulot de créer l'illusion de l'attirance. Mettez la personne la moins attirante de l'univers à côté de moi pour chanter cette chanson, et j'arriverais quand même à donner cette impression au public. Je le leur ferai croire.

Avant de m'endormir, je rajoute deux points à la liste des tâches à accomplir de ma tournée : prêter attention à ce que je ressens la prochaine fois que Cleo et moi chanterons *I Should Have Kissed You* et découvrir si, au bout du compte, elle a tenté de dire qu'elle était attirée par moi.

———

— Je vous demande d'applaudir Cleo Palmer des Other Women, je lance à la foule en délire. Elle et moi avons une dernière chanson pour vous ce soir.

Cleo s'avance sur la scène d'Oakland, la main levée pour saluer le public. Nous n'avons pas reparlé du sujet évoqué la veille, les membres de son groupe et elle étant sortis juste à temps de leur chambre pour les balances du jour, mais ses paroles n'ont pas quitté mon esprit.

— Cette chanson s'appelle *I Should Have Kissed You*.

J'attends que le public se calme avant d'entonner le premier couplet. Comme à mon habitude, je plonge mon regard dans celui de Cleo, à la différence que, cette fois, je la regarde vraiment. Je n'avais même pas remarqué le bleu si particulier de ses yeux, à moins que ce ne soit l'effet des projecteurs braqués sur elle.

Elle me rend mon regard sans aucun état d'âme. D'une certaine manière, je me sers d'elle, c'est vrai. Cela me fait du bien de pouvoir chanter ces paroles à une autre personne, une autre femme. Je tire profit de sa présence sur scène, car c'est l'une des raisons pour lesquelles elle est là.

Cleo joue si bien son rôle. Ce sourire discret. La façon dont elle bat des cils, incline la tête et garde les mains jointes dans le dos pendant que je lui réponds. Toute cette émotion contenue et qui fait monter la tension. Voilà une autre raison pour laquelle je lui ai demandé de chanter cette chanson avec moi.

Nous entamons le refrain, et le public pousse un cri d'exclamation lorsque Cleo chante la première note. Il l'adore, et à juste titre. Il aurait été plus facile de faire une tournée en solo, nous aurions eu moins de personnes à gérer et moins d'ego à satisfaire, mais Cleo est tellement talentueuse. Elle a la voix et l'allure qu'il faut et elle m'égale. Peu en sont capables.

Que suis-je censée ressentir ? Qu'est-ce qui lui donne le sentiment d'être utilisée ? Je n'arrive pas à comprendre. C'est peut-être une question de génération. Il m'est peut-être difficile d'imaginer ce qu'elle vit lorsqu'elle est sur scène avec moi, tellement ma vie a été différente de la sienne.

Nous alternons les lignes de couplet à mesure que nous avançons dans le premier refrain, les regards rivés l'un à l'autre. L'ambiance dans le public se met à changer. Même si les gens s'y attendaient, la faute à Internet, le moindre événement sur scène n'étant plus une surprise de nos jours, l'étonnement est au rendez-vous. *Oh.* Je commence à comprendre ce à quoi Cleo faisait certainement allusion. Cette réaction du public à l'alchimie que nous projetons vient de la façon dont Cleo et moi interprétons la chanson. Cette danse que nous exécutons l'une avec l'autre est inextricablement liée à ce que nous sommes : deux chanteuses de groupes queers.

Je devrais peut-être faire une entorse à mon règlement et regarder l'un des clips vidéo de nous sur Internet, peut-être que je comprendrais alors vraiment.

Tout ça, ce n'est que naturel pour moi. Action, réaction. La réponse de Cleo m'oblige à réagir de la même manière à son égard, et c'est ainsi que la spirale se poursuit. Néanmoins, il est clair que ce que nous faisons en ce moment même lui procure une émotion que je ne ressens pas.

Je la regarde chanter le deuxième couplet, sa voix puissante et vulnérable à la fois, avec ce timbre aux abois qui rend raide dingue. Elle plisse les yeux, comme pour me défier de ne pas éprouver ce qu'elle éprouve. Ce n'est pas comme si j'y étais insensible. Sur scène, je ressens tout. C'est ici que j'exploite ma vie.

Pour Cleo, ce doit être la même chose, sauf qu'elle y donne une autre signification. Je comprends. C'est la facilité. Quand je suis sur scène avec mon groupe, je lui prodigue tout mon amour et pardonne à mes musiciennes les nombreuses fois où elles m'ont blessée, et vice versa. C'est alors que nous créons quelque chose qui ne peut exister que si nous jouons toutes les quatre. Parfois, on a l'impression de faire de la magie, c'est ça la musique. Et là, le mélange de ma voix avec celle de Cleo crée ce moment unique pour le public, mais aussi pour nous-mêmes. Je ne suis pas psy, mais elle doit faire une sorte de projection, renforcée par le temps que nous passons ensemble sur scène. Si ses limites sont si floues, il n'est pas étonnant que je les aie franchies sans que je le veuille.

Cleo fait la même chose que lors de notre précédent concert, elle vient à moi pour le dernier refrain. Nous sommes si proches que nos joues se touchent à plusieurs reprises pendant que nous chantons. Nos lèvres se frôlent. Sa vitalité m'irradie. Nous nous éloignons un peu avant d'entamer la dernière phrase. À l'unisson, nous poussons un soupir. Elle me regarde et je la regarde. *Oh.* Je ressens quelque chose, mais je ne dois pas laisser cette sensation me couper dans mon élan. Nous chantons la dernière phrase sous les acclamations du public, comme si nous venions de battre un vieux record olympique. Cleo s'accorde à moi et je m'accorde à elle en retour. Nous nous améliorons mutuellement. Oui, je ressens vraiment quelque chose à présent, bien que ce soit surtout dû à ce moment, à l'harmonie que nos voix créent et à la réaction du public, et non à elle, en soi.

Au lieu de renverser sa tête sur mon épaule comme la dernière fois, Cleo passe son bras autour de ma taille et me serre contre elle. Le volume des applaudissements du public décuple. Nous tenons la note aussi longtemps que nous le pouvons, plus longtemps qu'à n'importe quel autre concert. Au lieu de nous prendre la main pour faire nos adieux, nous nous inclinons devant le public, les bras croisés dans le dos. Je suppose que c'est cela qu'elle entendait, quand elle a qualifié la chanson d'intime. Nous partons, bras dessus, bras dessous. Visiblement, je n'ai pas suffisamment accordé d'importance à tout ça jusqu'ici. J'abandonnais Cleo sans prêter attention à ce qu'elle ressentait.

Je serai plus respectueuse ce soir. Bien décidée à la remercier abondamment, je m'écarte d'elle. Avant que je puisse dire quoi que ce soit, avant que je puisse même lui donner une tape bien méritée sur l'épaule, la voilà qui frappe dans les mains de ses camarades, et je reste plantée là, à la regarder et à conclure qu'une femme de plus de vingt ans ma cadette vient peut-être de me donner une bonne leçon.

CHAPITRE 12
CLEO

Depuis que j'ai ouvert les yeux ce matin avec un sacré mal de tête, la honte d'avoir tenu ces propos à Lana hier soir ne m'a pas quittée. Or, ce n'est plus le cas, plus après cette prestation. En outre, je n'ai pas donné à Lana l'occasion de me lâcher la main comme si nous venions de régler un pépin administratif et non de chanter un duo à tue-tête, d'échanger toutes ces émotions sur scène devant tout le monde.

J'espère que les membres de mon groupe sont prêts à faire la fête ce soir, parce que je pète le feu. Nous pourrions sortir en ville et voir d'autres visages. Il se peut qu'il y ait quelques nanas dans le coin, qui ont aimé notre concert et sont grandement impressionnées. C'est ce genre de soir où j'ai l'impression de pouvoir entrer dans n'importe quelle pièce et de choisir qui je veux pour coucher avec.

Un membre de l'équipe s'approche de nous :

— Je vous rappelle que la route est longue demain. On part un peu plus tôt que vous ne l'auriez aimé.

— À quelle heure ? demande Daphne.

— Soyez prêts à partir à neuf heures.

— Déconne pas, mec ! s'exclame Tim, comme si le type

venait de nous demander de lever le camp au beau milieu de la nuit, même s'il est vrai que neuf heures du matin, c'est tôt pour un groupe en tournée.

— Ça ne vous tuera pas de vous coucher tôt. Au contraire.

Ce type n'est impressionné par rien ni personne. Il m'a tout l'air d'avoir commencé à faire des tournées comme la nôtre bien avant que nous soyons nés.

— Ça vous fera du bien. Cette tournée est longue et pleine de tentations.

— Quand il dit neuf, ça veut sûrement dire dix, avance Jess. Pour qu'on file droit.

— Fait chier, j'avais envie de faire la fête, gémis-je.

— Moi, pas, réplique-t-elle. J'ai un peu trop bu hier soir. Merci bien, Andy.

— Je bosse sur un nouveau morceau, ajoute Daphne, à la surprise générale. Je pense que je vais faire ça ce soir. Et puis, il faut que j'appelle ma mère en FaceTime avant qu'elle oublie à quoi je ressemble.

— C'est un nom de code pour traîner secrètement avec Tessie ?

Tim voit tout.

— Peut-être bien, mais je vous serais reconnaissante de respecter mon intimité, alors voilà.

Le sourire de Daphne en dit long. Au moins, l'un d'entre nous a de la chance.

Je crois bien que je vais lire tranquillement dans ma chambre, alors. C'est peut-être tout ce que le destin a à à me réserver ce soir.

Dans la voiture qui nous raccompagne à l'hôtel, les nez plongés dans nos smartphones comme si nous en avions été privés pendant des jours, mon téléphone vibre dans ma main.

Peux-tu venir me voir dans ma chambre plus tard? N'importe quand. Merci, Lana.

Je relis le message plusieurs fois pour m'assurer que je ne l'ai pas mal interprété. Lana veut que je la retrouve dans sa chambre ? Le destin me réserve peut-être finalement bien mieux que quelques heures de lecture pour décompresser.

Je me demande si je dois le dire au groupe, et décide de ne pas le faire. D'abord, je ne veux pas rendre Jess jalouse. Ensuite, j'ai déjà mes cinq minutes sur scène avec Lana à chaque concert, alors que les autres n'ont rien de tout cela. Enfin, je les connais et je ne veux ni spéculations ni insinuations ou propos salaces sur Lana.

Des extraits vidéo du rappel de ce soir ont déjà été postés sur Instagram. Je revis le moment où j'ai passé mon bras autour de la taille de Lana, indéfiniment. C'est peut-être de cela qu'elle veut me parler. Dès que la voiture s'arrête à l'hôtel, je fais mes adieux et me précipite dans la chambre de Lana.

Lana est au téléphone quand elle me fait entrer. Elle me fait signe de m'asseoir sur un fauteuil près de la fenêtre. Sa chambre est trois fois plus grande que la mienne, mais c'est ainsi pour les membres du groupe en tête d'affiche. Au moins, nous ne dormons plus dans un bus de tournée délabré et nous avons chacun notre chambre.

Lana fait les cent pas au pied du lit. Je parcours la pièce du regard. Son lit est fait et il y a un chocolat sur l'oreiller. Elle vient d'arriver. J'aurais peut-être dû lui laisser du temps pour qu'elle s'installe, mais il est tard et nous nous réveillons à la même heure demain. J'aperçois une pile de livres sur sa table de nuit. En lectrice passionnée, j'ai bien envie d'y jeter un coup d'œil, mais cela pourrait être perçu comme une atteinte à la vie privée et je ne veux pas être accusée d'avoir franchi une quelconque limite avec Lana, encore moins après la conversation que nous avons eue hier soir.

— Cloe.

Lana glisse son téléphone dans la poche arrière de son pantalon.

— Merci d'être venue. Un verre ?

Elle tapote la porte d'un grand réfrigérateur. Il n'y a donc pas de minibar dans les suites d'hôtels de rocks stars.

— J'ai tout ce dont tu pourrais rêver.

— De l'eau suffira. Merci.

— Petite gueule de bois ?

Lana me tend une bouteille d'Évian.

— L'espace d'un instant, j'ai eu peur que vous ne montiez pas sur scène ce soir.

— Tu n'auras jamais à t'en faire pour ça. On tient le choc.

— Je plaisantais. La quantité d'alcool qu'on s'enfilait à l'époque… Vaut mieux pas que tu saches.

Lana renverse la tête et boit de grandes rasades d'eau.

— J'ai réfléchi à ce que tu as dit hier soir.

Elle s'assied dans le fauteuil en face de moi, un pied nu appuyé sur le pied de la table qui nous sépare.

— J'ai essayé d'y faire gaffe quand on était ensemble sur scène tout à l'heure.

Lana a écouté mon blabla d'ivrogne ? Mon premier réflexe est de vouloir m'excuser pour mes élucubrations, mais je suis curieuse d'entendre ce qu'elle a à dire.

— C'est vrai, je ressens un truc. On ne peut pas rester de marbre quand on chante une chanson pareille. C'est le but. On veut transmettre cette émotion au public et lui faire ressentir la même chose ou, du moins, quelque chose.

Elle remue les orteils.

— Ça fait tellement longtemps que je fais ça que je me suis peut-être montrée un peu froide. Du moins, je n'ai pas assez tenu compte de tes sentiments. Tu dois comprendre, Cleo, que cette tournée, c'est un grand bouleversement pour moi. Joan n'est plus là, et c'est comme si…

Elle repose le pied à terre et croise les jambes, comme si elle battait en retraite devant moi, comme si la mention de Joan l'avait soudain rendue frileuse et qu'elle pesait ses mots.

— Ce que j'essaie de dire, c'est que ce que tu ressens quand on chante ensemble est une réaction tout à fait normale aux circonstances, et je promets de mieux te prendre en considération.

— Merci, Lana.

J'avale une nouvelle gorgée d'eau.

— Faut que tu saches que j'étais un peu éméchée hier soir, et je n'aurais pas dû te dire ces choses-là. Vraiment pas. Ça me donne l'air de… je sais pas. Comme si ça me dépassait, ce qui n'est pas le cas. J'adore être sur scène avec toi.

— Je vais te dire quelque chose. J'ai appris un truc au cours de mes longues années de carrière.

Lana tambourine des doigts sur son genou.

— Aucun prix n'est décerné à ceux qui veulent paraître cool. Aucun prix n'est décerné tout court. Tout ce que tu peux faire et, crois-moi, c'est là que la plupart des groupes de rock se plantent, c'est être quelqu'un de bien. Sois respectueuse envers les gens avec qui tu bosses. Je m'excuse sincèrement de ne pas l'avoir été envers toi, de ne pas avoir vu ce qui se passait entre nous sur scène. Pour ma défense, tout à l'heure, après qu'on a fini de chanter, j'allais te remercier du fond du cœur, mais tu étais en plein pétage de plombs avec les membres de ton groupe.

Elle hausse les sourcils et me regarde bizarrement.

Me remercier du fond du cœur ? Merde. Et dire que j'ai raté ça. Heureusement, il y a d'autres concerts.

— Je ne voulais pas me reprendre un vent de ta part.

— Attaquer est souvent la meilleure des défenses.

Je regarde Lana dans les yeux et comprends que ce genre de conversation est propre à ce que nous sommes et à ce que nous faisons. Je pourrais tenter d'expliquer cette notion aux membres de mon groupe, et ils pourraient la comprendre en surface, mais pas de la même manière que Lana, uniquement parce qu'elle est ce qu'elle est. Lorsqu'on est sur le devant de la scène, qu'on est le visage du groupe et qu'on doit chanter les paroles qui portent la musique que nous faisons, tout est amplifié. Je suis en première ligne, et même si les membres de mon groupe protègent mes arrières, ce n'est pas la même chose pour eux, car ils n'ont pas à s'épancher sur scène tous les soirs comme je le fais. Ils n'ont pas à trouver un moyen de se protéger de ce qui pourrait leur arriver s'ils se dévoilaient trop ou pas assez, ou quand ça ne va pas fort et que le concert ne décolle jamais.

— Alors, je ferai en sorte de te donner une raison de me remercier à nouveau du fond du cœur. Et, je ne m'aviserai pas de t'en empêcher cette fois.

Lana rit de bon cœur.

— Voilà qui est dit.

Elle se penche en avant.

— Sans rancune ?

— Évidemment.

Elle sort son téléphone de la poche arrière de son pantalon et le plaque sur la table.

— Tout à l'heure, j'ai fait un truc que je ne fais jamais.

Elle pointe l'appareil du doigt.

— J'ai regardé des vidéos du concert sur Internet.

— Tu ne regardes jamais de vidéos de toi ?

Mon père aime me rappeler que nous vivons à l'ère du narcissisme. Il doit avoir raison, car il ne me viendrait jamais à l'esprit de ne pas regarder de vidéos de moi en train de me produire sur scène.

— Quand on a commencé, ça n'existait pas. Les gens brandissaient encore des briquets pendant les concerts au lieu d'un écran de smartphone.

C'est à mon tour de rire.

— C'était peut-être mieux comme ça. C'est tellement un

automatisme pour nous de scruter chacun de nos mouvements sur scène. On devrait peut-être moins le faire.

Je nous revois, les membres de mon groupe et moi, penchés sur nos téléphones dans la voiture.

— Ça contribue clairement à votre talent.

Je hausse les épaules.

— Peut-être, mais ça donne presque l'impression que ce que je fais n'a rien de naturel. La façon dont je me comporte sur scène, ce n'est pas quelque chose que j'ai répété. C'est beaucoup plus…

Je pose la main sur mon ventre.

— Primaire. Instinctif.

— Ça se voit. C'est en toi.

Lana hoche la tête.

— Tu es une sacrée artiste et chanteuse, Cleo. Je ne t'aurais pas invitée à partager la scène avec moi si ce n'était pas le cas.

— Merci.

Le feu me monte aux joues. Ce n'est pas n'importe qui qui me fait ce compliment. Venant d'une personne comme Lana Lynch, cela compte beaucoup.

— Oh, c'est adorable !

Adorable n'est pas l'image que je veux donner à Lana, mais il y a des choses contre lesquelles on ne peut rien. Je regarde ouvertement ma montre.

— Je ferais mieux d'aller me coucher. Demain, on se lève tôt.

— Bon Dieu, oui !

Lana regarde son lit avec envie. Lui arrive-t-il de le partager avec quelqu'un ? J'ai pu voir de mes propres yeux à quel point les gens sont fous d'elle, combien la file d'attente pour la rencontrer est longue après le concert, et comment la foule crie encore le nom de Lana lorsque la voiture vient nous chercher à la sortie de la salle. Quel effet cela fait-il d'être adulée de la sorte ?

— Depuis qu'Elisa Fox m'a rendu visite en coulisses, j'enchaîne les épisodes d'*Underground*, me confie Lana. Si je continue comme ça, je n'arriverai jamais à lire la pile de livres que j'ai apportés, mais bon…

Elle me regarde comme si elle venait de me révéler un plaisir coupable.

— Je connais cette actrice, mais je n'ai jamais vu la série.

— Hein ? Comment c'est possible ?

La voix de Lana a atteint un registre qui semble anormalement élevé pour elle.

— Je n'ai pas souvent été chez moi ces dix dernières années, et encore moins devant la télé.

— Mais de nos jours, tout est en streaming, et c'est une série totalement queer. C'est parfait à regarder avec ton groupe quand vous êtes sur la route.

— Encore un de ces trucs qui nous est passé sous le nez, j'imagine. Il y a tellement de séries à regarder, et puis je préfère lire avant de me coucher. C'est beaucoup plus apaisant, surtout après un concert intense.

Lana hoche la tête.

— Je suis bien d'accord avec toi, mais Elisa est tellement attirante, j'ai été incapable de résister…

— Elle est ultra-sexy.

— Et ultra-hétéro.

Lana se lève et fait quelques pas en direction de sa table de nuit.

— Mais sa série, c'est tout sauf ça. Sincèrement, Cleo, regarde-la. Quelque chose me dit qu'elle va beaucoup te plaire.

Elle prend l'un des livres posés à côté de son lit.

— Il y a aussi ça qui est loin d'être hétéro.

Elle me montre la couverture. Je ne reconnais ni le titre ni le nom de l'auteur, Jane Quinn.

— La romance lesbienne par excellence.

Elle me tend le livre.

— Ce n'est pas du goût de tous, mais je me suis vraiment

laissé prendre par l'histoire après la mort de Joan. C'est très réconfortant de savoir que ça finit toujours bien et que personne ne va mourir.

Je tourne le livre dans mes mains et lis le titre : *Under a Streetlight*.

— Je suis plutôt amatrice de romans policiers.

— Tente, tu verras bien ! Je l'ai terminé l'autre jour, et il y en a plein d'autres.

— C'est ta façon à toi de me dire que je ferais mieux de me livrer à des activités plus saines plutôt que de me prendre des cuites avec les membres de mon groupe ?

Je tapote le dos du livre contre ma paume.

— Mais non, enfin ! Ne va pas croire ça. Je suis passée par là, moi aussi, et quand j'avais ton âge, je n'écoutais personne. Un âge où l'on n'en fait qu'à sa tête. On agit d'abord et l'on réfléchit ensuite. La seule chose que je veux que tu fasses, c'est t'amuser. Sincèrement.

Je hoche la tête, bien qu'on ne puisse qu'écouter les conseils de la grande Lana Lynch. Je vais commencer par donner sa chance au livre.

On frappe à la porte.

— Lana, c'est Billie.

— Je ferais mieux d'y aller.

— J'arrive, crie Lana. Bonne nuit, Cleo.

Elle porte sa main à mon épaule et la tapote.

— J'ai hâte d'être au prochain duo.

CHAPITRE 13
LANA

— La petite est une sacrée bombe, dit Billie une fois que j'ai refermé la porte derrière elle.

— On couche pas avec ceux de la première partie.

Je la pousse vers le fauteuil où Cleo était assise.

— Depuis quand ?

Elle flanque les mains à ses hanches.

— Je plaisante.

Je ne sais même pas pourquoi j'ai dit ça.

— Ou bien la petite Cleo et toi, vous…

Billie arque les sourcils.

— Vu la façon dont vous y allez sur scène, ce serait bien possible.

— Ah bon ?

Je suis peut-être la seule à ne pas avoir vu l'alchimie entre Cleo et moi lorsque nous chantons ensemble. Je note de regarder d'autres vidéos de notre rappel plus tard.

— Genre.

Billie se laisse choir dans le fauteuil.

— Tu peux, euh… développer ?

Elle plisse les yeux.

— Comment ça ?

— C'est différent quand on y est, quand on le fait. C'est difficile pour moi d'estimer ce que ça représente pour quelqu'un d'extérieur quand Cleo et moi, on est sur scène ensemble.

— Ben…

Billie se renverse dans le fauteuil.

— C'est peut-être pas à moi de te dire ça, étant donné que je viens de rejoindre les Lady Kings, mais je n'ai jamais été du genre à mâcher mes mots, alors…

— OK.

Je ne sais pas trop à quoi m'attendre.

— Honnêtement, toutes les trois, on est totalement d'accord pour que vous fassiez le rappel sans nous. Que vous deux là-haut. On s'est dit que ce serait un beau moment de fragilité et que ça t'aiderait à… digérer certaines choses maintenant que tu es de retour sur scène, mais maintenant qu'on vous a vues, Cleo et toi, interpréter plusieurs fois cette chanson devant un public, ben… on flippe un peu, c'est plus fort que nous parce que, votre duo, il devient le point d'orgue du concert plutôt que d'être la petite cerise sur le gâteau.

Elle est sérieuse ? N'ai-je vraiment pas vu l'effet que ce duo fait aux autres ?

— C'est une mauvaise blague que tu me fais, là, non ?

— Non. Enfin, j'exagère à peine. On n'a pas peur de perdre notre boulot, mais le problème est double, parce que d'après Sam et Deb, les Lady Kings ont toujours été très proches. Certes, tu es chanteuse et c'est toujours vers toi que les regards se tourneront. Tu es le visage du groupe, et c'est comme ça.

Elle soupire.

— Et quel visage, Lana ! Tu es incroyable, et c'est en grande partie grâce à toi que les Lady Kings sont ce qu'elles sont, mais… Cleo et toi, quand vous chantez ensemble, quand il n'y a que vos deux voix et votre énergie combinée, c'est unique. C'est à part. Ça touche une corde sensible du public, mais aussi du groupe.

— Est-ce que tu es en train de me dire que Deb, Sam et toi, vous vous sentez menacées par mon duo avec Cleo ?

J'ai peut-être manqué de tact lorsque j'ai exclu les membres de mon groupe du morceau qui clôturerait les soirées. Ce doit être une énième conséquence de l'absence de Joan. Elle a toujours été la parfaite intermédiaire entre Sam, Deb, et moi, entre les deux musiciennes sur le devant de la scène et les autres à l'arrière.

— Menacées n'est pas le bon terme. Peut-être mises à l'écart.

Il faut vraiment que je demande à Sam et Deb, que je connais depuis bien plus longtemps que Billie, si elles pensent la même chose.

— C'est de ça que tu étais venue me parler ce soir ?

— Non. Je ne savais pas que Cleo serait là. Je voulais juste passer un peu de temps avec toi…

Billie se racle la gorge.

— … m'assurer que tu étais satisfaite de ma performance, maintenant qu'on a quelques concerts de la tournée derrière nous.

Ah. Je reconnais le manque de confiance quand on me le met ainsi sous le nez.

— Tu t'en sors très bien, Billie. Tu dois certainement le savoir.

En tant qu'ancienne accro aux ovations, je sais qu'il n'y a rien de tel que de se faire dire trop souvent à quel point on est formidable.

— On a une bonne vibe, toi et moi, mais quand je vois comment c'est avec Cleo, je me demande ce que je peux faire pour qu'on ait ce genre d'alchimie sur scène.

— On ne peut pas comparer, je pense.

La tournée vient à peine de commencer, et j'ai été prise de court par une conversation que je n'avais pas vue venir, par deux fois déjà. Je savais que ce serait difficile sans Joan, surtout les premières semaines, mais je ne m'attendais pas à cela.

Billie hausse les épaules.

— Est-ce qu'il faut qu'on organise une réunion de groupe ? demandé-je.

Nous avons appris à nos dépens à ne pas laisser pourrir les émotions négatives. Lorsque ça éclate, il faut des mois pour nettoyer le bazar que ça laisse.

— Je sais pas. Ça ne peut pas faire de mal.

— Merde, dis-je tout en poussant un gros soupir. Je m'en veux de ne pas avoir pris conscience de tout ça et ça fait partie de mon job de…

De quoi ? De diriger le groupe ? De rester vigilante ? Ou du moins de chanter ce duo avec Cleo en milieu de concert au lieu de priver les membres de mon groupe de l'ovation du rappel ?

— Tu n'as pas à t'en vouloir, Lana. C'est peut-être juste moi. Je suis sensible à ce genre de trucs. C'est assez intimidant d'être la petite nouvelle, et quand je te vois avec Cleo… ça me fait perdre confiance en moi, je pense.

— C'est compréhensible.

Cela faisait bien longtemps que Joan ne m'avait pas manqué à ce point.

— On a pas mal de kilomètres à parcourir demain, alors je te propose de parler de tout ça dès qu'on sera dans le bus. On aura tout le temps nécessaire pour régler ça.

— Oui, ce serait cool. Merci, Lana.

Billie frotte ses paumes sur son jean. C'est drôle de voir que des gens avec une telle prestance sur scène, une telle assurance dans la démarche lorsqu'ils s'approchent de moi pour jouer un solo de guitare, peuvent avoir l'air si fragiles dans la vraie vie.

— Hé, Billie ! C'était sincère. Tu es une guitariste hors pair.

Et tu as une grosse pointure à remplacer.

— D'accord.

Elle redresse les épaules.

— Les tournées, c'est génial et en même temps très éprouvant.

Je me penche en avant et lui tapote le genou.

— Puisqu'on parle à cœur ouvert, commence-t-elle.

Elle me regarde dans les yeux et, pendant un instant, je crains d'avoir la même conversation que celle que j'ai eue avec Jess la semaine dernière.

— Je crois que je suis un peu jalouse… de toi et de Cleo. Tu étais sérieuse tout à l'heure, quand tu as dit qu'il ne fallait pas draguer la première partie ?

Je pousse un petit rire.

— Honnêtement, je me fous de savoir qui drague qui.

Billie a dix ans de moins que moi et la différence d'âge entre les Other Women et elle est moins grande.

— Une tournée, c'est une tournée, les gens sont ce qu'ils sont, et il se passera toujours des trucs.

À nos débuts, quand on était plus délurées, même Joan et moi avions des règles propres aux tournées.

— Sérieusement, Cleo est vraiment canon.

— Pour autant que je sache, elle est célibataire, donc…

Une fois encore, j'ai l'impression d'avoir été catapultée quelques décennies en arrière, même si je suis trop vieille pour suivre les coups de cœur des uns et des autres. Plus on avance dans l'âge, moins on se préoccupe de ce genre d'histoires. Tout ce que je veux, c'est que tout le monde s'entende le mieux possible.

— Bon !

Revigorée, Billie se lève d'un bond.

— On se voit demain aux aurores.

Au lieu de me glisser dans mon lit avec Elisa Fox sur ma tablette, je reste dans mon fauteuil à préparer le petit discours que je dois livrer à mon groupe demain matin.

— Où est Billie ?

Le bus est sur le point de partir et il nous manque une guitariste.

— Elle a demandé à faire le trajet avec les Other Women ce matin, explique Andy. Elle m'a prévenu.

— Qu'est-ce que c'est que cette histoire ?

Je n'ai pas rêvé la conversation d'hier soir, si ?

— C'est problématique ?

Andy plisse les yeux et me fixe du regard.

— On avait convenu de faire une réunion dans le bus aujourd'hui.

— Visiblement, elle a mieux à faire, avance-t-il. Tu veux que je la ramène dans notre bus ?

— Non, ça ira. On en reparlera plus tard.

Cela me donnera l'occasion d'interroger Sam et Deb. Je m'installe à ma place. Pendant que notre bus démarre, j'imagine Billie dans l'autre, assise à côté de Cleo. J'aimerais être une petite souris pour voir la réaction de Cleo.

Une fois sur l'autoroute, je réunis Deb et Sam, et nous nous mettons à l'écart pour pouvoir parler sans être entendues, bien que l'intimité soit illusoire dans un bus de tournée.

— C'est un peu déconcertant de faire cette réunion sans Billie, alors que c'est elle qui en a fait la demande, je commence.

Deb lève les yeux au ciel.

— Mes doutes étaient fondés. On dirait bien qu'on se coltine une drama queen.

— Elle est douée dans ce qu'elle fait, mais côté caractère, c'est pas Joan Miller, ajoute Sam.

— On va s'habituer à elle, je la défends. Elle trouve ses marques. C'est normal qu'il y ait des couacs. Ça ne doit pas être facile pour elle.

Je regarde les filles dans les yeux.

— Billie a exprimé des inquiétudes concernant mon duo avec Cleo.

Deb lève à nouveau les yeux au ciel.

— Je peux te jurer, la main sur le cœur, que ça ne me pose aucun problème.

— Sur la tombe de Joan, ajoute Sam (nous sommes toutes des drama queen), à moi non plus.

— Billie vous aurait fait dire ce que vous n'avez pas dit ?

Si c'est le cas, c'est une autre histoire. Si je suis tout à fait disposée à lâcher à Billie le lest dont elle a besoin pour qu'elle s'intègre, je n'accepterai pas le mensonge, en revanche.

— Elle nous en a parlé, mais on l'a rassurée, raconte Deb. Ça avait l'air d'aller.

— Je lui ai dit de t'en parler si ça l'embêtait tant que ça, ajoute Sam. C'est ce qu'elle a essayé de faire, j'imagine.

— Dommage qu'elle ne soit pas là. Je commence à comprendre pourquoi.

— Elle en pince pour Cleo, explique Deb. C'est peut-être de ça qu'il s'agit.

— On aurait mieux fait d'emmener des gays en tournée, pas une autre bande de lesbiennes, dis-je sur le ton de la plaisanterie, bien qu'il y ait une part de vérité dans cette affirmation.

— Daphne n'a que Tessie à la bouche.

Et Jess, moi. Billie a un faible pour Cleo. Et Cleo… allez savoir. Elle n'a pas fait de grand discours, mais peut-être me le dit-elle chaque fois que l'on monte sur scène ensemble.

— Comment ça va, Linda et toi ? je demande à Deb, par acquit de conscience.

— Elle s'envole pour New York une fois qu'on aura gagné la côte est, assure-t-elle sur un ton détaché, comme s'il lui était tout naturel d'être loin de chez elle durant deux mois, en tournée avec une bande de folles. Pendant longtemps, ça a été la normalité pour Deb et Linda, jusqu'à ce que la mort de Joan vienne tout bouleverser.

— Les femmes, c'est toujours pas mon truc, plaisante Sam. J'ai du mal à les supporter.

— Pas de bol, ma belle !

Deb passe un bras autour de la taille de Sam.

— Parce qu'il y a une tripotée d'œstrogènes dans cette tournée.

— Je m'en remettrai vite. Laissez-moi encore quelques jours. En tout cas…

Elle esquisse un grand sourire.

— Billie a la classe sur scène, et quand elle joue le solo de *Like No One Else*, la tête en arrière comme ça, j'ai les jambes qui flageolent à chaque fois.

— Oh, non ! je marmonne.

— Je rigole, dit Sam.

Deb lui pince le biceps.

— Tu as intérêt.

— Ben quoi ? Tout le monde a le droit d'être amoureux, sauf moi ?

Sam incline la tête.

— Je trouve pas ça très juste.

— Et toi, Lana ? me demande Deb, qui change brusquement de sujet et redirige l'attention de Sam vers moi.

— Quoi, moi ?

— Ben…

Deb et moi sommes amies depuis toujours. Elle me regarde droit dans les yeux.

— Si Billie a Cleo à la bonne, c'est pas étonnant que votre duo lui hérisse le poil. Autant vous galocher directement sur la scène plutôt que de chanter comme vous le faites.

— C'est juste l'effet de la scène. Vous le savez. Ça ne veut rien dire.

— C'est ça, rétorque Deb, le ton empreint d'ironie.

— Quoi ?

Pourquoi ne me croient-elles pas ?

— Parfois…

Deb secoue la tête, comme si elle réfléchissait à la manière dont elle allait formuler sa phrase.

— S'il te plaît, dis ce que tu penses.

J'ai clairement besoin d'avoir un regard extérieur.

— Quand… Quand on vous voit sur scène, Cleo et toi, vous êtes si naturelles, si complices, ça me rappelle un peu Joan et toi. Pour moi, c'est pour ça que le public réagit comme ça. Nous tous, d'ailleurs.

— Hein ? Non.

Je renâcle à l'évocation du nom de Joan. Ce que nous avons vécu, elle et moi, sur et en dehors de la scène, était hors du commun, d'un genre totalement différent de tout ce que j'ai pu ressentir dans ma vie.

— Là, tu dis n'importe quoi, Deb.

— Crois ce que tu veux, mais c'est ce que je ressens et ce que je vois.

Je cherche le soutien de Sam, mais elle ne pipe pas. Elle se contente de me regarder comme si Deb venait de s'exprimer pour deux.

— Tu peux simuler beaucoup de choses, mais pas ça, Lana. C'est tellement fort. Quand vous chantez ensemble, c'est comme si tout le monde disparaissait et que le public était témoin d'un truc qu'il ne devrait pas voir. Un truc si intime que ça relève du privé, d'où son côté hyper attractif, évidemment. Je t'assure, à la fin de la tournée, ce duo, ce sera la partie du concert dont on parlera le plus.

J'aimerais me récrier à nouveau, mais je devrais peut-être écouter Deb, écouter ce qu'elle a à dire. Je leur fais entièrement confiance, à elle et à Sam, leur point de vue sur ma prestation scénique compris.

— C'est vrai que je ressens quelque chose quand je chante cette chanson avec Cleo. Je lui ai demandé de la chanter avec moi pour une raison précise et elle m'a scotchée, mais… ce que tu décris, c'est pas ce que je ressens, même si je donne cette impression.

— Je n'irais pas jusqu'à dire que tu as des sentiments pour elle dont tu n'as même pas conscience, intervient Sam, mais il y a une alchimie entre vous qui est unique, et Billie aura pris la mouche.

— Je vois.

Je marque une pause.

— Alors, qu'est-ce qu'on fait ? On parle à Billie ou on laisse les choses se faire ?

— On laisse les choses se faire, s'empresse de répondre Sam.

— Elle doit être en train de faire du rentre-dedans à Cleo à l'heure où l'on parle, argue Deb. Elle va s'ôter cette idée de la tête toute seule.

Elle remue malicieusement les sourcils.

Tout à coup, j'aimerais être bien plus qu'une souris dans ce bus. Bien que je n'aie rien contre Billie, au fond de moi j'espère que Cleo repoussera ses avances, et pas seulement parce qu'une telle idylle compliquerait la tournée ou compromettrait notre complicité sur scène. Je commence à comprendre que j'ai peut-être d'autres raisons de souhaiter que Cleo ne tombe pas amoureuse de notre guitariste.

CHAPITRE 14
CLEO

Jess interroge Billie sur Lana, mitraillant de questions la pauvre femme. J'ai du mal à me concentrer sur la romance lesbienne que je suis en train de lire, alors je passe mes écouteurs. Je me demande ce que Billie fait dans notre bus. Jess l'a peut-être invitée à faire le trajet avec nous. Si elle voulait tout savoir sur Lana, elle aurait mieux fait de s'adresser à l'un des membres fondateurs du groupe. Je mets le livre de côté, un sourire aux lèvres. On a beau s'être efforcé de lisser les pages, il est facile de repérer celles qui ont été cornées.

Sur mon téléphone, je passe un live des Kings datant du milieu des années quatre-vingt-dix. Je ferme les yeux et me laisse envahir par le timbre de Lana. Quelques secondes de sa voix dans les oreilles suffisent à me rappeler la chance que nous avons.

Lorsque je lui ai dit ce que son groupe représentait pour moi, j'ai nettement minimisé les faits.

Quelqu'un donne un coup dans mon siège et interrompt le cours de mes pensées. Je me redresse, pousse un gros soupir et me remets à écouter sa voix. C'est grâce à elle que…

— Hé, Cleo.

Nouveau coup. Je n'ai d'autre choix que d'ouvrir les yeux. Quelqu'un semble avoir éperdument besoin de mon attention. J'ouvre les paupières et enlève mes écouteurs, réduisant Lana au silence par la même occasion.

— Désolée de te déranger, s'excuse Billie. Je peux m'asseoir à côté de toi quelques minutes ?

Elle doit en avoir assez que Jess lui fasse subir un interrogatoire sur Lana. Et puis, je peux difficilement dire non à une Lady Kings.

— Oui.

J'enlève le livre du siège à côté de moi.

— Comment ça va, toi ? me demande Billie, tandis qu'elle s'assied à côté de moi. Cette tournée avec les Lady Kings exauce tous tes rêves ?

Peut-être pas tous, mais presque.

— C'est énorme ! Et toi, comment tu la vis ?

— Super bien. L'esprit de Joan est toujours là, et c'est pas toujours facile d'occuper cette place, mais c'est un rêve devenu réalité d'être sur scène tous les soirs avec Lana, Deb et Sam. Ce sont des légendes vivantes, alors je peux remercier ma bonne étoile.

— J'en sais quelque chose.

Notre admiration commune pour les Lady Kings nous rapprochera peut-être, Billie et moi. Elle a une place de choix en tant que nouveau membre du groupe.

— Nous aussi, on a de la chance, je renchéris.

— Ce rappel que tu chantes avec Lana, c'est extra, soit dit en passant. Elle ferait bien de se méfier, tu vas lui voler la vedette.

Je pouffe.

— Il y a peu de chances.

Je me tourne vers Billie pour mieux la voir.

— Qu'est-ce que ça t'a fait quand tu as joué avec elles pour la première fois ?

— J'avais l'impression d'entrer dans l'histoire du rock'n'roll. Quand j'ai intégré le groupe, j'étais…

Elle lève les mains, comme si l'honneur était trop grand pour être exprimé avec des mots. Je sais exactement ce qu'elle ressent.

Je hoche la tête.

— Je disais justement à Jess que votre groupe était vraiment incroyable, poursuit-elle.

J'esquisse une grimace dans l'espoir qu'elle traduise mes excuses au nom de Jess pour son interrogatoire poussé tout à l'heure.

Billie se penche vers moi.

— Elle craque pour Lana, hein? Et elle s'en cache pas, d'ailleurs.

— Jess t'a invitée à faire le trajet avec nous pour tout savoir sur Lana, c'est ça?

Billie secoue la tête.

— Je me suis invitée toute seule. Je me suis dit que c'était l'occasion de faire connaissance avec vous.

— C'est certain.

Elle s'assiéra peut-être avec chacune d'entre nous pendant ce long trajet vers le nord.

— Pour ma gouverne, est-ce que je vais passer la prochaine demi-heure à parler de Lana Lynch, moi aussi?

Elle se fend d'un grand sourire.

Alors que je n'aurais pas de mal à demander à Billie tout ce qu'elle sait sur Lana, j'ai bien compris qu'elle en avait assez de parler de la chanteuse des Lady Kings.

Je secoue la tête.

— Parle-moi de toi, Billie.

Je lui adresse un sourire encourageant.

— Pas les trucs que j'ai lus sur Wikipédia. Dis-moi quelque chose que je ne sais pas encore.

Elle croise mon regard, puis détourne les yeux.

— Désolée, je voulais te sortir un baratin pour te draguer, mais mon cerveau n'est pas bien connecté si tôt le matin.

Me draguer ? De quoi parle-t-elle ? Je décide d'ignorer ce qu'elle vient de dire. C'est une longue tournée, et l'un des plus grands défis est de rester en bons termes avec tout le monde. C'est alors que son téléphone sonne. Elle se dépêche de le sortir de sa poche.

— Quand on parle du loup.

Elle me montre l'écran.

— C'est Lana. Je crois que je vais me faire enguirlander.

Elle décroche et se tourne pour parler.

Pourquoi se ferait-elle « enguirlander » par Lana ? Billie est assise juste à côté de moi, impossible de ne pas entendre la conversation. Je me redresse et essaie de trouver quelqu'un que je peux appeler à l'aide du regard. Je croise celui de Tim et tente de lui faire comprendre que j'ai besoin qu'on me sauve la mise. Il se contente de me lancer un regard amusé.

— Désolée, s'excuse Billie au téléphone. Je sais que j'aurais dû te prévenir. Je le sentais pas ce matin et j'avais pas envie de refaire toute l'histoire. On en reparlera plus tard, d'accord ?

Elle écoute ce que Lana a à dire à l'autre bout du fil tout en se raclant la gorge, puis raccroche.

Les épaules affaissées, elle s'enfonce dans son siège.

— Apparemment, j'ai perdu un peu la main avec la vie de groupe, surtout la vie en tournée, soupire-t-elle.

Je ne voudrais pas me mêler de ce qui ne me regarde pas, mais je suis trop curieuse.

— Ça va ?

— Je dois arrondir les angles avec les filles du groupe. Je ne peux m'en prendre qu'à moi-même.

Elle prend une grande respiration et se tourne à nouveau vers moi, un sourire radieux aux lèvres.

— Je peux te poser une question délicate ?

— Vas-y.

Tant qu'elle ne me demande pas de sortir avec elle, bien que ce ne soit pas la fin du monde, je veux bien écouter ce qu'elle a à dire. Nous sommes des adultes, et je suis sûre que Billie peut accepter un refus.

— Tu trouves normal qu'il n'y ait que Lana et toi sur scène pour le tout dernier morceau du concert, de *notre* concert ? Est-ce que tu infligerais un truc pareil aux membres de ton groupe ? Pour votre tournée de retrouvailles !

C'est une question aussi délicate que la porcelaine la plus chère et la plus fragile qui soit. Pourquoi me la pose-t-elle ?

— On ne peut pas comparer mon groupe au tien. C'est différent.

— Oh, allez, Cleo ! Tu es la chanteuse. Celle qui est sur le devant de la scène. Est-ce que tu règnes sur les membres de ton groupe comme Lana le fait avec les Lady Kings ?

— Billie, je n'ai pas envie de discuter de ça avec toi. Tu es sûre que ça va ?

— C'est un énorme privilège de devenir une Kings, de jouer avec elles et de participer à cette tournée, je sais, mais j'ai du mal à m'intégrer, bizarrement. La plupart du temps, je me sens à l'écart, c'est plus fort que moi, comme si je n'étais pas à ma place.

— Je suis navrée pour toi. Vous avez peut-être besoin de temps, de faire plus de concerts ensemble. C'est normal.

Je me racle la gorge, dépassée. Je comprends mieux pourquoi Billie est dans notre bus.

— Tu en as parlé aux autres ?

— J'en ai parlé avec Lana hier soir. Après que tu as quitté sa chambre d'hôtel.

Elle me regarde comme si elle mourait d'envie de savoir de quoi Lana et moi avons discuté avant qu'elle n'arrive, mais je ne le lui dirai pas.

— On devait faire une réunion de groupe dans le bus ce

matin, réunion que j'ai lâchement esquivée en faisant le trajet avec les Other Women.

— Oh, la vache !

Pas étonnant que Lana ait voulu lui passer un savon.

— Je sais. Je suis une vilaine fille.

Elle esquisse un sourire de coin.

— Pardon, Cleo. Je ne devrais pas te confier tout ça. C'est juste que… tu me plais.

Je n'ai pas assez dormi la nuit dernière pour avoir à gérer un truc pareil. De surcroît, à part la tournée, j'étais tellement captivée par Lana que je ne me suis pas intéressée à Billie. Pas de cette façon, en tout cas. Tout ce que je sais, c'est qu'elle est une bonne guitariste et qu'elle remplace bien la légendaire Joan Miller. Lana et elle ont l'air complices sur scène. Seulement, les apparences sont parfois trompeuses, je le sais par expérience.

— Hmm… Je…

Tim n'a-t-il pas compris mon appel à l'aide ? Par chance, je reçois un message sur mon téléphone.

— Une seconde.

C'est peut-être impoli de lire ce message, mais que puis-je faire d'autre ?

À ma grande surprise, c'est un message de Lana.

> On peut parler ?

— Un truc important ?

Billie a l'air penaude.

Je secoue la tête, même si je meurs d'envie de savoir ce que Lana me veut. Est-ce à propos des choses qui ont été dites hier soir ?

Billie soupire.

— Je suis vraiment conne. Je te demande pardon, Cleo. Je vais te laisser. On oublie ça, d'accord ?

Elle se lève de son siège.

— Je monterai dans l'autre bus au prochain arrêt.

Je n'ai pas le temps de répondre qu'elle s'en va. Je souhaite bien du courage à Lana, Deb et Sam pour intégrer ce nouveau membre à leur groupe, même si je suis tout à fait disposée à ménager Billie et à respecter sa volonté de ne plus jamais remettre le sujet sur le tapis, car partir en tournée n'est pas chose facile. L'éloignement, l'absence de routine, la pression, l'alternance de l'euphorie de la scène et de la pénibilité d'une vie de nomade, une chambre différente un soir sur deux, un lit étranger, l'impossibilité de cuisiner des bons petits plats... Ce sont ces petites choses qui finissent par avoir raison de vous, et tous les êtres humains ne sont pas faits pour une telle vie.

J'envoie un message à Lana pour lui dire que je suis disponible. J'attends, mais elle met tellement de temps à répondre que le bus arrive à une aire de repos et que nous sortons pour nous dégourdir les jambes.

———

Je trouve Lana en train de faire les cent pas sur le parking, l'oreille collée à son téléphone. Je ne veux pas l'interrompre, sachant qu'elle a sûrement voulu se mettre à l'écart pour discuter tranquillement, mais elle me voit et s'empresse de mettre fin à sa conversation.

— Désolée de ne pas avoir répondu à ton message. Je me suis endormie et, en un clin d'œil, on était en train de se garer ici.

J'acquiesce d'un hochement de tête. À quelques mètres de là, Billie va retrouver Deb et Sam.

— Ça allait, Billie ? me demande Lana, qui vient se tenir à côté de moi.

Je ne peux m'empêcher de pouffer.

— Quoi ? s'étonne-t-elle.

— Non, Lana, je pense qu'elle ne va pas bien. Quelque chose la tracasse.

Je m'en tiens à ma résolution de ne pas évoquer le fait que Billie a aussi tenté de me draguer.

— Une chose est certaine, elle a du mal à passer de la vie ordinaire à la vie de tournée.

— Je sais, on avisera, réplique Lana sur un ton détaché, comme si l'affaire était déjà réglée. Comment ça va, toi ?

— J'ai commencé à lire le livre que tu m'as passé. C'est plutôt divertissant.

— Plutôt divertissant ?

Elle me sourit.

— Ça a l'air vachement passionnant.

— Tu voulais me parler de quelque chose en particulier ?

Nous reprenons la route dans quelques minutes, et j'ai envie de savoir.

— Oui, mais pour être honnête, j'allais te poser ma question par texto. Ça me semblait plus facile comme ça.

Je réalise alors que la véritable difficulté en tournée, c'est de composer avec les différentes personnes avec lesquelles on voyage. Les secrets, les indiscrétions, les ragots, les attentes… Tout cela peut vite devenir épuisant.

— Tu es Lana Lynch, dis-je, un sourcil arqué. Pose-moi simplement la question.

— J'ai une autre idée.

Lana se passe une main dans les cheveux.

— Est-ce que ça te dirait de dîner avec moi ce soir ? Dans ma chambre ? Comme ça, on pourra discuter.

Je sens mes joues rougir, et je sais que je devrais dire oui, mais ce foutu mot est coincé au fond de ma gorge.

— Oh ! Pas dans ce sens-là, Cleo, corrige Lana. Ce n'est pas un rencard, d'accord ?

Elle est là, un rictus aux lèvres, comme si la simple idée d'un rendez-vous entre elle et moi était absurde.

— Je veux te parler de notre duo. Le groupe et moi en avons discuté, et je veux juste éclaircir certaines choses. Me concernant, surtout.

— Oui, avec plaisir. On peut manger ensemble.

Mes joues sont encore rouges. Comment je fais pour monter sur scène avec cette femme, pour chanter la chanson la plus sensuelle à ses côtés sans même sourciller, alors que je n'arrive pas à accepter en toute désinvolture une innocente invitation à dîner pour discuter de la tournée ? La réponse est évidente.

— À tout à l'heure.

— Cool, lance Lana dans mon dos, alors que je retourne à la hâte au bus.

CHAPITRE 15
LANA

— Notre duo en agace certains, j'apprends à Cleo. Plus que je ne l'aurais imaginé.

Après avoir discuté avec Deb et Sam, je vois Cleo sous un autre jour. Mes amies m'ont mis dans la tête qu'il y avait quelque chose entre nous, quelque chose qui ressemble à la relation que j'ai pu avoir avec Joan, et je n'arrête pas d'y penser depuis. Pendant ce long trajet en bus, j'ai eu tout le loisir de me dire qu'il était injuste d'avoir évincé le reste des Kings pour le point d'orgue de chacun de nos concerts. Ce n'était pas mon intention lorsque j'ai demandé à Cleo de chanter avec moi, mais nous avons commencé à répéter, et tout a parfaitement collé. Et, le public l'adore, cela se voit.

— Apparemment.

Cleo semble un peu sur les nerfs. Une longue journée passée sur la route sans le plaisir de pouvoir jouer, ça vous fait ça.

— J'ai le cul entre deux chaises.

— Comment ça ?

Cleo s'appuie sur le rebord de la fenêtre. Elle est trop agitée pour s'asseoir.

— Je ne veux pas me brouiller avec mon groupe à cause de

ça, mais même si l'on n'en est qu'au début de cette tournée, on sent déjà que le public réclame ce duo et qu'on ne peut pas le lui refuser. À cause d'Internet et des attentes qu'il suscite.

— Et si l'on ne le chantait pas a cappella ? Si on laissait le reste du groupe revenir jouer ? propose Cleo.

Je hoche la tête, parce que ça se tient. Seulement, ce ne serait plus pareil.

— Je me suis dit qu'on pouvait faire un essai avec le groupe pendant les balances demain, ou peut-être ajouter uniquement la guitare. On verra bien. Tu es d'accord ?

— C'est ta chanson et ton concert, Lana. C'est comme tu veux.

— Je ne voudrais pas que tu croies que tu n'es qu'un accessoire pour moi. Tu es indispensable à cette chanson.

J'ai regardé un bon nombre de vidéos de *I Should Have Kissed You*.

— La vérité, c'est qu'on n'a pas besoin du groupe pour cette chanson. Sam et Deb sont à même de l'entendre, mais je ne suis pas certaine que Billie l'est, et c'est un peu compliqué avec elle en ce moment.

— Elle m'a dit que je lui plaisais, me confie Cleo. Après réflexion, j'ai trouvé ça un peu déplacé.

— Je suis désolée.

— C'est pas ta faute.

Elle soupire.

— Au début, j'ai pensé que Jess l'avait invitée à monter avec nous pour qu'elle puisse la questionner sur toi.

— Tout ça, c'est un peu ridicule, non ?

Je m'installe à côté de Cleo sur le rebord de la fenêtre.

— Jess a un faible pour moi. Billie a flashé sur toi. On se croirait de retour au lycée.

— C'est comme ça quand on met des gens ensemble durant une longue période, même si c'est un peu différent dans le cas de Jess, parce qu'elle est amoureuse de toi depuis qu'elle a douze ans, depuis bien avant la formation des Other Women. C'est juste perturbant pour elle parce qu'on tourne avec toi maintenant.

— Ça ne me dérange pas que Jess en pince pour moi. J'essaierai toujours de la traiter avec respect, mais ça ne m'empêche pas de dormir. C'est problématique pour toi ?

Cleo hausse les épaules.

— Elle a tendance à ne parler que de toi et à se faire des idées dans certaines situations, mais ça ne me dérange pas. Billie, c'est autre histoire. Elle s'est excusée, mais pour être honnête, elle a l'air un peu ingérable.

La sonnette retentit. Ce doit être le dîner.

— J'espère que tu as faim.

Je me dirige vers la porte et laisse entrer deux hommes qui dressent cérémonieusement la table pour nous, reculant nos chaises, soulevant simultanément les cloches d'argent pour révéler ce qu'il y a dessous.

Après avoir mangé un peu et avalé quelques gorgées de vin, je demande :

— J'en déduis que Billie ne t'intéresse pas de cette façon-là ?

— L'idée ne m'avait jamais traversé l'esprit.

— Elle aura compris le message.

— J'espère, prie Cleo.

— Tu n'as pas à t'inquiéter pour Billie. Vraiment.

— Tu te fais du souci pour elle.

Cleo me regarde.

— Elle est toute nouvelle dans le groupe, enfin si l'on veut, et c'est plus compliqué que prévu, mais ça peut se régler. Deb, Sam et moi, on se connaît depuis toujours. On a fait le deuil de Joan ensemble. On a vécu tellement de choses. C'est difficile pour Billie, et ça n'aide pas qu'elle soit… disons qu'elle n'a aucun problème à s'affirmer, bien qu'elle n'ait pas à le faire. Mais, encore une fois, tu n'as pas à t'en faire pour ça, Cleo, je me charge de mes filles. Simplement, ce n'est pas pareil sans Joan.

Cela me rappelle ce que Deb a dit dans le bus ce matin, à propos de Cleo et moi.

— Ça ne peut pas être pareil, je conclus.

— C'est trop triste, je n'aurai jamais l'occasion de la rencontrer.

Cleo est adorable.

— Vous deux sur scène… mais pas seulement sur scène. Le fait que vous sortiez ensemble, que vous assumiez votre homosexualité, ça a beaucoup compté pour tout un tas de gens à une époque où c'était vraiment important de le faire.

— Ça n'a pas toujours été facile. Avant les années deux mille, le monde était cruel envers les homosexuels, surtout quand on était une personnalité très en vue.

— C'est une des raisons pour lesquelles tant de gens scandent encore ton nom comme si tu étais le Messie. Parce que tu leur as ouvert la voie. À moi aussi.

— Le public queer est un public fidèle, c'est vrai.

Même si j'ai l'impression de me voir jeune quand je regarde Cleo, nos parcours sont totalement différents. Les groupes de rock composés exclusivement de femmes sont légion de nos jours. À nos débuts, nous étions quasiment les seules, et plus encore les seules à refuser d'être des objets sexuels avec un instrument de musique entre les mains.

— De nos jours, c'est presque insolite quand il n'y a pas au moins un membre du groupe qui est queer, déclare Cleo. Regarde Tim. Je n'irai pas jusqu'à dire que personne n'a sourcillé quand il a fait sa transition, mais disons que ça fait partie de notre identité, et il ne nous serait jamais venu à l'esprit de considérer que le fait qu'il s'identifie comme un homme pourrait nuire au groupe, bien au contraire. Même si le groupe s'appelle The Other Women.

Cleo sourit et pose sa fourchette.

— Ce n'est pas si dégueu pour un hôtel. Ils ont un chef dédié aux résidents du dernier étage ?

— Pas que je sache, mais il y a beaucoup de choses qui m'échappent.

Cleo ne sait pas que je fais allusion aux sentiments que je pourrais ou non avoir pour elle.

— Comme quoi ?

Elle penche la tête sur le côté.

Ou peut-être en sait-elle bien plus que moi. Peut-être que les gens de son âge remarquent des choses que ceux du mien ne voient pas, d'où cette conversation bien arrosée à Oakland.

— Ce truc que tu as évoqué après avoir un peu trop bu dans un bar d'hôtel quelque part en Californie du Nord.

— Sérieux, Lana. Je t'ai dit que j'étais désolée.

— Deb et Sam, et Billie, elles aussi ont remarqué qu'il se produit quelque chose quand toi et moi, on chante ensemble. Ce qu'elles voient, c'est peut-être ce que tu ressens. J'ai plus de difficulté à le remarquer, parce qu'après Joan… C'est comme s'il y avait cette ouate autour de moi, cette épaisse couche de protection. Je pensais la porter aussi sur scène, mais c'est un lieu particulier. Tu ne trouves pas ? Tu n'es pas différente sur scène, toi ?

Comment détourner la conversation, Lana. Bravo.

— Pas tellement. Tout est exacerbé, c'est sûr. Je suis libérée d'une grande partie des blocages qui me contraignent au quotidien. Voilà, je suis libre, c'est une bonne façon de décrire la chose. Presque aussi libre qu'un oiseau qui vole, parce qu'au quotidien je suis toujours un peu en retrait de moi-même, ou en dehors de mon corps, si tu préfères.

J'acquiesce d'un hochement de tête, car je me reconnais dans ce qu'elle décrit. Nous devrions peut-être écrire une chanson ensemble un jour, bien que ce ne soit pas vraiment le bon moment pour exposer cette idée aux membres de mon groupe.

— C'est pour ça que j'ai fini par faire renaître les Lady

Kings, même si je savais que ce serait difficile sans Joan. Il y a des jours où, quand je traverse une période difficile, je me dis que je devrais mourir sur scène pour elle, que je dois continuer à faire ce que j'ai eu la chance de pouvoir faire pendant la majeure partie de ma vie. De jouer du rock'n'roll. De donner de l'émotion aux gens qui nous écoutent. De créer cette énergie qui n'existe que lorsqu'on joue ensemble.

— Moi, je suis vraiment contente que tu l'aies fait.

Cleo sourit de toutes ses dents.

— Tu n'as pas idée, Lana.

— Pas idée de quoi ?

Elle pose sa fourchette et se renverse sur sa chaise.

— De l'effet que tu fais aux gens.

Elle se mord la lèvre.

— Oh, je pense que si.

Cleo secoue la tête.

— Je ne suis pas certaine. Quelle est la musicienne que tu admires le plus ? Celle dont tu écoutais les morceaux en boucle quand tu étais ado, celle que tu considérerais comme ton idole.

— Kay Cooper, je réponds sans hésiter. Elle m'a ouvert la voie.

— Imagine que tu partes en tournée avec elle, qu'elle t'invite à chanter en duo avec elle et que tu montes dans sa chambre pour manger avec elle un soir.

— Il se trouve qu'on a fait une tournée avec...

Attends, Lana. Qu'est-ce que Cleo essaie de te dire ?

J'étudie son visage, mais il est difficile à déchiffrer. Je n'ai plus l'habitude.

— Tout ça, c'est trop ?

Je fais un geste en direction des plats sur la table dont il reste la moitié et réalise que ce que je dis pourrait être mal interprété.

— Est-ce que ça te met mal à l'aise d'être ici ?

Est-ce que j'ai encore dépassé les bornes sans en avoir conscience ?

— Mais non, Lana, ça ne me met pas mal à l'aise. J'en apprécie chaque seconde, mais il faut que tu comprennes que tu es ma Kay Cooper. Je n'ai que du respect pour toi, de l'admiration et… pas que.

Elle recule un peu sa chaise, comme si elle devait prendre ses distances avec moi.

— Je sais que c'est irrationnel, parce que c'est juste de la projection. C'est mon cerveau qui me fait croire que tu es cette fille que j'ai envie que tu sois, alors que je n'ai aucun moyen de le savoir. Mais, quand j'ai appris à te connaître, je n'ai pas été déçue du tout. Tu es tellement intègre, et tout est authentique chez toi. Quand je chante avec toi, c'est comme…

Elle pousse un long soupir.

— C'est comme être sur une autre planète pendant cinq minutes. C'est mieux que le sexe.

Ses joues rosissent. Elle n'avait peut-être pas l'intention d'ajouter ce dernier passage, cela lui aura échappé, mais Cleo, comme beaucoup de gens de son âge, je l'ai remarqué, est bien plus apte à exprimer ses émotions que ceux de ma génération.

— Mieux que le sexe, hein ?

J'ai eu quelques aventures depuis la mort de Joan, mais vu les relations que j'ai eues, Cleo a raison. Être sur scène, c'est mieux que le sexe.

— En quelque sorte.

Cleo s'est vite reprise.

— Je suis très flattée par ce que tu viens de dire.

Elle prend la bouteille de champagne dans le seau à glace et remplit nos verres, avant de redresser les épaules et de me regarder dans les yeux.

— Quand tu as sillonné le pays avec Kay Cooper, si elle t'avait fait des avances, est-ce que tu aurais… tu vois ce que je veux dire ?

Je prends mon verre dans les mains. Cleo est vraiment d'excellente compagnie, on ne s'ennuie pas le moins du monde.

— Pour ta gouverne, elle ne l'a jamais fait. À ma connaissance, Kay Cooper est plus hétéro que jamais, mais ce n'était pas ta question.

La soirée a pris un tournant.

— Joan et moi, on était ensemble avant la formation du groupe, mais ce n'était pas non plus ta question.

Cleo ne me quitte pas des yeux.

Ses joues sont encore un peu roses, mais il semble que ce soit pour une tout autre raison.

— J'aurais foncé, évidemment, je finis par répondre.

Ce n'est peut-être pas tout à fait vrai, mais c'est invérifiable.

— Kay Cooper a… combien ?

Je calcule rapidement de tête.

— Un peu plus de soixante-dix ans maintenant ? Mais elle peut entrer dans n'importe quelle pièce bondée de monde, elle reste la plus sexy de toutes les femmes. Sans le moindre doute.

— Permets-moi de ne pas être d'accord avec toi sur ce point.

Un petit sourire se dessine sur ses lèvres.

— Tu en as parfaitement le droit.

J'ai la tête qui tourne à force de tenter de déchiffrer tous les messages que Cleo veut me faire passer. Je suis pour elle ce que Kay Cooper est pour moi. Or, tout comme Kay, je ne ferais jamais d'avances à Cleo. Ce n'est pas professionnel, et elle est bien trop jeune pour que j'y songe. Pourtant, elle est en train de me dire, si j'ai bien compris, que cela ne la dérangerait pas que je le fasse. J'ignore si je dois mettre un terme à ce petit jeu ou non. Il y a tellement longtemps que ça ne m'était pas arrivé, et ça m'amuse beaucoup, seulement je ne veux pas lui mettre des idées dans la tête. N'est-ce pas ma responsabilité, en tant qu'aînée ?

— Tant que nous sommes d'accord sur ce point.

Elle aspire sa lèvre charnue et la laisse lentement glisser de sa bouche.

— Tu es la femme la plus sexy dans toutes les pièces où je suis entrée.

Je ne suis pas immunisée contre ce que Cleo dégage, surtout après ce que les membres de mon groupe m'ont fait comprendre aujourd'hui. Raison de plus pour y mettre un terme, même si je passais un bon moment.

— Écoute, Cleo, cette conversation a un peu dérapé. Je ne vais pas te draguer comme Billie l'a fait. Tu es merveilleuse à bien des égards. Vraiment.

Je déteste enfoncer des portes ouvertes, seulement je n'ai pas vraiment le choix.

— Mais regardons les choses en face. Je pourrais être ta mère. Je ne peux pas faire ça. Cette tournée vient à peine de commencer et je ne veux pas mettre en péril la magie de ce duo. C'est trop rare, trop précieux.

— Merde, soupire-t-elle. On ne peut pas mieux casser l'ambiance.

Merde, en effet. Au lieu d'être soulagée, je suis envahie par un autre sentiment, un sentiment que je n'arrive pas à définir. Le regret ? La frustration ? Cette impression que tout vous est dû et que je devrais continuer d'ignorer ?

— Je suis désolée, je m'entends dire.

Or, ce n'est certainement pas le sentiment à exprimer, car il prête à confusion.

— Si tu n'y vois pas d'inconvénient, si tu n'as rien d'extrê-mement important à voir avec moi, je pense que je vais y aller.

Elle se lève. Elle est tellement mignonne dans son jean et son haut extralarges. Cleo repousse ses cheveux derrière les épaules, avant de prendre son sac.

— On se voit demain pour les balances.

Elle ouvre le sac et en sort quelque chose.

— Je t'ai apporté ça. Ce n'est pas de la romance, mais la protagoniste est tout ce qu'il y a de plus homo.

Elle me tend un livre.

Le découragement me submerge, mais qu'est-ce que je pouvais faire d'autre ?

— Merci.

— Bonne nuit.

Sur ce, Cleo quitte la chambre en trombe.

Je retourne le livre qu'elle m'a donné et regarde la quatrième de couverture. L'autrice s'appelle H.S. Barr, et je n'en ai jamais entendu parler. On dirait un de ces romans policiers qu'on aime à lire et qui se déroulent dans la campagne britannique. Je le pose à côté de mon lit et réfléchis à ce moment que je viens de passer en compagnie de Cleo.

Si ma tête me dit que j'ai fait le bon choix, quelques autres parties de mon corps ne sont pas forcément d'accord.

CHAPITRE 16
CLEO

Quelques essais brouillons avec les autres membres des Lady Kings, dans diverses formations, ont suffi pour que tout le monde s'accorde à dire que ce duo est bien plus intense et satisfaisant a cappella qu'avec un accompagnement musical.

C'est donc ce que nous faisons. Je monte sur scène et je chante cette chanson avec elle, et je ne suis pas assez bête pour croire que c'est ce morceau en particulier qui me fait cet effet, l'histoire de deux filles qui ont laissé passer leur chance, seulement quand je suis derrière le micro avec Lana, quand je lui chante ces mots, c'est exactement ce que je ressens. Sauf que, ce soir, elle le sait. J'y avais déjà fait allusion lorsque l'alcool m'avait fait parler à Oakland, trop désinhibée que je sois pour garder tout cela pour moi, mais hier soir, le voile a été entièrement levé. Dorénavant, elle sait ce que je ressens pour elle. Elle sait que lorsque je chante que j'aurais dû l'embrasser, je le pense vraiment. Ce n'est plus une simple mise en scène, même si ça ne l'a jamais été.

J'ai tellement envie de le faire que je dois me contrôler. Je dois veiller à ne pas m'abandonner à mon personnage et à ne pas approcher mes lèvres tout près des siennes au point que nous pourrions donner l'impression de nous embrasser.

Seulement, j'ai Lana Lynch en face de moi et je ne peux pas m'en empêcher, pas durant ces cinq minutes de concert. Je me contrôlerai après. Mon groupe meurt d'envie de faire la bringue en ville. Nous sortirons, et j'essaierai d'oublier tout ça. Pour l'heure, quand je suis si près de Lana que je peux sentir son odeur, que la chaleur de son corps m'irradie, je donne tout ce que j'ai. Je me penche vers elle un peu plus qu'avant. Je laisse mes yeux s'attarder un peu plus longtemps dans les siens, je me permets même de couler un regard jusqu'à son décolleté et ne m'en cache même pas. C'est pour ça que je suis là, c'est ce qui rend notre duo si unique, et je n'obtiendrai jamais plus de Lana. Peut-être que cela suffira.

Ce soir, c'est comme si j'avais pris une drogue qui exacerbait tout. Une énergie folle me parcourt, et je n'ai qu'une seule façon d'extérioriser cette énergie : chanter ces paroles de tout mon cœur à Lana, avec encore plus de vigueur, encore plus de douleur dans la voix, avec le regret placardé sur le visage de ne jamais l'avoir embrassée.

Au-delà de tout ressentir puissance mille, Lana est plus belle que jamais ce soir. Même si j'ai vu maintenant un bon nombre de fois les Lady Kings sur scène, je ne m'en lasse pas. Je ne veux pas en rater une miette. Elles représentent tellement pour moi, et Lana encore plus. Je le pensais vraiment quand je lui ai dit hier soir qu'elle était la femme la plus sexy à avoir jamais foulé le sol.

Selon Tim, quand on est la chanteuse d'un groupe branché, on est un aimant à « bombasses », et il a raison. Partout où je vais, les filles canon se bousculent pour moi, mais aucune d'elles n'est Lana. Et, malheureusement, Lana, qui est elle-même la chanteuse d'un groupe emblématique, est totalement immunisée contre mon magnétisme. Je suis transparente.

Mais pas pendant ces cinq minutes, qui s'achèvent rapidement. Trop rapidement. Cinq petites minutes, un soir sur deux, avec elle, comme ça, ce n'est pas assez. J'en veux tellement plus, surtout maintenant qu'elle m'a dit, sans équivoque, qu'elle ne pourra jamais me donner ce que je veux. Lana prétexte qu'elle a l'âge d'être ma mère, c'est peut-être vrai en théorie, mais cela ne me décourage pas pour autant, car elle n'a rien à voir avec ma mère ou avec n'importe quelle autre mère que j'ai rencontrée. Elle a beau avoir cinquante-quatre ans, c'est aussi une Kings et, rien que pour cette raison, son âge n'a pas d'importance. Ce chiffre est effacé par le simple fait qu'elle est ce qu'elle est. Du reste, tous les arguments, aussi rationnels soient-ils, ne vaudront rien tant que nous ferons ce duo, tant que nous chanterons devant une foule en délire que notre vie aurait été totalement différente si seulement nous nous étions embrassées.

Nous chantons dans le même micro, et je suis si près de Lana que la frontière entre nous se brouille. Nous pourrions tout aussi bien n'être qu'un seul corps, qu'une seule voix. Et, quand la chanson se termine, je suis tentée de l'embrasser réellement, cela mettrait le public dans tous ses états, et je pourrais toujours prétendre que j'ai été emportée par l'instant, par la chanson et ses paroles puissantes. Or, je ne le fais pas, parce que je ne suis que Cleo Palmer et que je ne peux pas embrasser Lana Lynch comme ça. J'ai encore suffisamment de recul pour savoir que ce serait mal en tous points.

Quand Lana me prend par la main, comme elle le fait toujours, je la serre un peu plus fort. Nous quittons la scène, et je me prépare psychologiquement à ce qu'elle la lâche à nouveau froidement, mais elle n'en fait rien. Au lieu de cela, elle la tient entre nous, telle la preuve de ce qui ne peut être dit à voix haute, et demande :

— Tu peux venir vite fait avec moi dans ma loge ?

— Bien sûr.

Mon cœur bat à tout rompre.

Lana me lâche la main. Je la suis. Logan lui donne de l'eau.

Andy lui dit à quel point elle a été géniale. Les membres de son groupe et elle bavardent de tout un tas de choses que mon cerveau ne retient pas, car il est trop occupé à assimiler ce qui se passe et à essayer de prédire ce qui pourrait arriver. A-t-elle changé d'avis ? Ma prestation de ce soir l'a-t-elle amené à réfléchir ?

Quelques instants plus tard, Lana me fait entrer dans sa loge et referme la porte derrière nous. Elle s'appuie contre le battant et lève la main tout en avalant l'intégralité de la bouteille d'eau. Elle est hors d'haleine lorsqu'elle l'a terminée. Elle me fixe du regard et me dit :

— On ne devrait peut-être plus faire ce duo.

— Quoi ?

Ce n'est pas ce à quoi je m'attendais, loin de là.

— Pourquoi ?

— Je pense que tu sais pourquoi.

Je secoue la tête.

— Non.

Lana s'écarte de la porte, avant de se laisser retomber contre elle.

— Allons, Cleo. Ne me force pas à le dire.

— À dire quoi ?

Ça commence à ressembler à une engueulade mère-fille. J'ai vraiment l'impression qu'on me réprimande pour avoir fait quelque chose dont je n'ai même pas conscience.

— Tu ne m'as pas lâchée sur scène. Ça ne va pas du tout.

J'écarquille les yeux.

— Depuis quand ça ne va pas ?

J'ai peut-être poussé un peu le vice, seulement je ne vois pas en quoi cela aurait pu faire une telle différence.

— Depuis hier soir. Tu m'as draguée, et je ne vais pas te jeter la pierre pour ça, mais tu m'assimiles à…

Elle hausse les épaules.

— Je ne sais pas, à une sorte de déesse. Ce que je ne suis pas.

Je suis juste une femme, et tu vas devoir te le mettre dans le crâne.

Ne pas me jeter la pierre, tu parles ! Et Lana n'est pas « juste une femme ». J'ai le souffle court. La descente est brusque et cruelle après ces cinq merveilleuses minutes passées sur scène. J'essaie de la regarder, mais je n'y arrive pas. Je me fais savonner dans la loge de Lana, et pas dans le bon sens du terme.

— Soit ! je rétorque, bien que je déteste mon ton trop acerbe, trop immature. Considère que je me le suis *mis dans le crâne.*

Je ne peux m'empêcher d'ajouter un soupir digne d'une ado mal lunée.

— Ce sont des conneries, et on le sait toutes les deux. Écoute, Cleo, je ne veux pas que tu souffres à cause d'une chanson. Ce n'est qu'une chanson. On n'est pas obligées de la chanter. Peu importe ce que le public veut. C'est nous qui commandons.

— Je ne souffre pas. Qu'est-ce que tu racontes ? J'aime chanter avec toi. Tu le sais.

— Peut-être que tu aimes un peu trop ça.

Elle prend une autre bouteille d'eau sur la table à côté de la porte contre laquelle elle est toujours appuyée.

— Je ne peux pas te demander d'arrêter de me mettre sur un piédestal tout en exigeant que tu te produises avec moi. C'est insensé.

— Qu'est-ce que j'aurais dû faire différemment ce soir ?

Je mets les mains sur les hanches. Je ne partirai pas d'ici sans avoir plaidé ma cause.

Lana s'enfile une nouvelle bouteille d'eau. Elle remonte le genou et pose le pied contre la porte. Elle est plus sexy que jamais. Son visage rayonne grâce aux endorphines d'après-concert. Des gouttes de sueur perlent sur son cou. Ses cheveux lui donnent l'air de venir de…

Je ferais mieux de me ressaisir.

— C'est difficile à dire. Tu le sais bien.

Mon téléphone vibre dans ma poche. Nous devons aller à la rencontre de nos fans. Lana va être en retard à la sienne si elle ne se douche pas rapidement.

— Ne prenons pas de décision à la hâte, je suggère. On est sous le coup de l'émotion avec ce concert. La nuit porte conseil.

Lana pose la bouteille avec un soupir digne d'une bande d'ados en pleine crise hormonale.

— Je ne veux pas t'empêcher de chanter, Cleo.

Elle s'écarte de la porte, me tourne le dos, saisit la poignée pour m'ouvrir, puis se ravise. Elle lâche alors la poignée et pivote sur ses talons. Son regard se porte sur moi.

— C'était peut-être un peu trop bon.

Sa voix n'est plus qu'un filet sulfureux.

— C'est peut-être moi, le problème.

CHAPITRE 17

LANA

Je ne suis pas faite en marbre. Sous les couches de peau, je suis fragile comme la porcelaine. Après m'être livrée sur scène, exposée à la vue de tous, je ne peux pas redevenir celle que j'étais ces dix dernières années. Quand Cleo s'approche de moi comme ça, quand elle me parle comme elle l'a fait hier soir, quand elle joue les provocatrices, je ne peux pas continuer à faire comme si elle était seule dans sa barque. Moi aussi, je suis sensible. Moi aussi, je suis humaine. Je lui chante cette chanson tous les soirs après avoir joué deux heures sans Joan à mes côtés, après avoir totalement baissé la garde, au point qu'elle aurait tout aussi bien pu ne jamais exister.

Je ne peux pas me reprocher d'avoir essayé de me protéger, d'avoir essayé de garder la tête froide et d'avoir eu recours à des mesures drastiques comme celle de ne plus chanter du tout avec Cleo. Je fais ce métier depuis suffisamment longtemps pour ne pas laisser les fans me dicter ce que je dois faire, et je sais à présent qu'ils veulent à tout prix que Cleo et moi chantions cette chanson. Elle rappelle au public quelque chose que les Lady Kings ont perdu lorsque Joan est morte. Elle déclenche chez eux une nostalgie délicieusement amère et douce à la fois à laquelle il ne peut résister. Je le vois bien. Plus encore, je le ressens.

Lorsque je dis à Cleo que nous devrions arrêter ce duo, je me protège beaucoup plus qu'elle. Elle est jeune. Elle a des années de vie et d'amour devant elle. Elle a encore de quoi guérir en cas de chagrin, ce qui n'est pas mon cas.

Je tends la main vers elle. Elle tend la sienne. Nos doigts se touchent. Nous nous sommes déjà touchées plusieurs fois sur scène, mais là, c'est différent. Ce n'est que pour nous, pas pour le public. La pulpe de ses doigts sur les miens m'incite à lever le nez, à ne pas détourner la tête. Je croise du regard ses yeux bleus. Il m'est arrivé de les contempler pendant de longues minutes, pourtant j'ai l'impression de les voir pour la première fois.

— Cleo, je…, dis-je, mais elle lève l'autre main et plaque un doigt sur mes lèvres.

Bien que mon corps commence à se refroidir après l'effort, une chaleur irradie au plus profond de moi.

— Ne dis rien, me murmure Cleo. Tais-toi, s'il te plaît.

Elle déglutit, avant de se pencher vers moi. Puis elle attend.

Il me faut quelques secondes pour comprendre qu'elle souhaite que j'avance les lèvres à mon tour. Alors je le fais. Je pose ma bouche sur la sienne et, tandis que nous nous embrassons, une tension longtemps présente en moi se relâche, comme si je m'étais enfin libérée des entraves dont je suis la seule à avoir la clé.

J'attire Cleo à moi, et notre baiser redouble. Elle enroule ses bras autour de ma taille. Le bout de sa langue s'enfonce dans ma bouche. Un soupir s'échappe du fond de ma gorge. Elle sent si bon, une odeur de propreté et de fraîcheur, alors que moi je suis trempée de sueur après ce concert. Je pourrais y voir une métaphore sur notre différence d'âge, mais je m'y refuse, car tout ce que je veux, c'est me perdre dans ce baiser, me libérer, relâcher cette part de moi qui s'est accrochée au chagrin et au désespoir, dans les bras de Cleo.

Sa main se faufile sous mon haut, ses ongles me griffent le dos. Ma peau se couvre de chair de poule. Elle allume en moi un feu disparu depuis longtemps, car j'ai beau avoir connu des Other Women depuis la mort de Joan, aucune d'entre elles ne m'a fait ressentir cela. Et pourtant, ce n'est qu'un baiser.

Je sais que nous y reportons beaucoup de ce qui se passe entre nous sur scène. C'est peut-être même une conséquence logique du fait de chanter cette chanson ensemble. Je suis sûre que ce baiser a une signification très différente pour chacune d'entre nous, car nous sommes deux personnes différentes à des étapes très différentes de notre vie. Mais, bon sang, que c'est bon de tenir Cleo dans mes bras, que c'est bon d'alimenter ce baiser, de me permettre de choisir ce plaisir, car c'en est un. Je ressens un pur bonheur, tandis que nos lèvres s'embrassent et que nos langues dansent la valse. Sa main remonte le long de mon dos. Mon haut se soulève. Veut-elle l'enlever ? Veut-elle aller plus loin ?

Pour ma part, le sexe après un concert n'est plus qu'un bon souvenir, même si je ne vois pas d'inconvénient à le rafraîchir. Il n'y a rien de tel que de joindre un orgasme à l'euphorie béate propre à la scène. Le mélange des deux rendait accro.

Lorsque je porte la main aux fesses de Cleo, son téléphone se met à vibrer dans la poche arrière de son pantalon, et l'on frappe à ma porte avec insistance. Nous avons des obligations, et mes années de folles baises en coulisses sont révolues. Les tournées ne sont plus ce qu'elles étaient. Tout est chronométré, et le temps, c'est de l'argent.

— Eh merde, je gémis dans sa bouche.

— Je dois y aller, dit Cleo.

— Je dois me préparer pour… je sais plus.

Je n'ai pas encore repris mes esprits. Tout ce que je veux, c'est attirer de nouveau Cleo dans mes bras, planter à nouveau mes lèvres sur les siennes, parce que c'est encore mieux que de chanter sur scène.

— Je peux te rejoindre dans ta chambre plus tard ? demande-t-elle.

— Oui.

Je hoche vigoureusement la tête.

— Il faudra qu'on parle.

Elle me regarde droit dans les yeux, l'ombre d'un sourire aux lèvres.

— Je ne viens pas dans ta chambre pour parler, Lana.

Nom de Dieu. Cette fille. Comment j'ai pu lui résister aussi longtemps ?

Comme si cette déclaration ne suffisait pas, elle m'embrasse à nouveau. C'est doux, mais pétri d'intentions, pétri de cette énergie qu'elle apporte sur scène. Elle a raison. Je n'ai pas le moins du monde envie de parler davantage.

— J'y vais, dit-elle.

Or, au lieu de partir, elle m'embrasse à nouveau, comme si, maintenant que nous avions commencé, il était bête d'arrêter.

— Va, je l'exhorte lorsque nous reprenons notre respiration. On a toute la nuit devant nous.

Elle plonge son regard dans le mien, se passe la langue sur les lèvres, et je peux la sentir tout au fond de moi.

— Va, je répète, même si j'aimerais qu'elle reste ici, car quelqu'un, probablement Andy, frappe à nouveau.

Elle acquiesce d'un hochement de tête et, sans mot dire, ouvre la porte.

— Oh, s'exclame Andy après que Cleo lui est passée devant, je pensais que tu étais sous la douche.

Il m'examine du regard.

— Mais tu n'as pas encore pris ta douche.

Je jette un coup d'œil par-dessus son épaule à Cleo qui rejoint sa destination et me dis que je viens d'ouvrir la boîte de Pandore.

———

Cleo n'arrête pas de m'envoyer des SMS pour me prévenir qu'elle est en chemin vers ma chambre, mais cela fait quarante-cinq minutes et elle ne s'est toujours pas manifestée. Elle me laisse trop le temps de réfléchir. Je ne sais pas quoi faire de ma peau. Je me suis recoiffé les cheveux une dizaine de fois. J'ai même changé de t-shirt, ce qui est complètement ridicule. Tout ce que Cleo voudra faire dès qu'elle aura franchi ma porte, c'est ôter le haut que je porte et en finir.

Je me place devant le miroir et me regarde attentivement. Ce n'est pas aveuglée par le désir que je me lance dans cette histoire. Je sais qui je suis, et je sais qui est Cleo. La grande différence avec hier soir, quand je lui ai fait mon petit discours, quand j'en étais encore capable, c'est que je m'autorise à vivre tout ce qui va se passer entre nous. Car, il va s'en passer, des choses. L'excitation est à son comble.

Où est-elle ? A-t-elle eu une meilleure proposition ? Je souris à mon reflet dans le miroir. Vu la façon dont Cleo a parlé de moi hier soir et la façon dont elle a chanté pour moi tout à l'heure sur scène, c'est très peu probable.

Elle représente tellement de choses à mes yeux. C'est la femme avec laquelle je chante en duo. Une artiste avec laquelle j'ai la même alchimie qu'avec ma défunte épouse. L'éblouissante chanteuse d'un groupe extraordinaire. Une fille qui aime notre musique depuis longtemps. Elle est belle, talentueuse et c'est une sacrée chanteuse. Toutes ces choses ont contribué à me pousser dans ses bras.

Un autre message. Il vient d'elle.

Je suis là dans une minute.

Je prends une grande respiration, puis une autre. Je vais le faire. Je vais laisser Cleo entrer dans ma chambre, et nous ne nous perdrons pas en bavardages.

On frappe doucement. Je me précipite vers la porte.

— Coucou.

Je vois déjà Cleo sous un jour nouveau, comme la femme que je désire plus que tout.

Je l'attire à l'intérieur.

— Désolée d'avoir mis autant de temps, s'excuse-t-elle. Mais je suis là maintenant.

Elle me sourit.

— Où on en était quand on nous a si impoliment interrompues tout à l'heure ?

Elle ne perd pas de temps. Elle passe un doigt sous la ceinture de mon jean et me tire vers elle.

— Ah oui, c'est vrai. Tu ne pouvais pas t'empêcher de m'embrasser et de me peloter.

Son sourire s'élargit. Elle me prend par les sentiments et elle le sait.

— OK, je vois que le respect est mort, je rétorque, les yeux dans les yeux.

— Je vais te montrer, moi, à quel point je te respecte et t'admire.

Elle se mord la lèvre. Cela lui donne un air tellement sexy. Elle la lâche et penche le visage vers moi.

— Bonjour, Lana.

Cette fois, elle n'attend pas que j'avance les lèvres. Elle m'embrasse, et tout est bouleversé à nouveau.

Quand est-ce que j'ai ressenti ça pour la dernière fois ? C'était en moi depuis le début et j'ai été trop têtue, ou même trop sage, pour m'en apercevoir ? Quoi qu'il en soit, je ne considère plus la chose comme étant impossible. Je sais très bien quand tout a commencé. C'est quand nous nous sommes retrouvées toutes les deux sur scène. Quand elle m'a regardé dans les yeux et a chanté pour moi. Quand elle a renversé sa tête sur mon épaule. Quand elle est venue se tenir tout près de moi, si bien que je pouvais sentir son cœur battre à l'unisson avec le mien.

— J'ai tellement envie de toi, tu n'as pas idée, me murmure-t-elle, lorsque nous interrompons notre baiser.

— Je crois savoir.

C'est tout ce que je suis capable de répondre. Je veux sentir à nouveau ses lèvres sur les miennes. Je veux que sa langue se glisse à nouveau dans ma bouche. Je veux qu'elle me mette hors d'haleine. Encore et encore.

— J'espère que tu sais que tu es en train de réaliser tous mes rêves les plus fous.

Elle défait le bouton de mon jean, faisant ainsi connaître ses intentions comme si elles n'étaient pas déjà évidentes.

Cette fois, lorsqu'elle m'embrasse, sa langue divine dans ma bouche, ses mains se promènent dans mon dos et le bout de ses doigts se glisse dans mon jean. Ses lèvres dérivent vers ma gorge, là où c'est sensible, et je rejette la tête en arrière. Tous ces duos que nous avons faits jusqu'à présent étaient des prélimi-naires des plus spectaculaires. Le sang afflue dans mes veines. Ma peau est brûlante, et ces baisers n'arrangent rien.

Jambes et bras enlacés, nous avançons maladroitement en direction du lit. Ce n'est que lorsque je saisis son t-shirt pour le lui ôter que je remarque qu'il s'agit d'un t-shirt Kay Cooper. Joli coup. Cleo Palmer me plaît un peu plus à chaque seconde qui passe, à chaque baiser qu'elle dépose sur ma peau, à chaque respiration que je prends.

Elle n'hésite pas à enlever son soutien-gorge et je comprends pourquoi. Ses seins sont parfaits, captivants, et ils ne demandent qu'à se lover au creux de mes mains. Putain. Cleo est atrocement belle, encore plus ici, avec moi, que sur scène. Je frotte un mamelon avec mon pouce. Il durcit et, même si sa réaction est tout à fait attendue, elle a malgré tout raison de moi.

Pour Cleo aussi, le temps des sourires provocateurs est révolu. Lorsque je lève la tête pour regarder son visage, son expression est sérieuse et ses yeux pleins de convoitise.

— Je veux te voir, dit-elle. Toute nue.

J'enlève mon t-shirt, mais j'hésite davantage à me débarrasser de mon soutien-gorge. Cleo doit sentir ma réticence, car elle passe la main dans mon dos, ses mains douces et chaudes sur ma peau, et trouve le fermoir. Elle me regarde dans les yeux pendant qu'elle le dégrafe, avant de le baisser.

— Putain de merde.

Voilà ce qu'elle dit après avoir laissé tomber mon soutien-gorge à terre et que je me tiens devant elle à moitié nue.

— Putain, Lana.

Elle pose ses deux mains sur mon ventre et, très lentement, les remonte. C'est avec des doigts légers comme une plume qu'elle me caresse la poitrine. Déjà, mon souffle s'accélère.

L'une de ses mains s'empare d'un de mes seins, tandis que l'autre remonte jusqu'à ce que le bout de ses doigts atteigne ma joue. Cleo me regarde dans les yeux. Elle est d'une douceur inattendue, et la lueur dans ses yeux m'indique toute l'intensité de son désir. Elle a le visage de celle dont les rêves les plus fous sont sur le point de se réaliser. C'est un honneur d'offrir une telle opportunité à quelqu'un comme Cleo. Et, pour moi aussi, c'est un cadeau.

Son visage disparaît de mon champ de vision lorsqu'elle se penche avant. Sa langue passe sur mon mamelon dressé, avant qu'elle ne le prenne entre ses lèvres.

J'ai déjà les genoux qui flanchent.

J'entraîne Cleo sur le lit avec moi. Elle se laisse tomber sur moi, mais il ne faut pas longtemps pour que ses lèvres trouvent à nouveau la pointe d'un sein, puis l'autre. Cleo accorde toute son attention à ma poitrine, et des zones de mon corps qui sommeillaient depuis longtemps se réveillent.

J'ai couché avec des femmes de façon épisodique depuis

Joan. Aussi cliché que cela puisse paraître, il est bien trop facile pour la chanteuse d'un groupe légendaire de trouver une fille avec qui passer la nuit, seulement je n'ai jamais couché avec Cleo Palmer. C'est différent avec elle, même si ce sera probablement un coup d'un soir. Depuis la mort de Joan, je refuse de me projeter dans l'avenir, car il est imprévisible. Je ne vois pas plus loin que le prochain baiser.

Les lèvres de Cleo remontent le long de mon cou, jusqu'à ma bouche.

Je l'attire vers moi, la rapproche le plus possible, et l'embrasse sans relâche. Elle est si douce, si chaude, si réconfortante, si exaltante. Ses mains descendent. Elle baisse la fermeture éclair de mon jean et suit du doigt l'élastique de ma culotte. Mon corps s'enflamme.

Lorsque nous interrompons notre baiser, je prends un moment pour contempler à nouveau ses yeux bleus. Je déglutis. Elle est si belle et si généreuse sur scène, tout comme en compliments à mon égard. Je la connais à peine, mais elle a déjà changé quelque chose en moi.

— Je peux ? demande-t-elle tout en glissant le bout d'un doigt à l'intérieur de ma culotte.

J'ai envie de rire devant son excès de politesse, mais c'est peut-être ainsi que cela fonctionne au lit de nos jours entre les gens de son âge. L'autre jour, Tim portait un t-shirt sur lequel il était écrit au pochoir *Consent is sexy*. Je ne pouvais qu'approuver, tout comme aujourd'hui.

— Oui.

Parce que je ne demande que ça. Je suis tellement excitée, je veux sentir ses mains partout sur moi.

Elle me décoche un sourire, puis m'embrasse à nouveau. Mon Dieu, ces baisers. Je ne m'en lasse pas. On ne m'a pas embrassée comme ça depuis Joan.

Cette fois, lorsque nous reprenons notre respiration, Cleo

s'accroupit pour baisser mon jean. Pressée, je lui donne un coup de main, avant de l'aider à enlever à son tour le sien.

Je saisis ensuite sa culotte. J'ai hâte de la voir toute nue. Mon cœur bat la chamade. Je me sens plus vivante que sur scène. Je ne pensais pas que c'était possible. Pourquoi cette femme m'excite à ce point, bien que je la connaisse à peine ? Je croise son regard, et elle me fait un petit signe de tête. Je fais glisser sa petite culotte le long de ses cuisses, et ce simple geste suffit à provoquer de brusques contractions entre mes jambes. Or, Cleo n'est pas encore décidée à se laisser faire. Elle veut que je sois entièrement nue, un désir que je comprends parfaitement.

Elle me pousse sur le dos et m'enlève ma culotte, puis fait glisser ses doigts de ma cheville jusqu'en haut de ma cuisse, ne me laissant pas de marge de manœuvre pour donner l'assaut. Je suis trop captivée par ses caresses pour résister. Mon heure viendra, comme toujours.

Du bout des doigts, elle trace toutes sortes de figures sur mon bas-ventre avant de revenir sur mes cuisses.

— Je veux te voir, répète-t-elle.

Cette fois, ce n'est plus qu'un murmure. Son doigt s'enfonce dans l'espace où mes cuisses se rejoignent.

J'écarte les jambes et la laisse voir.

Cleo aspire sa lèvre. Elle est irrésistible ainsi, et pourtant je résiste. Je la laisse faire ce qu'elle a à faire. Je la laisse vivre son moment. Il n'y aura jamais qu'une première fois.

Son souffle s'accélère et ses lèvres s'entrouvrent. Son index longe l'intérieur de ma cuisse, dessinant des figures délicates, avant de remonter plus haut.

Elle glisse un doigt dans la moiteur de mon sexe et se penche pour m'embrasser à nouveau. C'est si doux et si tendre, cela ne ressemble pas à la manière dont je procède habituellement au lit avec les Other Women. J'ai toujours l'impression de devoir leur sortir le grand jeu et surpasser les attentes qu'elles auraient pu avoir en couchant avec moi.

C'est tout le contraire avec Cleo. C'est elle qui me sort le grand jeu, et chaque seconde de cette expérience est aussi exquise et raffinée qu'elle.

Je passe ma main dans ses cheveux tout en poussant un gémissement. J'espère qu'elle sait que c'est autant, sinon plus, un régal pour moi que ça l'est pour elle. Elle doit savoir depuis un moment qu'elle en a envie, mais le caractère soudain de ma prise de conscience, la rapidité du passage à l'acte, n'enlève rien à sa férocité. J'ai tellement envie d'elle. Je la veux sur moi et en moi. Si bien que, même si je suis incapable de prédire l'avenir, je sais déjà qu'une nuit ne suffira pas à assouvir tous mes désirs.

Cleo redescend tout en semant des baisers. Ses lèvres sur la peau de mon cou font ronfler le moteur du désir qui m'habite, à tel point que je suis prête à lui céder volontiers les manettes. Cleo fait une halte à hauteur de mes seins pour leur accorder toute sa bouche et sa langue pendant de longues et délicieuses minutes, puis elle m'embrasse le ventre et s'attarde autour de mon nombril, bien qu'elle n'ait manifestement qu'une cible en tête.

Lorsqu'elle arrive à destination, je suis déjà dans tous mes états. Elle lève la tête et me regarde, et son visage est si grave que cela m'excite encore plus. J'écarte les jambes pour elle, et Cleo se penche sur moi. Elle embrasse l'intérieur de ma cuisse et se dirige doucement vers l'aine.

Sa langue est chaude et soyeuse. Ses cheveux me chatouillent le ventre. Ses doigts s'enfoncent dans la chair de mes fesses. Tout est absolument parfait dans ce moment. C'est cet instant vertigineux avant que tout éclate, comme lorsque je monte sur scène, que je regarde le public et que j'enroule les doigts autour du micro, l'excitation qui monte crescendo, juste avant de chanter la toute première note. Sur scène, un tel moment ne dure pas très longtemps. Je dois suivre la musique et je ne peux pas me délecter de cet intervalle magique plus longtemps que la chanson ne le permet. Ici, je peux m'attarder aussi longtemps que mon corps me le permet, aussi longtemps que je le supporterai. Aussi longtemps que je pourrai supporter le plaisir délicieux que me procure la langue divine de Cleo.

Nom de Dieu. D'habitude, je tiens bien plus longtemps que ça, mais mon corps négligé n'est pas de taille à lutter contre l'énergie de Cleo, contre son érotisme naturel, contre la façon dont elle chante *I Should Have Kissed You* avec moi, contre l'intensité de son désir et la façon dont elle arrive parfaitement à le traduire.

Je jouis violemment sous sa langue habile. Je me laisse emporter par cette vague éclatante, parce que Cleo n'est rien d'autre que cela, éclatante. Quand elle monte sur scène comme quand elle s'agenouille entre mes jambes.

La prochaine fois que nous chanterons en duo, qu'elle chantera pour moi, c'est cette image qui me viendra, et tant que nous partagerons la scène ensemble, je ne pourrai pas, c'est une certitude, m'empêcher de le refaire avec elle.

Et moi qui disais que je ne pouvais pas prédire l'avenir.

CHAPITRE 18
CLEO

Après un concert parfait, ce qui est rare, je déborde d'assurance. Est-ce bien arrivé ? La preuve, dans toute sa splendeur, est sous mes yeux. Je n'ai jamais vu tableau plus merveilleux que Lana Lynch en train de jouir. J'exulte encore plus qu'après avoir chanté avec elle pour la première fois. C'est peut-être là le summum de mon euphorie : faire jouir Lana. J'espère avoir l'occasion de le refaire, car il y a de quoi être accro à la vue de la grande Lana Lynch en train de serrer ses cuisses contre vos oreilles dans une extase comme celle-ci.

Elle m'ouvre les bras, et je me blottis dans sa chaude étreinte. Lana roule sur le côté et passe son genou entre mes cuisses tout en me serrant contre elle. Aussi merveilleux qu'il ait été de la faire jouir, c'est encore plus exaltant d'être allongée, comme ça, dans ses bras, bien que je doive ce sentiment à ce qui a précédé. À tout ce qui a précédé. Je la regarde dans les yeux, et tout ce qui me vient à l'esprit, c'est : « Comment vais-je éviter de tomber amoureuse d'elle, si tant est que ce soit encore possible ? »

J'ai encore le goût de son corps sur ma langue, son essence la plus profonde sur mes lèvres.

— Hé, me murmure-t-elle, sa bouche près de la mienne. C'était…

Elle fait une moue.

— Surnaturel.

— Merci.

Merci ? Super, Cleo. En une fraction de seconde, tu as détruit l'image qu'elle avait de toi.

— Enfin, tout le plaisir est pour moi.

Lana m'adresse un sourire tendre. Elle a l'air tellement différente de ce qu'elle est sur scène. Elle est beaucoup plus vulnérable sans ce flegme derrière lequel elle aime se cacher. Elle écarte les cheveux de mon visage.

— Tu ne plaisantais pas quand tu as dit que tu ne venais pas dans ma chambre pour parler.

Elle caresse le contour de mon oreille du bout des doigts.

Je secoue la tête tout en lui souriant. J'ai perdu la faculté de parler, c'est mieux que de dire des bêtises, en tout cas.

— Voyons si je peux te rendre la pareille.

Son index s'aventure sur mon cou jusqu'au creux de ma gorge.

— Tu es si belle.

Elle a l'air de le penser du fond du cœur. Son doigt descend en ligne droite tandis qu'elle se penche pour m'embrasser. Son baiser est doux, sa langue paradisiaque. Je ferme les yeux et me presse contre elle. Elle prend un de mes seins dans une main et en effleure le mamelon avec le pouce. J'ai tellement envie d'elle. Même si je suis lovée dans les bras de Lana, au fond de moi j'ai encore du mal à y croire. Du mal à croire qu'elle est sur le point de me « rendre la pareille ». Or, j'ai un sein au creux de sa main. Les lèvres sollicitées par les siennes. Le cœur qui bat dans mon clitoris. Le corps prêt à recevoir Lana, même si j'ai le cerveau qui peine encore à le comprendre.

Alors que nous nous embrassons, elle me pousse doucement sur le dos. Sa main descend sur mon ventre, puis s'arrête, les doigts tout près de mon clitoris si bien que l'attente est irrésistible.

Nous nous arrachons à notre baiser, et elle me contemple pendant les secondes les plus longues de toute mon existence. Quand Lana Lynch me regarde ainsi, comme si j'étais le fruit le plus délicieux qu'elle s'apprêtait à croquer, les doigts frôlant dangereusement mon clitoris, c'est à la fois une torture et la plus divine des sensations au monde.

Même si je sais, au fond de moi, que mes sentiments pour Lana reposent sur une version d'elle-même qui n'existe probablement pas, mon cœur s'en moque et, pour l'instant, je lui fais la part belle. Ma tête sera, je l'espère, là pour moi le temps venu. Or, elle m'est inutile pour le moment. Ce dont j'ai besoin, c'est que les doigts de Lana descendent sans s'arrêter.

Je la connais sans vraiment la connaître, mais je la désire avec l'ardeur que je réserve habituellement à ceux que j'aime. Je n'offre pas mon cœur si facilement. Pourtant, à Lana, je le remettrais sur-le-champ. Je le lui donnerais rien que dans l'intervalle qu'il nous faut pour interpréter une chanson, car c'est notre duo qui a conclu l'affaire. C'est parce que nous avons chanté ensemble que son doigt se rapproche de plus en plus de mon clitoris.

Elle me regarde toujours comme si elle voulait s'imprégner de toutes les expressions de mon visage, lorsque sa main disparaît enfin entre mes jambes. Ses doigts, légers comme une plume, se glissent dans la moiteur de mon sexe. Je les veux, la veux, plus que tout.

— Je t'en prie, Lana, je la supplie tout en la regardant dans les yeux.

Comment pourrait-elle refuser quand je l'implore comme ça ? Un doigt remonte pour caresser mon clito.

— Ah ! je gémis.

Elle a les lèvres les plus sensuelles de la terre. Ses cheveux sont partout. Son bras a l'air puissant, et le mouvement de son épaule remue quelque chose au fin fond de moi, car c'est ce même mouvement qui me fait cet effet.

Lana dessine encore quelques cercles paresseux autour de mon clitoris, puis redescend le doigt et l'enfonce tout au fond de moi.

Je retiens mon souffle lorsqu'elle me pénètre. Quand je la regarde à nouveau dans les yeux, c'est comme si la terre s'était arrêtée de tourner. Tout le reste a cessé d'exister. Il n'y a que nous, Lana ancrée en moi, à l'endroit le plus intime de mon anatomie, son doigt complètement enfoncé en moi.

Il se met à bouger. Il pousse doucement en moi. Le mouvement est encore si infime, et pourtant je le sens partout dans mon corps. Elle est la femme des posters qui ornaient les murs de ma chambre d'adolescente, la chanteuse qui m'a incité à fonder mon propre groupe, la féministe qui a donné le sentiment que c'était simple comme tout alors que ce n'était pas le cas. C'est cette même femme qui bouge son doigt en moi tout en me regardant dans les yeux, comme si elle voulait dénicher un secret caché au plus profond de mon âme.

Son doigt se retire et est rapidement remplacé par d'autres. Elle écarte davantage le passage. Elle s'enfonce plus profondément en moi. Son mouvement s'accélère. Son épaule se met à trembler pendant qu'elle me baise, pendant qu'elle me prend, pendant qu'elle change quelque chose en moi pour toujours. Oui, comment pourrais-je être la même après avoir vécu ça ? Avec elle. Avec Lana Lynch, bordel.

— Oh, Lana.

J'ai besoin de dire son nom.

Ses lèvres s'entrouvrent, comme si elle allait répondre, mais elle n'en fait rien. Alors, tout devient trop trop vite, et je ne peux plus garder les yeux ouverts. Je m'abandonne au plaisir qu'elle m'impose. Je me donne à elle. Je la laisse m'y emmener. Je vais et je viens contre ses doigts jusqu'à ce que mes muscles soient épuisés et que mon corps ait atteint l'orgasme, jusqu'à ce que j'aie l'impression d'avoir fait trois concerts d'affilée.

Lana pose son front contre le mien. Lorsqu'elle cligne des yeux, je sens ses cils sur les miens. Lentement, ses doigts se retirent. Elle les porte à ce petit espace entre nos mentons, puis les aspire dans sa bouche.

Bonté divine. Je suis sur le point de jouir à nouveau rien qu'à cette vue. Je sais alors que je suis foutue, que je suis tellement éprise d'elle, ou de cette version d'elle-même, que je serai complètement paumée jusqu'à la fin de cette tournée. Or, c'est moi qui ai voulu ça. C'est moi qui ai commencé. Quoi qu'il advienne, quel que soit le nombre de miettes de mon cœur qu'il y aura à ramasser, cette nuit en aura valu mille fois la peine.

Lana s'affale à côté de moi. Ce n'est pas le moment de jouer les timides. Il faut que je profite au maximum de cette nuit avec elle. Je me tourne vers elle et enroule un bras autour de sa taille.

— Comment tu te sens ? demande-t-elle.

— Plus que bien.

C'est peut-être ce moment-là le meilleur de tous, meilleur encore que tous les moments incroyables qui ont précédé cet instant, ce moment calme et paisible que nous vivons ensemble maintenant.

— Tu as soif ? Ou faim ? demande-t-elle.

Je secoue la tête et viens poser la main sur sa fesse.

— J'ai juste envie de toi.

———

— Cleo, me chuchote-t-on à l'oreille. Hé, Cleo.

Quand j'ouvre les yeux, je me demande si je rêve encore. Le visage de Lana est tout près du mien.

— Désolée de te réveiller, mais…

— Quelle heure est-il ?

C'est déjà difficile de suivre l'emploi du temps de cette tournée, et ce matin, j'ai le cerveau en bouillie. Prenons-nous la route aujourd'hui ? Jouons-nous ce soir ?

— Il est tôt, mais tu devrais peut-être retourner dans ta chambre avant que les autres se réveillent, suggère Lana.

— Oui.

Je m'étire. Chaque fibre de mon être aimerait rester dans le lit de Lana.

— Tu as bien dormi ? je demande.

— Oh, oui ! Tu m'as lessivée. Un concert suivi de…

Lana agite les sourcils, comme s'il était difficile d'exprimer verbalement ce que nous avons fait hier soir.

— Ça.

— On a fait l'amour.

J'ai beaucoup moins d'états d'âme à évoquer le sujet. Je l'attire à moi, sans me soucier de l'aspect ringard de la chose.

— Et c'était oufissime.

Je veux l'embrasser, mais elle recule

— D'ailleurs, commence Lana, c'est vrai, c'était merveilleux…

Elle marque un silence.

— Mais, euh… Est-ce qu'on pourrait garder ça pour nous, s'il te plaît ?

Elle est sérieuse ? On est en tournée. C'est impossible de garder un secret avec deux groupes de musique et leur équipe, sans parler d'un secret comme celui-ci. Et puis, je n'aurais pas le droit de dire à qui que ce soit que j'ai couché avec Lana Lynch ?

— Pourquoi ?

Elle le regrette déjà ?

— Parce que je n'aime pas que les gens parlent dans mon dos et…

Elle rapproche son visage et frotte son nez contre le mien.

— On sait pas encore ce que ça va donner entre nous. Il vaut mieux… explorer, sans que les gens extrapolent.

— D'accord.

Je ne peux pas vraiment la contredire.

— Mais, Lana, je ne pourrai pas le cacher longtemps à mes amis.

Tim sera le premier à remarquer qu'il y a quelque chose de différent chez moi.

— Ce sourire…

J'exagère un sourire.

— … va me trahir en un rien de temps.

— Juste pour l'instant, s'il te plaît.

Lana me donne un petit coup de nez dans le cou. Je sens la chaleur de son souffle lorsqu'elle pousse un gros soupir.

— On ferait mieux de ne pas monter dans le même bus aujourd'hui, alors.

Je crois que nous prenons la route aujourd'hui. Il y a peu de villes où nous jouons plus d'un concert, et je me souviens de chaque seconde de Lana et moi sur scène, et en dehors de la scène, hier soir.

— Ce serait un pari risqué, et il y aurait tellement de ragots qu'on pourrait bien ne jamais s'en relever, me chuchote-t-elle à l'oreille. Je te trouve incroyablement irrésistible, Cleo.

Elle sait comment me parler. Pour lui faire comprendre que je ressens la même chose, je l'attire contre moi. Ses seins pressés contre les miens réveillent mes sens.

— Tu n'as pas à me résister, je susurre, une phrase que je n'aurais jamais imaginé dire à une femme comme Lana Lynch. On peut se voir ce soir ?

— Ça me plairait beaucoup, mais on verra bien.

Lana m'embrasse doucement sur la joue.

— Tu sais comment ça se passe en tournée.

Je le sais, mais je n'étais jamais partie en tournée avec Lana auparavant, sans parler de coucher avec elle, donc, pour moi, les règles habituelles ne valent plus.

— D'accord.

J'essaie d'avoir l'air détaché. Est-ce que je devrais lui dire à quel point cette nuit a compté pour moi ? Remarque, après ce qui s'est passé entre nous, elle devrait le savoir.

Lana passe un bras au-dessus de moi et attrape le coin de la couette.

— Maintenant, dit-elle tout en l'enlevant lentement, il est temps de t'en aller.

Je fais semblant de frissonner, même si je brûle de désir pour elle.

Lana semble elle aussi hésiter à me mettre à la porte. Elle regarde mes seins nus, comme hypnotisée, et pousse un petit soupir.

— Je te l'avais dit, souffle-t-elle. Tu es irrésistible.

Je la regarde dans les yeux.

— Et moi, je t'ai répondu que tu n'avais pas à me résister.

Un sourire flotte sur son visage.

— C'est ce que je suis en train de faire.

Elle plante un dernier baiser sur ma joue, puis détourne les yeux.

— Allez, va ! Je ne peux pas te regarder partir. Tu es trop belle. Rassemble tes affaires, et dehors.

J'avance sur les genoux et me colle contre son dos nu, veillant à ce qu'elle sente bien la pointe dressée de mes seins.

— À ce soir, je murmure. Parce que je ne peux pas te résister non plus.

Je l'embrasse dans la nuque, hume son odeur et sors du lit.

CHAPITRE 19
LANA

Demain, nous devons donner des interviews. Logan revoit l'emploi du temps avec moi dans le bus, mais j'ai du mal à me concentrer. Auparavant, quand je m'envoyais en l'air, je me sentais revigorée, régénérée même. Aujourd'hui, c'est différent.

— Nous serons à New York la semaine prochaine, explique-t-il. Isabel Adler a confirmé qu'elle venait au concert.

Il me fait les yeux doux. Il n'était pas là quand Isabel et moi avons enregistré *I Should Have Kissed You*, et il ne manque pas une occasion de me le rappeler.

— Je ne demande jamais rien.

Il incline la tête et joint les mains.

— Mais, par pitié, tu veux bien me la présenter ? Je te serai à jamais redevable. Tu auras mon amour éternel, et je resterai à tes côtés, travaillant pour toi tel ton humble serviteur, pour toujours. Et je jure d'emporter tous tes secrets dans ma tombe.

Mes secrets ? De quoi parle-t-il ? Quelqu'un a peut-être vu Cleo quitter ma chambre ce matin, et Logan n'est pas du genre à garder ce genre de choses pour lui.

Je chasse cette pensée intrusive de ma tête.

— Pas de problème. Je ferai en sorte que tu rencontres Isabel.

Une autre idée me vient à l'esprit.

— En fait, on devrait tous se réunir. Tu sais quoi ? C'est moi qui vais lui envoyer un message.

Je veux que Cleo rencontre Isabel Adler. Après tout, elle chante à sa place à chaque concert.

Logan frappe dans ses mains.

— Excellente idée !

Je sors le téléphone de ma poche. Il y a un message de Cleo. Instinctivement, je tourne l'appareil pour éviter que mon assistant le voie. Elle m'a laissé un message vocal au lieu d'un texto. Je ne peux pas l'écouter alors que Logan est assis juste à côté de moi.

J'envoie un SMS à Isabel, la conviant à rencontrer les Lady Kings et les Other Women. A-t-elle vu sur Internet des vidéos de Cleo et moi en train de chanter notre chanson ? Si oui, qu'en pense-t-elle ? Et pense-t-elle qu'il était couru d'avance que Cleo et moi ne nous contenterions pas de chanter ensemble ? Que nous nous embrasserions, et plus encore ? Un flot de souvenirs me submerge. Les lèvres de Cleo sur les miennes. Ses seins parfaits au creux de mes mains. Sa bouche sur mon...

Mon téléphone vibre dans ma main. Isabel m'a déjà répondu.

> Leila et moi serions ravies de vous recevoir pour une petite fête. Tout ce que la grande Lana Lynch voudra (dixit Leila) ;-) Demande à ton équipe de contacter la mienne, et nous prévoirons ça. Nous avons hâte de voir les Lady Kings en concert! Bisous. Izzy.

Je fais plaisir à Logan en lui montrant le message.

— Alors ?

Logan fait semblant de s'évanouir sur place, le dos de la main appuyé sur le front dans une pose théâtrale.

— Tu as lu sa biographie ? me demande-t-il.

— Évidemment.

Cela me rappelle qu'il faut que je lise le scénario que Roy m'a donné, celui qui parle de ma propre vie. Je devrais peut-être demander à Cleo ce qu'elle en pense, si elle aimerait que l'on porte sa vie à l'écran. Ce serait bien d'avoir un regard neuf sur la question, l'avis de quelqu'un beaucoup plus jeune avec des idées très différentes.

— Certaines personnes sont tout simplement… hors norme, songe Logan.

— Toi, va fantasmer sur Isabel Adler, pendant que je passe quelques coups de fil.

— Appelle-moi si tu as besoin d'autre chose.

Logan se lève et pose son regard sur moi.

— Sérieusement, Lana. Je te remercie.

— Merci à toi pour tout ce que tu fais pour moi.

Je lui adresse un clin d'œil.

— C'est un plaisir immense. Tu le sais.

Je le regarde partir. Logan est un vrai rayon de soleil, je devrais le rémunérer rien que pour m'avoir apporté ça dans la vie. Qui d'autre adore Isabel Adler, déjà ? La mère d'une des Other Women. Un autre exemple qui me rappelle combien je suis plus vieille que Cleo. En parlant de Cleo, un message d'elle attend d'être entendu.

Je mets mes écouteurs et jette un coup d'œil à la ronde. Tout le monde vaque à ses occupations. Billie est de retour dans notre bus et est en pleine conversation avec Andy. Sam et Deb travaillent sur une ligne de basse. La plupart des autres passagers lisent ou somnolent. La voie est libre, je peux écouter ce que Cleo a à dire. Mon cœur se remet à battre la chamade, tandis que j'ouvre le message.

> Coucou, Lana. C'est Cleo. J'ai oublié de te dire quelque chose avant que tu ne me mettes dehors aux aurores. Ou bien c'était peut-être trop dur pour moi de te le dire en face. Je sais pas, mais euh… je te trouve incroyable. Cette nuit était iiiincroyable. Vraiment, comme si tous mes rêves les plus fous se réalisaient. Je sais que tu veux garder ça secret et je promets de ne rien dire. Tu peux me faire confiance, mais j'aimerais vraiment, vraiment, vraiment te voir ce soir. Bon. À plus tard. Bye.

Le message se termine par le son d'un baiser. Cleo est si mignonne. Évidemment que je veux la voir ce soir, seulement je ne veux pas éveiller les soupçons. Je ne suis pas prête à dire aux membres de mon groupe ce qui s'est passé. Je n'ai pas envie de faire face aux éventuelles conséquences, comme la jalousie de Billie et de Jess.

Je lui réponds que j'ai bien reçu son message et que j'ai hâte de la voir à la prochaine aire de repos. J'ai bien envie de changer de bus, mais ce n'est pas le moment de bouleverser l'ordre naturel des choses, si tant est que cela existe en tournée. Il y a tout de même des règles, sans quoi rien ne fonctionnerait. On peut organiser les choses, les contrôler même, excepté les êtres humains. Pour un groupe aussi jeune, les Other Women ont été des crèmes jusqu'à présent, même si je ne suis peut-être pas objective. Mis à part quelques affaires de cœur, il n'y a pas eu de pétage de plombs ni de tapage… si l'on fait abstraction de la nuit dernière, bien que je ne qualifie pas ce que Cleo et moi avons fait de tapageur. C'était passionné, et délicieux, et claire-ment trop bon.

C'était presque une conséquence logique de ce que nous vivons sur scène ensemble, même si cette logique ne tient pas la route. J'ai partagé la scène avec Billie, Sam et Deb pendant de nombreuses heures, sans pour autant coucher avec l'une d'elles, bien que j'aie couché avec Joan pendant très longtemps.

Le bus s'arrête sur une aire de repos et j'ai hâte de descendre. J'ai hâte de voir Cleo. J'ai beau être suffisamment vieille pour être sa mère, je me sens aussi jeune et insouciante que les membres de notre première partie.

———

À l'époque, Joan et moi restions généralement dans le bus lorsqu'il faisait une halte. L'agitation que notre arrivée suscitait dans chaque station-service était trop grande pour que nous voulions y faire face. Nous nous dégourdissions un peu les jambes et prenions l'air dans un endroit isolé, loin de toute personne susceptible de nous reconnaître. Si j'ai bien appris une chose au cours d'une carrière musicale longue de plusieurs décennies, c'est que la célébrité a de drôles d'effets sur les gens, aussi bien sur les stars que sur ceux qui les adulent.

Si l'on vous répète sans cesse que votre voix fait ressortir une émotion longtemps enfouie en soi ou que l'une de vos chansons transmet tel ou tel sentiment qui ne peut être exprimé autrement, il y a de fortes chances que cela vous monte à la tête, surtout si vous êtes le visage et la voix du groupe.

Voilà pourquoi les Other Women sont d'autant plus remarquables, en dehors de leur relative bonne conduite. Malgré leur succès, ils ne se prennent pas pour les messies du rock. Ils doivent se faire cirer les pompes à longueur de temps, j'en sais quelque chose. Pourtant, ils ont bien plus les pieds sur terre que moi à leur âge. Ils n'ont peut-être plus autant de raisons de se battre. Les groupes composés comme ils le sont sont automatiquement acceptés de nos jours. C'est la norme. Nous, nous étions en marge de ce que la société considérait comme normal pendant les quinze premières années de notre carrière. Nous agissions comme si nous avions quelque chose à prouver, pour la simple et bonne raison que c'était le cas.

Aujourd'hui, je ne veux plus rester dans le bus, ne serait-ce que pour pouvoir apercevoir Cleo. D'énormes lunettes de soleil, que certains qualifieront d'odieuses, juchées sur le nez, je me dirige vers l'endroit où les Other Women et leur équipe se sont regroupés.

Jess est la première à me remarquer. Son visage s'illumine aussitôt.

— Question, je lance à la volée. Qui veut passer du temps avec Isabel Adler quand on sera à New York ?

Daphne pousse un cri.

— Moi !

Puis ses yeux s'écarquillent.

— Il faut que j'appelle ma mère.

Tim et Jess ne semblent pas aussi enthousiastes à l'idée de rencontrer Izzy. Cleo croise mon regard. Quelque chose passe entre nous. L'espace d'un instant, je me laisse aller à imaginer ce que cela donnerait si nous étions ensemble et que les gens le savaient. C'est une réflexion idiote, Cleo et moi n'avons couché qu'une fois ensemble et il n'y a pas lieu de penser que cela ira plus loin qu'un flirt de tournée, mais tout de même. Je n'ai qu'une envie, c'est passer un bras autour de son épaule et la serrer contre moi, respirer son odeur, revivre un peu la magie de la nuit précédente.

— Je stresse déjà, me confie Cleo. Tu lui as parlé ? Qu'est-ce qu'elle pense de notre duo ?

— Ne te bile pas.

Je lui adresse mon plus beau sourire pour la rassurer.

— Tu n'as aucune raison d'être nerveuse, je promets tout en la regardant dans les yeux.

— Oui, réplique-t-elle, mais c'est une icône et je...

— Tu es Cleo Palmer, l'avenir du rock, intervient Tim. Isabel, c'est... je ne dirai pas le passé, j'aime ce qu'elle fait maintenant, mais on ne peut pas comparer sa musique à la nôtre. Ça n'a rien à voir.

— Qu'est-ce qui te fait dire ça ? je demande pour le provoquer, et aussi parce que je suis curieuse d'entendre ce qu'il a à dire sur ce sujet.

— Ben…

Il se tourne vers moi.

— Sois honnête. Si l'on t'avait demandé d'enregistrer un duo avec Isabel il y a quinze ans, quand vous étiez toutes les deux au sommet de votre art…

Aïe. Il t'a calmée, Lana.

Cleo lui donne un coup de coude dans le biceps.

— Pardon, je voulais pas être blessant. Tu le sais bien, Lana.

J'admire le détachement de Tim face aux broutilles de la vie. Je me dis qu'il a dû en voir de toutes les couleurs dans sa courte existence.

— Ce que je veux dire, c'est que tu chantais dans un groupe de rock ultra-cool et qu'Isabel Adler était une… comment dire.

— Une incroyable chanteuse, la plus grande voix qui ait jamais flatté nos oreilles, intervient Daphne.

— Je ne dis pas qu'Isabel Adler n'est pas une chanteuse et une interprète terriblement talentueuse, mais elle s'est toujours beaucoup reposée sur l'émotion et le jeu de scène.

— Les Lady Kings aussi, je nuance.

— Peut-être, mais d'une autre façon.

— Tu dis n'importe quoi, Tim, rétorque Daphne.

Il l'ignore et poursuit.

— Je me demande juste si tu aurais enregistré cette chanson avec Isabel Adler il y a quinze ans. C'est tout.

— Qu'est-ce que ça peut bien faire ? dit Cleo.

Tim se tourne vers elle.

— Il y a quinze ans, on avait quatorze ans.

Aïe. J'aurais dû rester dans le bus.

— On tripait sur les Lady Kings à l'époque. On tripe encore dessus aujourd'hui. Ce groupe, c'est notre modèle.

Tim pose alors son regard sur moi.

— Donc, tu comprends bien que je ne cherche pas à te

blesser quand je dis des choses, Lana. Je t'adore. Tu as tout mon respect et mon admiration, mais… ç'aurait été carrément différent si tu avais sorti un duo avec Isabel Adler il y a quinze ans. C'est tout ce que je dis.

Ah, l'arrogance de la jeunesse. D'une certaine manière, c'est beau.

— Si Izzy me l'avait demandé à l'époque, dis-je tout en remontant mes lunettes de soleil sur le nez, j'aurais sauté sur l'occasion. Elle a de la classe. Il n'y en a pas deux comme elle. Voilà.

— C'est facile à dire après coup.

Tim ne veut rien lâcher. Cela risque d'être drôle quand, la semaine prochaine, je lui présenterai Izzy.

— En parlant de cette chanson.

J'enlève mes lunettes de soleil.

— Cleo, je peux te parler en privé une minute ?

Certes, ma transition n'est pas aussi fluide que je l'aurais souhaité, mais le bus va bientôt partir, et j'ai envie de me retrouver un peu seule avec Cleo.

— Bien sûr.

Elle s'écarte du groupe et, ensemble, nous marchons jusqu'à l'endroit où les bus sont garés.

— Merci pour ton message, dis-je tout en réussissant à ne pas la toucher.

— Je m'excuse pour Tim. Je sais pas ce qu'il a aujourd'hui.

— Ce n'est rien du tout. Je ne me vexe pas si facilement.

Plus si facilement.

Nous nous arrêtons de marcher et nous nous regardons. Même si nous n'avons couché ensemble qu'une seule fois, c'est déjà tellement fort entre nous.

— J'aimerais beaucoup qu'on se voie ce soir, dis-je malgré moi. Je t'enverrai le numéro de ma chambre plus tard.

— J'ai hâte d'être à ce soir.

Cleo enfonce les mains dans les poches de son blouson.

— Je ne l'ai dit à personne, mais c'est dur. On est dans ce bus toute la journée, je n'arrête pas de penser à toi et je ne peux pas le dire à mes amis.

— Je sais. Le temps semble tellement dense quand on est en tournée et l'on ressent beaucoup d'émotions beaucoup plus fort.

C'est sans doute pour cette raison que c'est une torture d'être ici avec Cleo et de ne pas pouvoir la toucher.

— Mais pense à Jess. Il ne faudrait pas que…

Il ne faudrait pas que tu la contraries pour rien, je songe, mais je me tais, car je ne le pense pas. Bien que les émotions soient exacerbées en tournée, et cela vaut pour tous, quel que soit le nombre de tournées auxquelles on a participé, je sais que ce n'est pas rien.

— Tu devrais peut-être prendre des pincettes pour lui annoncer la nouvelle.

Cleo hoche la tête.

— Tu sais de quoi j'ai hâte aussi ? me dit-elle.

Je secoue la tête et ne peux pas m'empêcher de me rapprocher d'elle.

— De chanter avec toi demain soir.

Elle incline la tête.

— C'est pas de ça qu'on est censées parler, non ?

J'acquiesce d'un hochement de tête et jette un coup d'œil à la ronde. A priori, personne ne nous regarde. Je lui touche le poignet. Elle sort la main de sa poche et je la prends dans la mienne.

— C'est comme ça que tout a commencé, dis-je, tandis que je glisse mes doigts entre les siens… et perds un peu plus la raison.

CHAPITRE 20
CLEO

Cela fait une heure que nous sommes de retour dans le bus, pourtant je sens encore les doigts de Lana entre les miens.

— Je peux te parler ?

Jess a surgi de nulle part.

— Oui.

Je lui fais de la place à côté de moi.

— Qu'est-ce qu'il y a ?

— Je me trompe peut-être, mais j'ai cette espèce de… flair au sujet de Lana, à cause de ce que je ressens pour elle. Tu sais ce que je ressens pour elle, hein ?

Merde. Déjà. J'acquiesce d'un hochement de tête tout en essayant de rester impassible.

— Tout à l'heure, quand elle et toi, vous vous êtes éloignées, je n'ai pas pu m'empêcher de regarder et j'ai… j'ai eu l'impression que… que vous ne discutiez pas seulement de votre duo.

— Jess, je…

Elle lève la main pour m'arrêter.

— Non, non. Ne dis rien. Je veux juste m'assurer que tu ne me feras pas un coup pareil. Tu es ma meilleure amie. Depuis des années. On a un groupe génial. Une vie de rêve. On joue avec les Lady Kings, quoi ! Là, ce bus, cette tournée, c'est ça, le rêve, Cleo. Tu ne veux pas tout gâcher, si ?

Son laïus est-il bien celui que je pense ?

— Euh, non, bien sûr que non. Même si j'ignorais que j'étais en train de tout gâcher.

— Je sais, tu dois trouver ça idiot, mais mes sentiments pour Lana sont bien réels. Et ils ne disparaîtront pas tant qu'on sera en tournée avec elle. Elle est juste…

Elle gonfle les joues et souffle.

— Je suis folle d'elle, Cleo.

Sa voix s'est étranglée, je n'ai pas rêvé ? Aurions-nous de nouveau quinze ans ?

— Je crois que je ne le supporterai pas si…

— Si quoi ?

— Si elle… si elle se tapait une de mes meilleures amies.

— On chante une chanson ensemble, c'est tout.

Mais pourquoi suis-je en train de mentir ? Cela ne fera qu'empirer les choses à long terme.

— D'accord.

Les traits de Jess se détendent un peu.

— C'est tout ce que j'avais besoin d'entendre.

Elle déglutit.

— Merci pour la discussion.

Puis elle s'en va.

Fait chier. Le problème, c'est que je sais exactement ce que Jess ressent. Je suis folle de Lana, moi aussi, et l'idée qu'elle ait une aventure avec un des membres de mon groupe est rageante et frustrante, en plus d'être impardonnable.

———

Après le dîner, Jess n'arrête pas de me parler. Nous n'avons pas vraiment de conversation, puisqu'elle ne me laisse pas en placer une. Elle s'efforce manifestement de me retenir dans le bar, car elle a peur de l'endroit où je pourrais me rendre si je m'en allais.

— On sort ? propose Daphne. Apparemment, il y a une super boîte de nuit à quelques rues d'ici. Tessie est motivée.

— Nous aussi !

Jess passe son bras sous le mien. Elle me regarde, comme si elle me mettait au défi de dire non.

— Bon, OK, dis-je. Pourquoi pas !

Quelques autres personnes confirment qu'elles nous suivront.

— Est-ce qu'on demande aux Kings si elles veulent se joindre à nous ? suggère Tim.

— Même si elles ont largement dépassé l'âge de la retraite, c'est ça ? je rétorque.

— C'est pas ce que j'ai voulu dire, Cleo. Tu peux me lâcher, s'il te plaît ?

Il me souffle un baiser.

— Je vais aller les chercher, propose Tessie. Il est grand temps de faire une bringue de l'espace.

J'aimerais que Lana se joigne à nous, pour autant cela ne résoudra pas la question de l'intimité. Si elle ne vient pas, je peux toujours suivre les autres, puis tenter de me débarrasser de Jess, qui ne me lâche pas d'une semelle, et rejoindre Lana dans sa chambre un peu plus tard que prévu.

Tessie fait le tour des tables. Lana n'est pas au restaurant. Est-elle déjà dans sa chambre en train de m'attendre ?

— Billie est partante, nous annonce Tessie à son retour. Sam et Deb réfléchissent encore, mais il se pourrait bien qu'elles nous suivent. Lana est remontée dans sa chambre, mais Billie va aller la voir.

Jess se réjouit visiblement à l'idée que Lana se joigne à nous.

— Tu es géniale, mais je le savais déjà.

Daphne caresse la main de Tessie. Elles viennent à peine de

se rencontrer et sont passées à la vitesse supérieure, à ce qu'il semble. Elles ne s'en cachent pas.

— Tu m'offres un cocktail au bar ?

Tessie agite les sourcils en direction de Daphne.

— Venez.

Daphne nous fait signe de nous joindre à elles.

— On va s'échauffer pour la soirée.

C'est le moment ou jamais.

— Je vais aller enfiler une tenue qui passe mieux en boîte de nuit.

— Une tenue pour faire craquer toutes les nanas, tu veux dire.

Tessie me fait un clin d'œil.

— Peut-être bien, dis-je. À tout à l'heure.

Je me dépêche de partir en espérant que Jess ne me suivra pas, seulement elle est loin d'être nunuche. Je me rabroue intérieurement, car c'est à l'une de mes meilleures amies que je fais allusion, une fille en qui j'ai toute confiance, une fille avec laquelle j'ai vécu une décennie de hauts et de bas, une fille que je ne peux pas mettre de côté, tout ça parce que je craque à fond sur la même star qu'elle.

Je suis seule dans l'ascenseur. Billie était encore en bas, mais je m'attends à ce qu'elle monte bientôt. Lana m'a envoyé son numéro de chambre tout à l'heure. Je me faufile jusqu'à sa porte, qui s'ouvre dès que je frappe.

— Tu devrais peut-être me cacher dans la salle de bains, je lance en guise de bonjour. On sort ce soir. Billie vient ici pour te convaincre de venir à la « bringue de l'espace » dans laquelle on m'a entraînée.

Lana m'observe de ce regard calme et posé qui la caractérise, inébranlable face à la tornade humaine qui vient de faire irruption dans sa chambre.

— Viens là, me dit-elle tout en passant ses bras autour de ma taille. J'ai attendu toute la journée pour passer du temps seule avec toi. Je ne vais pas aller dans je ne sais quelle boîte de nuit avec des gens qui ont la moitié de mon âge. J'ai de bien meilleurs projets ce soir.

Elle se penche pour m'embrasser, mais au moment où ses lèvres sont sur le point de toucher les miennes, quelqu'un frappe à la porte. Billie.

— La salle de bains est là-bas.

Lana indique une porte sur sa gauche.

Je me précipite dans la pièce et referme doucement la porte derrière moi. La suite de Lana est si grande que la salle de bains est trop éloignée de la porte pour que je puisse entendre ce que Billie dit, ou même être sûre que c'est bien elle à la porte. Qui que ce soit, Lana s'est vite débarrassée de la personne. Quelques minutes seulement s'écoulent avant qu'elle n'ouvre la porte de la salle de bains.

— La voie est libre. Où en étions-nous ?

Elle me tend les bras.

— Tu ne comprends pas. Il faut que j'y aille. Jess est au courant pour nous, ou du moins elle s'en doute, et elle va péter un plomb si je ne vais pas en boîte avec eux ce soir.

— Jess est au courant ?

Lana fait de grands yeux ronds.

— Elle a dû nous voir nous prendre la main sur l'aire de repos tout à l'heure ou elle a peut-être juste senti un truc. Je sais pas, mais elle m'a dit qu'on était amies depuis longtemps et qu'il y aurait des répercussions sur le groupe si toi et moi…

Cela paraît tellement dingue quand on le dit à voix haute. Ce n'est pas comme si, à l'époque où nous avons formé le groupe, nous avions fait le serment de ne jamais tomber amoureuses de la même femme. Ce sont des choses qui arrivent, et les gens s'en accommodent.

— Hé, calme-toi.

Lana pose sa main sur mon dos et m'entraîne vers un canapé près du lit.

— On va s'asseoir une minute.

— Je n'ai pas le temps de m'asseoir. Tout le monde m'attend en bas.

Lana s'assied, comme si elle voulait montrer l'exemple.

— Il y a toujours le temps.

Elle tend la main.

— Cette boîte de nuit n'ira nulle part.

Je prends sa main et la laisse me tirer vers elle.

— Je suis tiraillée.

Je passe les jambes de chaque côté des siennes, mais je reste debout.

— Si j'étais à la place de Jess, je serais en colère, moi aussi.

— Jess n'a absolument aucune raison d'être en colère.

Les mains de Lana remontent à l'arrière de mes cuisses.

— Je ne vois pas les choses comme toi.

Lana hoche la tête.

— Je sais, et c'est ce qui fait que c'est si merveilleux d'être avec toi.

— Qu'est-ce que je devrais faire d'après toi ?

— Qu'est-ce que tu as envie de faire ?

Le ton de Lana est si décontracté qu'il m'agace. Elle ne comprend pas à quel point cela peut être grave pour moi, ou du moins le devenir.

— J'ai envie de rester ici avec toi.

Et faire comme si rien d'autre n'existait.

— Alors, reste ici avec moi.

— Mais je vais devoir mentir au membre du groupe, et Jess le saura.

Lana pousse un long soupir.

— Oh, Cleo ! J'aimerais que tu comprennes que tout ça, ce n'est que des conneries.

— Pour toi, peut-être, mais on te vénère depuis des années. On est tous différents, on le vit chacun et chacune à notre manière, mais en fin de compte, je ne suis pas si différente de

Jess. J'ai juste de la chance parce que je suis la chanteuse du groupe et que je monte sur scène avec toi tous les soirs et, ça, ça m'a conduite à… devenir plus que ça.

— Tu réfléchis trop, et de la pire façon qui soit.

— Tu sais ce que c'est que d'être dans un groupe, je ne t'apprends rien. L'intensité des liens, mais aussi la fragilité des ego, surtout sur une longue tournée comme celle-ci. Il nous reste plus de six semaines, et je ne vais pas prendre le risque que des tensions éclatent pour…

— Pour quoi ?

Les sourcils arqués, Lana me dévisage.

— On n'a passé qu'une nuit ensemble.

Je suis vraiment en train de lui dire qu'on devrait arrêter ?

— On devrait peut-être s'en tenir là, pour le bien de mon groupe et la tranquillité de cette tournée.

— Cleo.

Lana m'attire vers elle, les doigts enfoncés dans la chair de mon derrière.

— Jess est une adulte, et c'est ton amie. Elle ne va pas te reprocher à vie de coucher avec moi. Tu veux que je lui parle ?

— C'est toi qui voulais garder le secret.

— C'est vrai.

Lana me tire vers le bas pour que je m'asseye sur ses genoux.

— Parce qu'il n'y a tout simplement pas grand-chose à raconter. Pour l'instant. Parce que c'est plus facile ainsi. C'est le cas avec Jess.

Ses doigts parcourent mon dos.

— La nuit dernière, c'était incroyable. Pour moi, en tout cas. C'était… Ça signifiait quelque chose pour moi, Cleo. Vraiment. Ce n'était pas un coup d'un soir, c'est pour ça que tu es dans ma chambre en ce moment.

— Tu sais que ça ne l'était pas pour moi non plus. Je t'ai laissé ce message.

— Bon, donc, en conclusion… On veut se revoir. J'aimerais beaucoup que ce soit ce soir. J'aimerais passer la nuit avec toi, sans me presser, sans la fatigue d'un concert, sans réveille-matin. D'après ce que tu me dis, toi aussi tu en as envie.

J'acquiesce tout en déglutissant. Je ne veux rien de plus que ce que Lana me décrit là. C'est mon rêve le plus fou.

Je hoche à nouveau la tête. J'ai tellement envie de l'embrasser, mais l'inquiétude est toujours là.

— Et si j'allais en boîte avec eux, une heure ou deux, et que je revenais ensuite dans ta chambre ?

— Oui, si tu veux.

Lana passe ses bras autour de mon cou.

— Tu ne crois pas qu'il est temps de m'embrasser ?

Elle me regarde dans les yeux.

Je ne peux que rapprocher mes lèvres des siennes et glisser ma langue dans sa bouche. Les mains de Lana remontent vers mes cheveux. Elle me serre contre elle, comme si elle ne voulait pas que je parte.

— Tu veux toujours aller en boîte ? me chuchote-t-elle après le baiser.

Je secoue la tête.

— Non, mais je dois le faire.

Je l'embrasse à nouveau jusqu'à ce que ma conscience se mette à hurler dans ma tête. Puis je m'arrache à elle.

— Je reviens vite.

— Fais ce que tu as à faire, Cleo, me dit Lana tout en me regardant avec un étrange sourire aux lèvres.

CHAPITRE 21
LANA

Comme je n'ai pas envie d'attendre Cleo seule dans ma chambre, j'emporte le manuscrit de mon biopic pour le lire dans le bar de l'hôtel.

Quelques-uns des membres les plus âgés de l'équipe y sont. Je commande une bière et me joins à eux pour discuter, calmer mes ardeurs et éviter, en réalité, de lire le scénario.

— Pas de grosse soirée pour toi ce soir ? s'enquiert Dave, un grand costaud qui doit avoir à peu près mon âge.

Je secoue la tête.

— Je n'ai plus l'habitude de fréquenter les boîtes de nuit.

— Sam et Deb étaient partantes.

— Tant mieux pour elles. Et toi ?

— Moi ? lance-t-il dans un grand éclat de rire. Non, mais je suis content de t'avoir sous la main.

— Qu'y a-t-il ?

Cela aussi fait partie de la vie en tournée. Des conversations impromptues avec des gens que vous venez de rencontrer ou que vous connaissez depuis toujours, comme Dave.

— J'étais juste curieux de savoir comment tu arrivais à tenir le coup. J'étais tellement content quand on m'a demandé de revenir auprès des Kings. Je ne m'y attendais pas, pour être honnête. Je sais que tu l'as eue dure avec la mort de Joan.

Dave ne mâche pas ses mots ce soir.

— C'était ma femme.

Je regarde l'alliance à mon annulaire gauche. Je n'ai pas encore trouvé de raison suffisamment convaincante pour l'enlever.

— Cette chanson que tu chantes pour elle, *The Better Part of Me*, elle me fout un coup tous les soirs.

Dave porte l'index à la poitrine.

— Là, en plein cœur. Elle me manque, à moi aussi. Joan Miller, c'était quelque chose. Elle était exceptionnelle. Évidemment, tu le sais autant que moi, mais je veux juste que tu saches qu'elle nous était chère et qu'elle nous manque énormément, surtout maintenant qu'on a repris les concerts sans elle.

Je jette un coup d'œil à la bouteille de bière de Dave pour voir ce qu'il a bu. Je ferais mieux d'éviter le breuvage qui l'a rendu si émotif.

— C'est bizarre sans elle, dis-je. Les premiers concerts, je n'arrêtais pas de regarder à côté de moi et je m'attendais à la voir sur scène, tu vois ce que je veux dire ?

— Billie est excellente, en tout cas. Vraiment.

— Oui.

Pendant une seconde, je me demande comment ça passe entre Billie et Cleo en boîte de nuit, si Billie lui fait des avances, mais tout ceci n'est que frivolités. Quand votre femme, qui semblait en parfaite santé, a une crise cardiaque et meurt sous vos yeux, vous apprenez à relativiser. Voilà pourquoi les histoires entre Cleo et Jess me laissent de marbre. Je comprends ses inquiétudes, mais je ne veux pas y dépenser mon énergie. Je préfère la réserver aux choses qui comptent vraiment, comme passer une nuit avec Cleo par exemple.

— Je peux te dire un truc ?

Dave tire sur sa barbe grisonnante.

— Vas-y.

— Sans vouloir manquer de respect à Joan, à toi ou aux autres membres du groupe, je bosse avec vous depuis longtemps et les Kings seront toujours numéro un dans mon cœur, mais cette chanson que tu chantes avec la jeune Cleo…

Il siffle entre ses dents.

— Il se passe un truc quand vous êtes sur scène toutes les deux.

Même Dave l'a remarqué ?

— Oui, c'est vrai. Elle est douée.

Cleo est exceptionnelle, comme Joan.

— Douée ? pouffe-t-il. Elle est sensationnelle.

J'acquiesce d'un hochement de tête. Qu'est-ce qu'un gars comme Dave et le reste de l'équipe penseraient du fait que je couche avec Cleo ? Aucun d'eux n'est un saint et, en tournée, il se passe quantité de choses qui ne se passeraient pas aussi facilement dans la vie ordinaire. Dave ne sourcillerait sans doute pas. Or, voilà le problème. Une fois les tournées terminées, ces frasques ont tendance à être enterrées, car elles ne tiennent pas la route dans la vie réelle.

Je me vois bien passer mes nuits avec Cleo dans des chambres d'hôtel à travers tout le pays, mais je ne la vois pas dormir chez moi à Laurel Canyon, prendre le petit déjeuner à mes côtés dans la cuisine, sur la chaise de Joan. C'est encore trop frais.

— Dis-moi, Dave, tu es un passionné de ciné, je me trompe ?

Il hoche la tête.

— Je suis allé voir le dernier film de Jane Campion dans un cinéma en ville pendant que vous mangiez tous ici.

Je pousse le manuscrit dans sa direction.

— Tu veux bien me faire une fleur et le lire pour moi ? Dis-moi si c'est bien.

— *Biopic de Lana Lynch sans titre*, lit-il à haute voix. Oh ! C'est pas une connerie ?

— Non, ce n'est pas une connerie. Apparemment, Faye Fleming veut jouer mon rôle.

— Je la vois bien dans ce rôle, fait-il, comme s'il y réfléchissait sérieusement. Qui a écrit ce scénar ?

Il plisse les yeux et tente de déchiffrer le nom de l'auteur écrit en petites lettres.

— Charlie quelque chose. Ah, oui ! Charlie Cross. Ça va être très queer, je peux te le dire sans avoir lu une seule page.

— Elle est connue, cette Charlie ?

— Elisa Fox est venue voir le concert à Los Angeles, non ? *Underground* est une adaptation des bouquins de Charlie Cross.

— Ah bon ?

Tout à coup, j'ai bien plus envie de lire ce scénario.

— Ce grand film avec Faye Fleming et Ida Burton qui est sorti il y a quelque temps, quand il y a eu tout ce battage autour de Faye et d'Ida parce qu'elles ont fait leur coming out et ont annoncé qu'elles étaient en couple, c'est Charlie Cross qui l'a coécrit.

Au moins, la scénariste est homosexuelle. C'est déjà ça.

— Tu ne le savais pas ? s'étonne Dave.

— Non, parce que je n'ai pas envie qu'on fasse un film de ma vie. Je n'ai que cinquante-quatre ans. Ça, c'est…

Je tapote du doigt la pile de pages devant moi.

— C'est un film sur la mort de Joan. C'est à ça que ça se résumera, alors ça ne m'intéresse pas du tout.

— Je comprends.

Dave regarde le script.

— Tu veux toujours que je le lise ?

— Oui, j'aimerais beaucoup.

J'aurai tout le loisir de le parcourir une fois que Dave l'aura terminé.

— Je te remercie. On va reprendre une bière.

— Tu parles à mon cœur, Lana !

Ce n'est pas comme si Joan et moi étions inséparables,

même si nous vivions et travaillions ensemble, pourtant même le fait d'être assise ici sans elle avec Dave et le reste de l'équipe me fait bizarre. La réticence que j'ai à lire ce scénario, et plus encore à imaginer faire ce film, est une réticence à accepter la mort de Joan, mon dernier effort pour ne pas la rendre plus définitive, comme si Joan pouvait mourir plus d'une fois.

C'est ma prérogative, et je me fiche de l'avis des autres. Si quelqu'un ose faire ce film sans ma bénédiction, je le poursuivrai en justice pour son arrogance. Pour qui se prend cette Charlie Cross ? Écrire un scénario sur moi sans m'avoir jamais parlé ! Où trouve-t-elle ses informations ? Ce sont forcément des conneries. Si elle était encore en vie, Joan serait tout à fait d'accord avec moi.

———

Il est minuit passé quand je retourne dans ma chambre. Toujours aucun signe de Cleo. Je pourrais lui envoyer un message, seulement ce n'est pas mon genre. Si elle vient, tant mieux. Sinon, dommage pour elle.

Avant de me glisser dans le lit pour regarder un épisode d'*Underground*, je cherche sur Internet un extrait de notre tout dernier duo, celui qui a précédé notre baiser. Il est difficile de ne pas l'écouter en boucle et de ne pas être emportée par la magie du moment, alors je le regarde plusieurs fois… jusqu'à ce que je réalise qu'il serait dommage pour moi aussi que Cleo ne me rejoigne pas dans ma chambre ce soir.

CHAPITRE 22
CLEO

— Pardon, Billie, je crie par-dessus le boum-boum de la musique, mais c'est non.

Je la regarde dans les yeux pour qu'elle comprenne bien.

— J'ai des sentiments pour quelqu'un d'autre, d'accord ?

Billie écarquille les yeux.

— Pour qui ?

— Ce n'est pas le sujet.

— Une fille de la tournée ?

Elle boit une gorgée de son verre sans me quitter du regard.

— Je ne te le dirai pas.

Billie hoche la tête. Elle semble enfin comprendre qu'elle ne m'intéresse pas.

— J'imagine que je le découvrirai quand ça deviendra sérieux, si ça devient sérieux.

— Oui.

Sérieux ? Lana et moi ? Cela me semble tiré par les cheveux, mais qui sait ? C'est alors que Jess apparaît derrière Billie en train de se déhancher sur la musique, et je me rappelle une des raisons pour lesquelles il ne vaut mieux pas que cette relation devienne trop sérieuse.

— Copines ?

Billie tend la main. Elle ressemble tout à coup plus à la petite intello de la classe qu'à la brillante guitariste des Lady Kings.

— Copines.

Je lui serre la main.

— D'ailleurs, tu as vu ? Tout le monde a les yeux braqués sur toi. Il te suffit de claquer des doigts pour avoir qui tu veux.

— C'est pas complètement vrai, hein ?

Je rêve ou il y a un peu de sarcasme dans sa voix ? Une pointe de rancœur pour avoir été éconduite ?

— Et puis, ces yeux dont tu viens de me parler, ils sont tous braqués sur toi, chérie. Tous.

Elle penche la tête vers moi.

— Dis à cette personne pour qui tu as des sentiments qu'elle a beaucoup de chance.

Je lui souris tout en m'imaginant dire à Lana à quel point elle est chanceuse. C'est absurde rien que d'y penser.

— Je déconne pas. Dis-le-lui.

— Coucou !

Jess brandit trois bières fraîches.

— Je ramène des munitions.

À ce rythme, je ne sortirai jamais d'ici. Seulement, Lana m'attend.

— Santé, les filles !

Billie trinque avec moi et avec Jess avant de disparaître dans la foule.

— Tim enflamme le dancefloor, comme d'hab. On le rejoint ?

Je n'arrive pas dire à Jess que je veux retourner à l'hôtel, même si je rate une occasion de passer du temps avec Lana et de lui faire comprendre, par-dessus le marché, que c'est avec elle que je veux être.

Je suis Jess sur la piste de danse et, même si au fond de moi je préférerais être avec Lana et refaire toutes ces choses grandioses que nous avons faites hier soir, je suis contente de danser avec mes amis, ces trois personnes que j'aime tant et avec lesquelles j'ai une alchimie incroyable, sur scène comme en dehors de la scène.

Plus nous dansons et buvons, plus l'image de Lana s'estompe et plus je suis convaincue que ma place est ici, ce soir, avec Jess, Tim et Daphne plutôt qu'avec elle, car ce sont eux, les membres de mon groupe. À mesure que mon ivresse augmente, j'ai de plus en plus de doutes sur ce que Lana est pour moi et sur ce que je suis pour elle.

Lorsque je rentre à l'hôtel, je ne vais même pas frapper à sa porte. La nuit est déjà bien avancée, et je ne veux pas la déranger. Je m'effondre sur mon lit et ne me réveille qu'à l'heure du déjeuner.

Je regarde mon téléphone, mais il n'y a aucun message de Lana, seulement une tonne de publications Instagram qui relate notre cuite d'hier soir et des messages dans le groupe WhatsApp des Other Women pour dire à quel point la soirée était folle et annoncer les différents degrés de migraine de chacun.

J'ignore si je dois envoyer un message à Lana. Je pourrais au moins m'excuser d'avoir promis de la rejoindre dans sa chambre et de ne pas l'avoir fait. À l'inverse, si j'avais attendu toute la nuit que Lana vienne et qu'elle ne l'avait pas fait, j'aurais été furieuse. Alors je lui envoie un message :

> Désolée de ne pas être venue hier soir. J'étais coincée là-bas. J'espère te voir bientôt.
> Bisous.

Je paresse dans le lit, consulte mes e-mails et réponds à quelques messages, mais pas de nouvelles de Lana.

Les balances vont bientôt commencer, alors je me lève, vais prendre une douche et espère qu'elle m'aura envoyé un message le temps que je m'habille. Toujours rien. Elle s'est peut-être déjà lassée de moi. Ma virée en boîte de nuit lui aura fait comprendre qu'elle a fait une erreur en couchant avec moi, une fille bien plus jeune qu'elle. Et puis il y a cette histoire avec Jess.

À en croire le groupe WhatsApp, un petit groupe est parti manger dans un restaurant en face de l'hôtel. J'ai besoin d'avaler quelque chose avant de me rendre à la salle de concert, alors je décide de les rejoindre au lieu de commander un service d'étage et de ruminer dans mon coin.

Tim et Daphne m'acclament lorsque j'entre dans le restaurant.

— Elle est vivante ! s'exclame Jess.

Je me tiens la tête et fais mine d'avoir un énorme mal de crâne, alors que ma gueule de bois se compose principalement de remords pour avoir laissé tomber Lana. Je scrute le restaurant à sa recherche, mais Billie est la seule membre des Lady Kings présente. Elle me salue de la main.

Que fait Lana ? Je ne peux pas lui renvoyer un texto. De quoi j'aurais l'air ? Je dois lui parler, mais je n'aurai pas le temps de le faire avant les balances. Peut-être qu'elle y sera. Ça y est ! Je cogite à nouveau.

Affamée, je commande une pile de pancakes avec beaucoup de bacon et une pleine cafetière de café. Au moins cinq tables sont occupées par des gens de la tournée.

Au moment où je prends mes pancakes, mon téléphone émet un bip. Le cœur battant, je regarde le message. Il est de Lana.

> Pas de soucis. Tu m'as manqué. J'espère que tu ne seras pas trop fatiguée ce soir.

Je ne peux m'empêcher de rougir comme une pivoine.

— Ben alors, Cleo ! s'exclame Daphne. On a serré hier soir et l'on vient de recevoir un truc trop déplacé pour le lire à table ?

Je m'empresse de cacher mon téléphone et m'évente les joues.

— C'est juste la gueule de bois, je marmonne, rien de ce que tu insinues.

Je suis contente que Billie ne soit pas à notre table. Je n'aurais probablement pas dû lui dire que j'avais des sentiments pour quelqu'un. Et si elle en parlait à Lana ? Ou à quelqu'un d'autre ?

Je dévore les pancakes. Mon corps réclame du sucre après les excès de la nuit dernière. J'ai besoin d'un maximum d'énergie. Nous avons un concert ce soir. J'ai un morceau à chanter en duo avec Lana, suivi de… Mes joues me brûlent à nouveau à l'idée de ce qui pourrait se passer ce soir.

— Grouille-toi, me presse Tim. Tu sais qu'ils détestent qu'on les fasse attendre.

CHAPITRE 23
LANA

J'assiste à la fin des balances des Other Women. Cleo est mignonne comme tout, si ce n'est un peu fatiguée. Dans une autre vie, j'aurais peut-être été agacée qu'elle m'ait posé un lapin, mais aujourd'hui je sais qu'il est vain d'en vouloir aux jeunes. Je suis passée par là, ça aide. Impossible de me rappeler toutes les fois où j'ai manqué un rencart à l'époque où les Lady Kings cartonnaient, même si ma mémoire est encore assez bonne pour savoir que les occasions ont été nombreuses.

Cleo m'interpelle lorsqu'elle quitte la scène. Je vois bien qu'elle hésite à marcher vers moi, probablement à cause de Jess, qui la suit comme un toutou. Je n'ai pas envie de la mettre en porte-à-faux vis-à-vis de son groupe. Même si je crois sincèrement qu'elle s'en fait toute une montagne, je comprends que ce n'est pas rien à ses yeux.

Elle finit par avancer, comme si elle ne pouvait s'en empêcher, comme si une force invisible l'attirait vers moi.

— Hé, chuchote-t-elle. Je suis désolée pour hier soir.

Quand je regarde son visage, j'ai l'impression de voir une glace fondre.

Derrière elle, Jess nous lance un regard mauvais. Je me retiens de justesse de lui décocher un clin d'œil.

— Ce n'est rien, je réponds tout bas.

Bon sang, j'aimerais pouvoir la serrer dans mes bras. Pourquoi ne le fais-je pas ? Qu'est-ce que ça peut bien faire ? Elle a besoin d'un câlin, ça se voit, et je veux la prendre dans mes bras.

Je cherche ses yeux du regard, fais abstraction de tous ceux qui, autour de nous, s'affairent, remplacent des instruments et positionnent des câbles, et de Jess, qui semble croire qu'il ne se passera jamais rien entre Cleo et moi si elle reste là à nous épier. Or, ce n'est ni à Jess ni à son béguin pour moi de me dicter ce que je dois faire. Sachant à quel point la vie peut être éphémère, à quel point elle peut vous filer entre les doigts en quelques secondes, j'ouvre grand les bras à Cleo.

L'hésitation traverse son visage.

— Ce n'est rien, je répète. Viens par là.

Je la laisse venir à moi. Je ne veux pas qu'elle se sente obligée de se laisser prendre dans les bras devant tout le monde. C'est facultatif.

Cleo pousse un petit soupir, avant de franchir la distance qui nous sépare. Elle passe ses bras autour de ma taille et pose sa tête contre mon épaule. Je referme les miens et la serre contre moi.

Je sens l'atmosphère changer autour de nous. Le travail s'est interrompu, et tout le monde nous regarde.

— Oh ! s'exclame quelqu'un dont je n'arrive pas à identifier la voix.

— Ben merde ! s'étonne Billie, dont je reconnais la voix. C'est Lana. Évidemment.

Je ne sais pas ce que cela signifie, mais je suis certaine que Billie viendra m'en parler.

Du coin de l'œil, je vois Jess partir en furie. Allons ! Je ne suis pas en train de déclarer mon amour éternel à Cleo en l'embrassant passionnément devant tout le monde. Je la serre simplement dans mes bras, même s'il est vrai que je ne distribue pas des câlins comme ça à n'importe qui.

— Ne t'inquiète pas, Cleo, je lui murmure. Je ne t'en veux pas.

Je la relâche, car les balances doivent reprendre, et prends ses mains dans les miennes.

Cleo s'est considérablement redressée, alors j'ai bien fait de la prendre dans mes bras. Je voulais lui redonner le sourire et c'est ce que j'ai fait. Je l'ai câlinée pour qu'elle retrouve sa joie de vivre. Cleo hausse les sourcils.

— Maintenant, tout le monde est au courant, déclare-t-elle, avant de pousser un petit rire. Eh ben !

— Ce n'est qu'un câlin. Les gens peuvent y voir ce qu'ils veulent.

— Dans le microcosme d'une tournée, c'est bien plus qu'un câlin.

J'acquiesce d'un hochement de tête. C'est bien plus qu'un câlin, tout comme Cleo est bien plus qu'un coup d'un soir. Avec toutes les émotions qui nous traversent quand nous chantons notre duo, ça l'était déjà, et ça a pris de l'ampleur avec toutes celles libérées quand nous avons couché ensemble, c'est pourquoi je n'ai aucun scrupule à afficher mon affection pour elle devant d'autres personnes et je n'ai pas de mal à admettre qu'il n'était pas très judicieux de lui demander de ne rien dire à qui que ce soit dans un contexte où nous vivons les uns sur les autres.

Cleo me lâche les mains.

— Mince… Jess ! Elle a vu ?

— Je crois bien.

— Je ferais mieux d'aller la voir, d'essayer de m'expliquer.

— Hé.

Je lui prends à nouveau les mains.

— Tu ne dois des explications à personne.

— En tant que membre d'un groupe, tu sais bien que si.

— Fais comme tu le sens.

C'est peut-être moi qui suis naïve, mais j'en doute fort. Quoi qu'il en soit, Cleo doit traverser ses propres épreuves et mener ses propres combats. Je lui serre tendrement la main une dernière fois et la laisse partir retrouver Jess.

— Ça alors ! s'exclame Billie, qui s'est déjà rapprochée de moi comme si elle avait attendu l'instant propice. J'aurais dû m'en douter.

— Te douter de quoi ?

— Je ne peux pas rivaliser avec toi, Lana.

— Qu'est-ce que ça veut dire ?

— Tu es un peu trop vieille pour elle, non ? demande-t-elle sur un ton tranchant. Et ce n'est pas toi qui as dit qu'il ne fallait pas fraterniser avec la première partie ?

— Ça ne t'a pas empêché de draguer Cleo.

Moi aussi, je peux être acerbe.

— Comme d'habitude, Lana obtient tout ce qu'elle veut.

J'ai la nette impression qu'il n'est pas seulement question de ma relation avec Cleo.

— Il y a un problème ?

Je regarde Billie dans les yeux dans l'espoir de découvrir ce qui la dérange tant.

— Même si c'était le cas, qui suis-je pour m'opposer à Lana Lynch, la Magnifique ?

Je hoche lentement la tête et laisse couler.

— Je suis désolée que ça te rende jalouse, mais c'est comme ça.

— Tu as des sentiments pour elle ? Parce qu'elle en a pour toi.

Ce n'est ni le moment ni l'endroit d'avoir ce genre de conversation, surtout avec toute l'équipe autour.

— Ce n'est vraiment pas tes affaires.

Cleo aurait des sentiments pour moi ? Si c'est le cas,

comment Billie le sait-elle ? Cleo et moi devons avoir une discussion. Apparemment, nous avons beaucoup de choses à nous dire.

— Bref.

Billie s'en va tout en soufflant. J'espère qu'elle est bien la professionnelle qu'elle s'est dite être lorsque nous l'avons accueillie au sein du groupe. Quoi qu'il en soit, elle va devoir s'en remettre, et rapidement, car nous avons un concert dans quelques heures.

CHAPITRE 24
CLEO

— C'est quoi ce bordel, Cleo ? vocifère Jess, qui d'ordinaire ne jure pas. Tu m'avais promis !

Que lui répondre ? Et puis, lui avais-je vraiment fait une promesse ?

— Jess, s'il te plaît, calme-toi.

— Tu sais ce que je ressens pour Lana. Tu l'as toujours su. Depuis le début, putain ! Et toi, tu… tu arrives et tu fais ça !

— Arrête, Jess. C'est pas ce que tu crois.

— Dis-moi les yeux dans les yeux que tu ne couches pas avec Lana.

Elle se plante devant moi.

Je recule un peu et claque la porte de ma loge derrière elle.

— Dis-le, ordonne-t-elle.

— On a couché ensemble une fois.

Ses yeux brillent de larmes.

— Merde, Cleo !

— Je n'ai pas fait ça pour te blesser, je me défends d'une voix un peu éraillée. Lana, c'est…

Elle se met à faire les cent pas.

— Tu as couché avec elle !

Je n'étais pas toute seule à le faire, j'ai envie de répondre, mais cela ne ferait qu'empirer les choses. Je ne me suis jamais retrouvée dans une telle situation et je ne sais pas quoi dire pour me rattraper. En réalité, je pense que je ne peux rien faire pour Jess. Cela doit venir d'elle.

— Je lui ai dit ce que je ressentais pour elle, se lamente-t-elle, avant d'enfouir le visage dans ses mains. Je suis vraiment conne.

— Tu n'es pas conne, voyons. Lana est comme ça. Elle a tendance à faire cet effet aux gens. Ça vaut pour tous ceux ici présents.

Jess prend une grande respiration, et baisse enfin les mains.

— Ma réaction est exagérée, je le sais. J'en suis parfaitement consciente. C'est juste que... je suis vraiment blessée, pour une raison que je ne m'explique pas.

Elle pince les lèvres.

— Ça doit être la jalousie. Merde, je suis tellement jalouse de toi. Honnêtement, quand je l'ai vue te prendre dans ses bras, j'ai cru que mon cœur allait lâcher.

— Je suis vraiment désolée, Jess.

— Je sais que je n'ai pas le droit de t'interdire de coucher avec Lana.

Elle se tape la tempe avec l'index et le majeur.

— Ma tête le sait. Mais, pas mon cœur. Ah !

Elle secoue la tête.

— Je ne sais pas si je dois te détester ou t'admirer, là.

— Jessie, je t'en prie, ne me déteste pas.

Je penche la tête.

— Allez, quoi !

— Je ne pourrais jamais te détester, tu es *Cleo*, invoque-t-elle, comme si cela résumait tout, même si je comprends le fond de sa pensée. Je ne dis pas que ça va être facile. Je voue un culte à Lana depuis tellement longtemps, alors le fait de vous voir ensemble, c'est… Ça va me demander un sérieux travail sur moi-même. Ça va prendre du temps.

Elle croise mon regard.

— C'est sérieux entre vous ?

Je lève les mains.

— J'en sais rien. C'est trop tôt pour le dire.

— Mais tu lui plais, affirme-t-elle.

Jess hausse les épaules.

— Ça se voit comme le nez au milieu de la figure. Et moi, je n'ai rien capté.

— On est en tournée, on monte sur scène un soir sur deux, c'est intense, mais on ne sait pas l'une comme l'autre si, un jour, ce sera sérieux entre nous ou même réel.

— Ce duo, sincèrement, il déchire, mais… je suis tellement jalouse de vous voir chanter ensemble sur scène. Ce moment est énorme, c'est tellement tripant, tellement bien. Je ne peux même pas critiquer. Sur scène, c'est comme si vous étiez faites l'une pour l'autre.

Je le prends comme un compliment, et j'ai le sentiment qu'ils se feront rares de la part de Jess durant un bout de temps.

———

Notre concert touche à sa fin et, bien que chaque prestation ne soit jamais exactement identique à la précédente et que les bides fassent partie du métier, ce soir rien ne va. Les coups de baguette de Jess semblent avoir une milliseconde de retard, ce qui perturbe également Tim. Quant à moi, je fais tout à coup une fixation sur Tessie qui, en coulisses, se pâme pour Daphne.

Si je tolère que nos concerts soient de temps à autre impar-faits, je dois aussi prendre mes responsabilités. Le groupe est démotivé ce soir, et c'est ma faute. Jess est triste, Daphne, amou-reuse, et Tim ne peut pas faire grand-chose quand ce petit truc spécial qui nous lie quand nous jouons est absent.

Avant de commencer notre dernier morceau, je me retourne et regarde les membres de mon groupe pour les encourager à faire mieux, à faire bonne impression dans cette salle remplie de gens qui ne sont même pas venus pour nous.

Tim acquiesce d'un signe de tête. Daphne m'adresse un clin d'œil. Jess se cache derrière sa batterie.

Alors qu'elle se met à compter la mesure, je me dis qu'il aurait été plus facile de faire notre propre tournée : pas d'histoires de cœur entre les groupes à prendre en compte et un public impatient de nous voir jouer chaque soir.

Je chante le premier couplet et jette un coup d'œil à ma droite. Lana est apparue à côté de Tessie. C'est là que je sais que je n'aurais pas manqué cette tournée avec les Lady Kings pour tout l'or, les groupies et la paix intérieure du monde. Car, plus tard dans la soirée, je chanterai à nouveau avec Lana et, après le duo, quand nous serons de retour à l'hôtel, j'irai dans sa chambre et tout rentrera dans l'ordre entre ses bras.

Elle me sourit. Sait-elle que j'ai des sentiments pour elle ? Même si Billie ne lui a rien dit, elle doit le savoir. C'est elle qui m'a ouvert les bras, elle qui m'a invitée à m'y blottir. De nous deux, c'est elle qui a voulu arrêter de jouer les indifférentes, elle qui a voulu me serrer contre elle devant toute l'équipe de la tournée. C'est peut-être cela qui m'a le plus déstabilisée. Sous son apparence froide et parfois distante se cache l'une des personnes les plus gentilles que j'aie jamais rencontrées. Normal que j'aie des sentiments pour elle. Je lui souris et, au lieu de m'énerver contre les autres membres du groupe, je chante pour Lana. Je fais comme si le public devant moi était rempli de Lana et je chante pour elles toutes. Pour la première fois depuis que je suis montée sur scène ce soir, j'ai retrouvé confiance en moi.

———

— C'était naze, peste Tim une fois que nous sommes réunis pour notre habituel débriefing d'après-concert. On n'a pas été à la hauteur ce soir. Qu'est-ce qui se passe ?

Il regarde Jess. La basse et la batterie ne font qu'un. Quand l'un des deux est à contretemps, c'est toute la colonne vertébrale du groupe qui est déstabilisée.

— C'était pas mon jour, désolée, dit Jess.

Elle a l'air avachie. Démoralisée. Je l'ai blessée sans le vouloir. Je lui ai volé son rêve, même s'il était irréaliste. Mais, l'était-il seulement ? Si moi, je peux coucher avec Lana, pourquoi pas elle ?

— C'est tout ? C'est ça, ton excuse ?

Tim est encore sous le coup de l'adrénaline.

— C'était pas ton jour ?

— Allez, Tim. Fous-lui la paix. On a tous eu des mauvais jours. Ça arrive. On a un autre concert après-demain. On sera à nouveau dans le game.

— Je veux juste qu'on en tire des leçons pour que ça ne se reproduise plus.

Tim marche de long en large.

— On est quatre dans ce groupe. Si, chacun notre tour, on est dans un mauvais jour, nos concerts seront plus merdiques que bons.

Je m'approche de lui et pose mes mains sur ses épaules.

— Jess n'y est pour rien. C'est ma faute. Je…

Tim sait pertinemment pourquoi elle a mal joué.

— J'en assume la responsabilité.

Il agite les mains et remue les épaules.

— Pardon. Mon côté perfectionniste a pris le dessus. Je pense simplement que, peu importe ce qu'il s'est passé en coulisses, on aurait dû être meilleurs. On se le doit et on le doit au public. On n'a pas fait cette tournée que pour jouer avec les Lady Kings. On l'a faite pour pouvoir se vendre dans les meilleures conditions. Ce soir, c'était pas le cas. On aurait dit une mauvaise répète.

— Arrête, Timmy, intervient Daphne. Tu ne crois pas que tu exagères un tout petit peu ? C'est pas pour *un* concert. La perfection, c'est une illusion, de toute façon. Ça arrive. On sera meilleurs la prochaine fois.

Elle se tourne vers moi.

— Cleo peut encore faire oublier au public notre prestation un peu bancale quand elle chantera avec Lana plus tard.

Je ne sais pas si elle est sarcastique ou tout simplement honnête.

Jess souffle.

— Excuse-moi, Jess.

Tim s'approche d'elle et passe un bras autour de son épaule.

— Je change de mood, je redescends. Je sais que c'est dur pour toi.

Ils se font un câlin, et je me sens encore plus fautive. Mes muscles se contractent sous l'effet d'une tension grandissante. Lana a beau prétendre que ça va se tasser et que mon groupe va survivre, c'est moi qui dois y faire face.

Au lieu de le relâcher, Jess serre Tim contre elle et se met à pleurer sur son épaule.

— Je ne peux pas contrôler mes sentiments, explique-t-elle entre deux soupirs tremblants. Et là, j'ai foiré aussi notre concert.

J'essaie de croiser le regard de Daphne, mais elle me snobe. Sont-ils tous fâchés contre moi ? La situation est-elle plus grave encore que ce que je pensais ?

— Bon.

Je redresse les épaules.

— Qu'est-ce que je peux faire pour me rattraper ?

— Qu'est-ce que tu n'aurais pas dû faire, plutôt, rétorque ma guitariste.

Jess pleure toujours. Tim lui caresse l'arrière de la tête.

— Je ne peux pas revenir en arrière, je me défends.

— C'est comme si tu courais après Tessie alors que tu savais qu'elle me plaisait.

La déception dans la voix de Daphne me remue les tripes.

— Je ne ferais jamais un truc pareil.

— Peut-être, Cleo, mais je me mets à la place de Jess.

Visiblement, Daphne en a gros sur le cœur. Est-ce en raison de notre prestation moyenne que toutes les contrariétés ressortent ?

— Tu sais ce qu'elle ressent pour Lana.

Que puis-je répondre à cela ? Tous les arguments qui me viennent en tête pour ma défense me semblent totalement insatisfaisants.

— Je suis bien d'accord, approuve Tim, la tête cachée par les cheveux de Jess. C'est pas comme ça qu'on traite une amie. C'est comme dans *Le guide de l'amitié*. « Ne couche pas avec le crush de ta copine. Même si tu en as très envie. »

Jess s'agite contre lui. Elle prend une grande respiration, puis s'extirpe de ses bras et nous regarde, les yeux rouges et les joues bouffies par les larmes qui s'y sont déversées.

— C'est bon, les amis. Ça me fait plaisir que vous preniez ma défense, mais Cleo et moi en avons discuté. Je n'avais de toute façon pas la moindre chance avec Lana.

— Mais peu importe, insiste Daphne. C'est une question de principe.

— Voilà, dit Tim. Mais c'est bien que tu le prennes comme ça, Jessie.

On ne s'était pas ligué contre moi de la sorte depuis des lustres, et je ne peux m'empêcher de répondre sur la défensive :

— Qu'est-ce que vous voulez que je fasse ? Que j'arrête de voir Lana ?

— Ça aiderait, c'est certain, approuve Tim.

— Ce serait la meilleure chose à faire, renchérit Daphne.

— Non, soupire Jess. Ce n'est pas parce que je n'ai pas mes

chances avec Lana que Cleo n'a pas le droit de sortir avec elle. C'est… ridicule.

Ouf.

— Je ferai ce que la majorité me dira de faire.

Hein ? Non, Cleo. Grave erreur. Bizarrement, il n'y a que Jess qui prend mon parti. Pour autant, je dois me demander si Tim et Daphne ont raison. Suis-je tellement entichée de Lana que je suis devenue la pire amie qui soit ? Ai-je perdu de vue ce qui comptait le plus pour moi, cette amitié qui nous lie, les membres de mon groupe et moi, et la musique que nous faisons ensemble ? Car c'est cette amitié qui est l'ingrédient secret de notre musique et, en conséquence, de notre succès.

— Je vote pour que tu rompes avec Lana, déclare Daphne, catégorique.

Tim se tait. Au moins, il n'est pas d'accord avec elle… pour l'instant.

Jess secoue la tête.

— Arrête. À t'entendre, on dirait que Lana et moi avons divorcé et que Cleo a sauté sur l'occasion. Ça n'a rien à voir.

Elle rit nerveusement.

— Mon crush pour Lana, c'est juste… un crush. Cette femme est une divinité du rock et elle est incroyablement douée, je me suis trop monté la tête avec elle.

Elle se tord les mains.

— Je ne me le pardonnerais jamais si j'empêchais Cleo de vivre une histoire avec elle.

Elle secoue lentement la tête.

— Ce n'est pas ce que je veux. Qu'est-ce que ça résoudrait ?

Tim serre l'épaule de Jess.

— C'est à toi de décider, Jessie.

— Non, ce n'est pas à moi de décider. Tu sais à qui revient la décision ? À Lana. C'est elle qui décide avec qui elle veut être, et si elle veut être avec Cleo et que Cleo veut être avec elle, alors, qu'il en soit ainsi.

— Arrêtez un peu ! À vous entendre, on croirait que Lana et moi allons nous enfuir ensemble au soleil couchant. On a couché ensemble une fois. C'est tout.

— Je maintiens ce que je dis, s'entête Daphne, avant de me clouer du regard. C'est l'occasion de nous montrer ce que tu vaux vraiment, Cleo…

Elle m'observe d'un air mauvais, comme si je lui avais volé Tessie.

— … de nous montrer ce qui compte vraiment pour toi.

Sur ces paroles, elle tourne les talons et se dirige vers la porte. Avant de sortir, elle se retourne vers moi.

— Ce n'est pas très compliqué de ne pas blesser ses meilleurs amis, tu sais. La barre n'est pas très élevée.

Puis elle quitte la pièce.

Un nœud se forme dans mon estomac. Lana avait tort. L'heure est grave.

— Daphne finira par se calmer, tente de me rassurer Jess. Elle a juste besoin de temps.

— J'imagine que personne ne veut aller voir le concert des Lady Kings ? lance Tim, un sourire ironique aux lèvres. Plus les concerts passent, meilleures elles sont.

CHAPITRE 25
LANA

C'est la première fois que Cleo et moi chantons notre duo depuis que nous avons couché ensemble et j'avais, à tort, supposé que ce serait une célébration musicale et sensuelle de cette nuit-là.

C'est loin d'être le cas. Cleo est raide et distante, et quand je m'approche d'elle, puisqu'elle n'a manifestement pas l'intention de venir vers moi, elle s'écarte d'un pas. Cleo met de la distance entre elle et moi. Là, sur scène.

Plus tôt, les Other Women n'ont pas donné la prestation de leur vie. Ce sont des choses qui arrivent. Les tensions peuvent avoir raison des meilleurs groupes. Les concerts les plus médiocres que nous avons faits quand Joan et moi nous étions disputées pour des broutilles étaient des épopées à leur manière. Cela fait partie du jeu, mais Cleo n'en a pas encore conscience. Je suis certaine qu'elle a déjà connu des hauts et des bas avec les Other Women, seulement elle est trop jeune pour avoir du recul, trop jeune pour comprendre un tas de choses qui me paraissent évidentes. Elle a peut-être raison de prendre ses distances avec moi. Je peux peut-être y voir une cruelle vérité.

Quoi qu'il en soit, tant que nous serons sur scène, j'essaierai toujours de faire de mon mieux pour offrir un spectacle de qualité. Je fixe Cleo du regard alors que nous entonnons le dernier refrain. Elle en fait de même, mais c'est comme si elle regardait dans le vague.

Lorsque la chanson se termine et que nous sommes prêtes à nous retirer, je ne sais même pas si je dois ou non lui prendre la main comme je le fais toujours. Or, je le fais quand même, non pas parce que je ferais n'importe quoi pour le spectacle, pour cette comédie que nous jouons et qui est devenue bien plus que l'illusion que nous voulions d'abord créer pour le public, mais parce que je veux sentir sa main dans la mienne. Je veux m'assurer qu'elle va bien, même s'il est clair que non, et que je n'ai pas besoin de sentir sa peau contre la mienne pour le savoir. Simplement, je veux sentir quelque chose, je veux entrer en elle, percer l'armure qu'elle s'est forgée.

Je lui prends la main, et elle me laisse faire. Nous quittons la scène, et elle ne la lâche pas sitôt que le public ne nous voit plus. Au contraire, elle regarde nos mains jointes, pousse un long soupir, croise mon regard pendant une fraction de seconde, avant de la retirer et de s'en aller. Dur dur.

— De l'eau dans le gaz ? chuchote Billie en passant près de moi.

Au moins, le concert était bon. Billie est pro, elle l'a prouvé. Elle peut jouer en toutes circonstances.

Je bois l'eau que Logan me tend.

— Qu'est-ce qui se passe avec Cleo ? me demande-t-il, tandis qu'il me raccompagne à ma loge.

Tout le monde sait maintenant qu'il se passe quelque chose entre elle et moi. Depuis les balances, cet après-midi, les rumeurs vont bon train.

— Je vais vite le savoir.

Au lieu de me rendre dans ma loge, je me dirige vers celle de Cleo et frappe en espérant qu'elle est seule.

Elle entrouvre la porte comme si elle n'avait pas l'intention de me laisser entrer.

— Je peux te parler ? je demande.

— Tu devrais prendre une douche. On doit aller voir les fans.

— Juste une minute.

Je passe la main par l'interstice entre la porte et le mur et pose mon doigt sur son poignet.

— S'il te plaît.

Elle me laisse entrer, referme la porte et s'y adosse.

— Tout va bien ? je demande.

Cleo paraît soudain beaucoup plus jeune, comme si elle venait d'avoir vingt ans au lieu d'en avoir presque trente. Sa gueule de bois l'a probablement rattrapée, ainsi que le désarroi d'un mauvais concert.

— Mon groupe… Non.

Elle a le regard agité.

— Ils avaient raison.

— Cleo ?

Je tends la main, mais elle se contente de la regarder.

— Qu'est-ce qui se passe ?

— On vient de donner l'un des pires concerts de l'histoire des Other Women.

Sa voix tremble.

— Et c'est de ma faute. À cause de ce que j'ai fait. Ils sont tous en colère contre moi, et je ne peux pas leur en vouloir. Je le mérite. Je n'aurais pas dû…

Elle s'interrompt, comme si elle ne pouvait pas le dire à haute voix. Comme si, quels que soient ses sentiments, la nuit que nous avons passée ensemble ne pouvait être réfutée comme ça.

— On… on n'aurait pas dû.

— Votre prochain concert n'en sera que meilleur. Crois-moi.

Je tiens à Cleo, mais ça ne sert à rien d'en faire toute une montagne.

Elle secoue la tête.

— Ce n'est pas la question. Daphne m'en veut. Jess fait semblant d'accepter tout ça. Quant à Tim… Je ne sais pas. Tout ce que je sais, c'est qu'il faut que je répare mes erreurs.

— Cleo.

La pauvre. J'aimerais pouvoir faire disparaître ses tracas avec un câlin, comme cet après-midi.

— Et s'il n'y avait rien à réparer ? Et si je te disais que tout va s'arranger ?

— Tu n'arrêtes pas de dire ça. Ce n'est peut-être pas grave pour toi et ton groupe, mais ça l'est pour moi et le mien. On n'a jamais laissé des histoires de cœur se mettre entre nous. Tu sais à quel point c'est dur de percer dans la musique pour les homos. Nous, on a toujours fait passer notre amitié en premier.

— D'accord, j'ai compris, c'est un problème pour toi. Mais qu'est-ce que tu y peux ?

— La solution est assez simple.

Elle me regarde dans les yeux.

— Ah. D'accord. Si c'est ce que tu veux.

Un nœud se forme dans mon estomac.

— Ce n'est pas ce que je veux, mais je dois le faire.

— Bien sûr.

Je hoche lentement la tête avec beaucoup de condescendance.

— Quant au duo… Je crois qu'on devrait arrêter.

— Je rêve ! dis-je, désabusée.

— Je n'ai pas signé un contrat pour chanter cette chanson avec toi à chaque concert.

— Tout à fait, Cleo. Avec moi, tu es libre de faire ce que tu veux.

— Lana, je t'en prie… C'est vraiment difficile pour moi.

Elle secoue la tête.

— J'ai l'impression de devoir choisir entre mon groupe et toi, et c'est atroce.

— Tu n'as pas à choisir.

J'ai beau le dire, si Cleo n'arrive pas à le comprendre, cela ne sert à rien. Je ne peux pas la convaincre de quelque chose qu'elle ne ressent pas au plus profond d'elle-même. C'est comme demander à quelqu'un de vous aimer alors qu'il ne vous aime manifestement pas.

— Si.

Elle est catégorique, seulement je vois bien que ses paroles sont creuses.

— Tu choisis ton groupe.

Si je suis son raisonnement, c'est parfaitement logique, mais quelque chose se détisse en moi. Quand j'ai couché avec elle, c'était bien plus que du sexe. Hélas, nous touchons déjà, peut-être, au nœud de la raison pour laquelle cela ne fonctionnera de toute façon jamais entre nous. Nos différences sont trop grandes.

Elle hoche la tête.

Je me dirige vers la porte.

— Je comprends, mais…

Il est inutile que je plaide ma cause. À quoi bon ?

Une lueur d'espoir s'allume dans les yeux de Cleo lorsqu'elle me regarde, comme si j'avais trouvé une solution magique à son dilemme.

— On parlera du duo plus tard, quand les choses se seront tassées.

Elle pousse un soupir et secoue la tête.

— Je ne peux plus chanter avec toi, Lana. C'est trop dur pour moi. Tu es trop… toi.

C'est la première fois que l'on me reproche d'être trop moi-même, mais d'une certaine manière je le comprends. Nous avons beau être des professionnels, nous sommes aussi des êtres humains dotés de sentiments. Je peux choisir de voir la fin de ce duo avec Cleo comme un mal pour un bien. Les fans s'en remettront. Je chanterai *I Should Have Kissed You* toute seule. Je suis Lana Lynch. Je ferai en sorte que ça marche.

— D'accord, dis-je.

Cleo est toujours adossée à la porte.

— On s'évitera.

Je montre la porte du doigt.

— Je peux y aller maintenant ?

Je me suis subitement refroidie. Il faut que je me réchauffe pour que ma voix ne soit pas affectée.

Elle déglutit avant de faire un pas vers la gauche.

— Je suis désolée, Lana, gémit-elle d'une voix rauque.

Je sors de sa loge et pousse un gros soupir pour toute réponse.

———

— Si j'avais su qu'elle allait me larguer, je ne l'aurais pas prise dans mes bras devant tout le monde.

J'ai du mal à articuler, mais Dave est beau joueur. Contrairement à la plupart des membres de cette tournée, je ne tiens pas l'alcool. Les trois bières que j'ai bues me sont montées à la tête.

— Je peux me joindre à vous ?

Billie arrive à notre table. Je ne suis pas d'humeur à supporter ses sarcasmes, mais que voulez-vous ? Apparemment, les membres d'un groupe comptent plus que tout le reste.

— Seulement si tu rapportes des bières.

J'ai sombré dans l'apitoiement éthylique.

Billie fait signe au barman avant de s'asseoir.

— Alors ? dit-elle. C'est fini avant même d'avoir commencé ?

— Si tu es venue ici pour fanfaronner, tu peux t'abstenir.

Reviens plus tard. Disons, dans trois semaines. Ou dans trois mois. Ou, tiens, pourquoi pas jamais ?

Elle échange un regard avec Dave.

— Je ne suis pas venue pour fanfaronner. Un peu de respect.

Elle demande aussi un verre d'eau au barman.

— Foutue tournée.

Avec la même démesure que je réserve habituellement pour la scène, je souffle avec rage.

— C'est qu'un putain de duo. On devait juste chanter cette satanée chanson ensemble. Ça non plus, on ne le fera plus.

— Ah bon ? s'étonne Dave. Merde. C'est con.

— On trouvera une solution.

À entendre Billie, elle gère la situation.

Le barman vient nous apporter notre commande. J'ignore le verre d'eau et prends une autre bière.

— Une cuite, une nuit d'excès, un matin de gueule de bois et de dégoût de soi, et je serai de nouveau sur les rails.

Je brandis ma bouteille.

— Soyez sympas et saoulez-vous avec moi ce soir.

— Tu l'as dit, bouffi.

Dave trinque avec moi.

— Ça roule.

Billie l'imite.

— J'imagine que ce n'est pas le bon moment pour te dire que le script que tu m'as filé, c'est de la bombe, annonce Dave.

— Non.

Je porte la bouteille de bière à la bouche et bois goulûment.

— Qui voudrait faire un film de *ça*, de toute façon ? Qui voudrait regarder *ça* sur un grand écran ?

— Le cœur de Lana Lynch brisé par une petite jeunette ? s'enquiert Billie. Quelques millions de personnes, tout au plus.

— Mon cœur ? Brisé ? Ça va pas, la tête ? Cleo ne m'a pas brisé le cœur.

Je souffle des narines.

— Tu sais ce qui m'a brisé le cœur ? Quand ma femme est morte sous mes yeux. Ça, ça m'a brisé le cœur en mille morceaux. En tellement de morceaux que je n'ai toujours pas réussi à le recoller, que je ne réussirai jamais. Alors, ne me parle pas de cœur brisé, d'accord ?

— Arrête, Lana, s'agace Billie. Encore cette vieille rengaine.

Je suis peut-être bourrée, mais je n'en crois pas mes oreilles. Quand on est membre des Lady Kings, on respecte le chagrin de chacune. C'est une règle implicite du groupe.

— Pardon ?

— Je sais que tu aimais Joan et que vous formiez un couple mythique, mais elle est morte il y a dix ans. Ne va pas nous faire croire que ce que tu ressens en ce moment, c'est à cause de sa mort. C'est faux. Cleo n'est pas juste une fille avec qui tu as eu une aventure. Aie au moins le courage de l'admettre.

— Pour qui tu te prends ?

— Pour Billie, ta guitariste, répond-elle sans détour. Tu peux toujours m'appeler quand tu as besoin qu'on te dise tes quatre vérités.

Je ris, parce que je ne sais pas quoi faire d'autre. Je jette un coup d'œil à Dave.

— Tu entends cette nana ?

Il se contente de hausser les épaules.

— Lana…

Billie ne lâche rien.

— … tu as le droit d'admettre que tu as des sentiments pour Cleo. Ça se voit comme le nez au milieu de la figure.

Je roule des yeux. J'en ai assez entendu. Il est grand temps que cette fichue journée se termine, seulement il faut que je sois ivre morte, que j'oublie ce qui s'est passé.

— Cette boîte de nuit où tu es allée hier soir, dis-je, ignorant sa remarque, c'était bien ?

— Oh, oui !

Cela devait être grandiose pour que Cleo préfère y rester plutôt que de me rejoindre dans ma chambre.

— On devrait peut-être y passer une tête, je suggère.

— Lana, chérie, il est tard, objecte Billie. Tu sors d'un concert. Tu vas bientôt aller pioncer. Franchement, même moi, je suis crevée. On n'ira pas en boîte de nuit ce soir.

— Et toi, Dave ?

— Je serais prêt à faire beaucoup de trucs pour toi, Lana, mais ne me demande pas d'aller dans une boîte de nuit où l'on ne passe que de la musique épouvantable sans aucun riff de guitare digne de ce nom et où tout le monde a au moins la moitié de mon âge.

Il me tape sur l'épaule.

— Au moins, c'est clair, dis-je.

Billie me regarde comme le faisait Joan, lorsqu'elle me poussait à faire quelque chose qu'elle pensait être dans mon intérêt, mais que je désapprouvais avec véhémence.

— Est-ce que je peux te poser une question un peu délicate, Billie ?

— Demande-moi ce que tu veux.

— Tu as bien vite oublié que je couchais avec Cleo, je me trompe ?

Elle pince les lèvres et fait semblant de réfléchir longuement à ma question.

— Je n'allais pas faire splitter le groupe pour ça, mais… les autres aussi ont une sensibilité. Parfois, on a l'impression que tout le monde doit faire en sorte de prendre en compte les fragilités de chacun, alors qu'on est libre de faire ce qu'on veut.

— Vraiment ?

— Oui. Vraiment.

Me voilà prévenue.

— Alors, tu penses que c'est parfaitement juste que Cleo ait choisi son groupe plutôt que moi ?

— Non, tu crois ?

Elle fait tourner le goulot de sa bouteille de bière entre les doigts.

— Règle numéro un de tout groupe qui marche et tient dans les temps. Toujours choisir le groupe.

— J'ai bien compris qu'on ne fricotait pas avec la partenaire d'un autre membre de son groupe, dis-je, narquoise. Ça va sans dire, même si je suis sûre que ça arrive tout le temps.

Billie me jette un regard, comme si elle me défiait de continuer à prêcher pour ma paroisse.

— Ce que je veux dire, c'est que, oui, Cleo te plaisait, mais elle t'a fait comprendre qu'elle n'était pas intéressée. Tout comme je ne suis pas intéressée par Jess. Est-ce que toutes ces futilités devraient empêcher Cleo et moi de nous voir ?

— Qui es-tu pour décider que ce sont des *futilités* ou non ? m'interroge Billie tout en mimant des guillemets. Ce n'est pas à toi d'en décider.

— Peut-être pas, mais si Cleo et moi, on a de vrais sentiments l'une pour l'autre, est-ce qu'on devrait les ignorer, tout ça parce qu'on fait toutes les deux partie d'un groupe ?

Dave lève les mains quand je le regarde.

— Moi, je m'en mêle pas.

— Est-ce que vous les ignorez vraiment ? soulève Billie. Et c'est quoi, des vrais sentiments, comparés à ce que, par exemple, Jess ressent pour toi ?

— Qu'est-ce que j'en sais, moi ? Tout ce que je sais, c'est ce que je ressens.

— C'est-à-dire ?

Billie penche la tête. Elle me regarde avec douceur, ce qui me pousse à croire qu'elle n'est pas totalement insensible à ma cause, sans quoi elle ne serait pas ici avec moi.

— J'ai des sentiments pour elle. Elle a des sentiments pour moi. On fait un carton chaque fois qu'on chante ensemble, sauf ce soir. C'était assez pénible, mais c'est encore une preuve de ce qu'on ressent l'une pour l'autre. Je suis assise là, à boire beaucoup trop à cause de… à cause de quoi ? D'un faux sentiment de loyauté qu'elle a envers son groupe ?

— Non, Lana… commence Billie, mais je lui coupe la parole.

— En fait, ce que tu es en train de dire, c'est que si tu ne peux pas être avec Cleo, personne d'autre ne peut l'être. Et ce que les Other Women disent, c'est que si Jess ne peut pas être avec moi, personne d'autre ne le peut. Tu ne vois pas combien c'est ridicule ? Combien c'est puéril ? Combien c'est idiot ?

— C'est beaucoup plus complexe que ça, affirme Billie.

— Je ne pense pas, intervient Dave.

S'il était mon genre, je l'embrasserais pour être allé dans mon sens.

— Pourquoi compliquer les choses ? Lana aime Cleo. Cleo aime Lana. Le reste, on s'en fout.

— Juste pour info, moi, j'aurais vite renoncé à jouer la fille blessée, déclare Billie. Mais je comprends tout à fait le point de vue de Cleo. On ne peut pas l'écarter.

— Ils sont encore si jeunes, dis-je en soupirant. Quand j'avais leur âge, j'aurais peut-être piqué une crise, moi aussi. Je sais pas. J'ai toujours été avec Joan.

Billie hoche la tête, comme si elle était là quand Joan était encore en vie. Elle m'a dit qu'elle nous avait vues plusieurs fois ensemble sur scène et qu'elle avait adoré, ce qui fait toujours mouche quand on se présente à moi.

— Bref.

Je vide ma bière et la repose d'un coup sec.

— Merci de m'avoir dissuadée d'aller en boîte. À vrai dire, si j'étais montée me changer, je ne serais jamais ressortie de ma chambre.

J'adresse à Billie un sourire ivre.

— Quelle journée, mon amie !

— C'est bien vrai.

Elle salue ma remarque en levant sa bouteille avant de finir sa bière.

— Retour sur les routes demain.

— New York, nous voilà ! s'exclame Dave.

Il nous salue.

— Au plaisir, mes Lady Kings.

CHAPITRE 26
CLEO

— Coucou.

Daphne s'assied à côté de moi dans le bus. Je ne sais même plus où nous allons. Toutes les villes que nous avons visitées se sont fondues en une seule.

— On peut discuter ?

— Bien sûr.

Je me redresse un peu.

— Comment ça va ?

Daphne se tourne complètement vers moi.

— Ça va.

J'essaie de paraître optimiste, même si j'ai l'impression qu'on m'a prise par les boyaux et qu'on m'a arraché tous les organes.

— Je suis désolée. J'ai été un peu dure avec toi hier soir. Je ne voulais pas sous-entendre que tu étais une mauvaise copine, encore moins que tu n'étais pas un membre à part entière du groupe.

— Tu avais raison. Je faisais une obsession sur Lana. Je ne voyais plus qu'elle.

— Qui suis-je pour te reprocher un truc pareil ? Regarde

Tessie et moi. On vient à peine de se rencontrer, et je veux déjà l'épouser.

Elle ricane.

— C'est une façon de parler, même s'il se peut qu'on emménage ensemble quand on sera de retour à Los Angeles.

Je hausse les sourcils.

— Tu rigoles ?

Elle hausse les épaules de façon peu convaincante.

— C'est peut-être bien notre plus grande tournée, mais ce n'est pas la première, je poursuis tout en réalisant à quel point je passe pour quelqu'un d'insensible. Il peut s'en passer, des choses, sur la route, tu le sais.

— On verra bien, rétorque Daphne.

Pendant quelques instants, aucune de nous ne parle. On doit aussi savoir apprécier le silence quand on est membre d'un groupe.

— Je n'ai pas dormi une bonne partie de la nuit, dis-je au bout d'un moment. J'ai réfléchi à ce que tu m'as dit.

— Mon avis ne vaut pas mieux que les autres.

Daphne pose la tête contre le dossier du siège.

— Peut-être que oui, peut-être que non, mais ce n'est pas la question.

J'ai du mal à la regarder dans les yeux. Aujourd'hui, je n'ai pas l'énergie pour faire de grands discours. Par chance, nous n'avons pas de concert ce soir. Je n'irai pas non plus en boîte de nuit.

— Je ne pense pas tout à coup que ce que j'ai fait avec Lana, c'était mal.

Bien au contraire.

— Mais tu avais raison quand tu as dit que j'avais oublié de faire passer le groupe en premier. La leçon à tirer d'hier soir, c'est qu'on n'a pas besoin de tensions de ce genre. Nous, on ne se nourrit pas des conflits.

— On est trop lesbiennes pour ça, souligne Daphne.

Je ne peux m'empêcher de rire. L'air qui s'échappe de mes poumons me traverse tel un soulagement libérateur qui vient apaiser tous mes soucis, tous les nœuds qui se sont formés dans mon cerveau.

— Mais je n'ai jamais eu l'intention de faire du mal à qui que ce soit.

— Oh, Cleo.

Daphne me prend la main.

— Je le sais bien.

Le geste est si réconfortant. Il atténue un peu la douleur dans mon ventre.

— De toute façon, ce n'était qu'une amourette, et c'est inutile de se compliquer la vie pour ça.

— On devrait faire une liste des personnes si emblématiques, si sexy, si mythiques, qu'elles vous dispensent de suivre les règles imposées par le groupe.

Daphne serre ma main.

— Pour info, Lana serait en tête de liste.

— Ça ne marcherait pas, parce que ça ferait quand même souffrir les gens.

J'essaie de regarder par-dessus le siège de Daphne en direction de la place où je pensais que Jess était assise, mais je n'arrive pas à la voir.

— Comment va Jess ?

— Elle va s'en remettre.

Daphne a vraiment changé son fusil d'épaule. Je me demande si Tessie a discuté avec elle. Je lui poserais bien la question, mais je n'ai pas le courage d'entendre le récit de leur coup de foudre en ce moment. Pas aujourd'hui. Je me sentirai peut-être mieux demain, une fois que nous aurons donné un concert mémorable, un concert durant lequel nous aurons complètement conquis le public et effacé le souvenir de la piètre performance d'hier soir.

— En définitive, on est des grandes filles et des grands garçons, conclut Daphne.

— C'est sûr ! je concède, même si notre comportement ces derniers jours est digne d'une récréation de lycée.

Daphne esquisse un petit sourire malicieux.

— Avec tout ça, je n'ai pas eu l'occasion de te demander…

Son rictus se transforme en sourire grivois.

— Comment c'était avec Lana ?

— S'il te plaît, ne me demande pas ça, je lâche.

— Pourquoi ?

Elle tambourine des doigts sur mon genou.

— Je veux tout savoir.

— Putain, Daph ! C'était incroyable, d'accord ? C'était démentiel.

J'aimerais tellement revivre l'expérience ce soir, et la nuit prochaine, et toutes les autres de cette tournée. J'aimerais apprendre à la connaître, découvrir ce qui se cache derrière le masque de Lana, la voir sous son vrai jour.

— C'est pas vrai ?

Ses doigts se resserrent autour de mon genou.

— Genre « waouh, je suis au pieu avec Lana Lynch » ou plutôt « je crois que je pourrais tomber amoureuse d'elle » ?

Elle se fiche de moi ? Daphne plaisante, je le sais, mais je n'ai pas le cœur à lui donner le change.

— Tu te souviens quand j'ai eu cette aventure avec Grace Jacobs ? reprend Daphne. Je l'aimais bien, mais pour moi, c'était plus pour le plaisir de baiser une star qu'autre chose. Je l'ai compris assez vite.

— Pour le plaisir de baiser une star ? Tu es sérieuse ?

Les langues se délient quand on a du temps à tuer sur la route.

— Arrête, Cleo. On l'a tous fait. Même si l'on est sur le point de devenir nous-même des stars.

Elle me tapote à nouveau le genou.

— C'est peut-être de ça que tu as besoin. Une nuit avec une groupie qui va te sortir le grand jeu et te faire grimper aux rideaux.

— Une groupie ? J'espère vraiment que tu plaisantes.

— Tu peux jouer les saintes nitouches tant que tu veux, mais on l'a tous fait. Je parie que Lana ne s'est pas privée, elle non plus.

— Moi, je n'ai jamais fait ça, je me récrie.

Je réalise aussitôt que c'est un mensonge flagrant. Quand on joue dans un groupe, c'est comme si l'on s'aspergeait du plus puissant des aphrodisiaques. Depuis qu'un de nos morceaux est entré dans le Top 50, bien que parmi les derniers du classement, quantité de femmes se sont jetées à mon cou, et je n'ai pas toujours dit non.

— C'est ça.

Daphne me regarde d'un air entendu.

— Tu veux que je t'arrange un coup pour ce soir ? Ce n'est peut-être pas une bonne idée de passer la nuit seule.

Je secoue la tête.

— Je pense qu'au contraire, j'ai besoin d'être seule pendant un moment.

— Comme tu voudras ! Mais viens me trouver si tu as besoin de quoi que ce soit.

Elle se lève.

— Au fait, tu n'as jamais répondu à ma question.

Elle se penche vers moi.

— À savoir le genre de nuit que tu as passée avec Lana.

— Et je pense que je n'y répondrai jamais.

Je détourne le regard dans l'espoir qu'elle comprenne le message. Comment ose-t-elle banaliser ma nuit avec Lana pour en faire quelque chose d'insignifiant ? Comment peut-elle même insinuer que c'était dénué de sentiments ? Seulement, Daphne ne sait pas ce que je ressens vraiment. Je ne le sais même pas moi-même. Quand on couche avec une légende vivante comme Lana, le fait de se retrouver au lit avec une célébrité a ce petit éclat particulier. C'est ainsi. Peu importe, à quel point elle s'est mise à nu ; peu importe, à quel point elle s'est rendue vulnérable cette nuit-là, on ne peut pas séparer la femme de l'artiste. Elle est à la fois Lana Lynch, la chanteuse du groupe The Lady Kings, et la femme qui incarne ce personnage.

Je sais en revanche une chose. Contrairement à Daphne, qui ne faisait que s'amuser avec Grace Jacobs, Lana représente beaucoup plus à mes yeux. Maintenant, je ne peux même plus chanter avec elle.

CHAPITRE 27
LANA

Nous sommes à Syracuse, et je suis sur le point de retourner sur scène pour chanter le rappel de la soirée, sans Cleo.

J'ai de l'expérience et j'ai eu le temps de me préparer. Le seul obstacle que je pourrais rencontrer est très certainement des huées de la part de la foule lorsque je ne demanderai pas à Cleo de se joindre à moi. La toile est douée pour créer des attentes, et je peux difficilement prétendre que Cleo est absente. Le public l'a vue chanter, et même faire un carton, avec les Other Women un peu plus tôt.

Je ne peux pas chanter cette chanson a cappella toute seule. Techniquement, je pourrais le faire, mais je ne veux pas. Il manquerait quelque chose. J'ai donc demandé au groupe de se joindre à moi. Billie et Sam sont toutes deux capables de faire les chœurs, mais leurs voix n'ont rien à voir avec celles de Cleo ou d'Isabel Adler. Au moins, une fois que nous aurons donné nos trois concerts à New York, je pourrai chanter le duo avec l'interprète d'origine. J'ai déjà appelé Izzy à ce sujet. Elle m'a dit qu'elle devait y réfléchir, mais c'est avant tout une artiste. Au fond de moi, je sais qu'elle le fera.

Ce soir, il n'y a que mon groupe et moi pour interpréter la

chanson que j'avais l'habitude de chanter avec Cleo. S'il y a bien une chose que j'ai apprise au cours de cette tournée, c'est que *I Should Have Kissed You* est le genre de ballade qui a beaucoup plus d'impact sans trop d'accompagnement, non que l'original, à l'image de toutes les nouvelles chansons d'Isabel Adler, ait un arrangement pompeux. Sa voix actuelle s'épanouit avec seulement quelques notes de piano éparses en arrière-plan. L'essentiel de l'émotion vient de ce qui est absent.

Les Lady Kings sont capables de mettre la pédale douce comme tout le monde, comme nous le faisons dans *The Better Part of Me*, mais chanter un duo seul n'est jamais une tâche simple.

Je reviens sur scène sous les applaudissements qui se teintent rapidement d'une énergie nerveuse, car Cleo n'est pas là.

— Ce ne sera que ma modeste personne ce soir.

Je joins les mains en signe de prière, jouant sur la sympathie du public. Certains poussent des cris d'encouragement, mais je sens une légère hésitation.

— Ainsi que les génialissimes Lady Kings, bien entendu !

Sam, Deb et Billie sortent sous les acclamations. Je n'aurais peut-être pas dû m'inquiéter autant. Nous sommes les Lady Kings, le groupe que ces gens sont venus voir. Quel meilleur cadeau pouvons-nous leur offrir que nous toutes sur scène ? Si c'est le cas, ai-je eu tort, pendant tout ce temps, de faire cette chanson seule avec Cleo ? Ce n'est pas le moment de me poser ces questions. Nous verrons tout cela en détail lors du débriefing, plus tard.

Quelque part dans le fond de la salle, de faibles cris réclament Cleo. Je redresse les épaules et fais face au public. Billie joue de la guitare acoustique pour cette dernière chanson. Elle se tient à mes côtés.

Deb compte la mesure, et nous voilà parties. Elle ne frappe

que quelques cymbales, et la ligne de basse de Sam est plus subtile et profonde qu'imposante.

Billie m'agace parfois, peut-être parce qu'elle est trop directe et trop honnête à mon goût, mais je ne peux rien reprocher à sa façon de jouer de la guitare. Elle démarre, et je chante cette chanson, qui n'a jamais été conçue pour une seule voix, mais je fais en sorte que ça marche. Je m'arrange pour que le public y croie, parce que c'est mon métier, mon don. Je peux leur faire croire que Cleo n'est pas sur scène avec moi pour de bonnes raisons, peut-être même parce que j'aurais dû l'embrasser, comme le dit la chanson.

Or, c'est différent sans Cleo, parce que c'est une chanteuse hors pair et que sa voix complète merveilleusement la mienne, parce qu'elle arrivait à traduire le fond des paroles avec un tel brio, mais aussi parce que c'était toujours un moment un peu spécial d'être ici, sur scène, rien que toutes les deux, de dire au revoir au public et de clore la soirée sur cette énergie unique que nous partagions.

Lorsque la chanson se termine, je jurerai que les applaudissements n'ont pas la même splendeur que ceux auxquels je m'étais habituée. Une bonne partie du public est un peu déçue, et je ne peux m'empêcher de plaindre ces gens, de m'en vouloir de ne pas leur avoir donné ce qu'ils souhaitaient. Mais, toutes fabuleuses que nous soyons, Cleo et moi, lorsque nous chantons, cette magie ne s'étend pas hors de la scène. Je ne peux pas la pousser à chanter à nouveau avec moi. Je ne peux pas la forcer à comprendre que notre relation, en fin de compte, ne devrait pas être une menace pour son groupe et l'amitié qui la lie aux autres membres. Cela ne dépend pas de moi.

Deb et Sam nous rejoignent, Billie et moi, sur le devant de la scène et nous saluons la foule d'une révérence.

Quand je quitte la scène, le seul membre des Other Women qui nous regarde est Jess.

— C'était super, nous félicite-t-elle.

— Merci, répond Billie, avant de se tourner vers moi. Je ne sais pas trop, Lana. On aurait pu faire mieux, non ?

Je hausse les épaules. Je ne peux plus rien changer à la performance que nous venons de livrer.

— On aura Izzy au prochain concert.

— Tu n'arrêtes pas de dire ça, mais elle n'a pas encore accepté, fait remarquer Sam.

— Croyez-moi, Izzy sera sur cette scène avec nous, j'affirme avec plus d'assurance que je n'en ai.

Je bois l'eau que Logan me tend. Il est tout excité à la simple mention du nom d'Izzy. Quand j'arrive dans ma loge, Jess me coince.

— Je peux te parler une seconde, s'il te plaît ? me demande-t-elle.

— Maintenant ?

Je passe la serviette que Logan m'a donnée autour de mes épaules.

— J'ai vraiment besoin de me doucher.

Et Jess est la dernière personne à qui j'ai envie de parler. Si Cleo et moi ne sommes plus ensemble, et si nous ne chantons même plus ensemble, je préfère autant éviter toutes ces histoires concernant notre première partie.

— Ou plus tard, propose-t-elle. J'attendrai.

— C'est bon. Entre.

J'invite Jess à entrer dans ma loge. Je bois une nouvelle gorgée d'eau tout en la regardant.

— Je voulais m'excuser en personne. Je suis vraiment désolée pour ce qui s'est passé avec Cleo. Ce n'est pas ce que je voulais, ni pour toi ni pour elle. Je n'ai aucun problème à ce que vous soyez ensemble. Vraiment. Je voulais juste que tu le saches.

Très bien. Nous avons la bénédiction de Jess, bien que cela ne fasse aucune différence.

— Cleo le sait ?

Jess hoche la tête.

— Je lui ai dit que je ne serais pas celle qui se mettrait en travers de tout ce qui pourrait, disons, mûrir entre elle et toi.

— C'est bon à savoir, Jess.

J'avais déjà trouvé adorable qu'elle m'avoue ses sentiments pour moi ce soir-là à Los Angeles. Innocente et infiniment douce.

— Mais rien ne mûrit entre Cleo et moi.

— Si tu veux, je peux essayer de la convaincre de chanter à nouveau avec toi.

Elle pousse un rire nerveux.

— Je ne dis pas que la version que tu viens de faire n'était pas géniale, mais quand Cleo et toi la chantez, c'est vraiment unique. Moi-même, je le vois. Tu imagines ?

— C'est très gentil de ta part, mais je pense que ça devrait aller. D'ailleurs, pour notre prochaine semaine à New York, j'ai prévu de recevoir une invitée très spéciale.

— Oui, j'ai entendu. Isabel Adler va vraiment venir chanter avec toi ?

— C'est le projet.

— Oh là là ! Ça va être génial !

— Alors, n'embêtons pas Cleo avec tout ça, tu veux bien ?

Je me fiche d'avoir l'air condescendante.

— Oui, d'accord. Est-ce que je peux dire aux gens qu'Isabel Adler sera là ou est-ce que tu veux garder le secret ?

— Ce n'est pas encore fait, alors il vaut mieux garder ça pour toi pour l'instant.

— Entendu, répond Jess, comme si elle prêtait serment.

Elle me fait de la peine. Elle n'a pas choisi d'avoir des sentiments pour moi.

— Merci. Sans rancune, d'accord ?

— Bien sûr, Lana.

Elle m'adresse un sourire qui semble pour le moins sincère.

— Je te laisse à ta douche maintenant.

— Hé, Jess ! Moi aussi, je suis désolée de la façon dont tout s'est déroulé. Aucune de nous n'a voulu blesser qui que ce soit. J'espère que tu le sais.

Jess acquiesce d'un hochement de tête et sort. Si elle a vraiment tenu le même discours à Cleo, pourquoi Cleo ne veut-elle toujours pas rechanter avec moi ?

CHAPITRE 28
CLEO

Depuis que nous sommes arrivés à New York, l'air est chargé d'une excitation fébrile. C'est différent de Los Angeles, car L.A. est notre ville d'origine et, quand on s'y produit, c'est comme si l'on jouait un match à domicile. Quand on vient à New York pour jouer pour les New-Yorkais, cela demande autre chose. Un peu plus de tout. Davantage d'audace, une couche supplémentaire de coolitude. C'est difficile à définir, mais cette émulation coule dans mes veines, elle accélère mon pouls.

C'est elle qui nous a fait jouer l'un des meilleurs concerts de notre vie quelques heures plus tôt, un concert qui efface complètement tous les mauvais ou les médiocres que nous n'avons jamais joués.

Ce soir, aucun d'entre nous, pas même moi, ne peut résister à l'envie de regarder les Lady Kings sur scène, parce qu'il y a quelque chose de particulier dans l'air. Nous savons, dans nos cœurs, que nous devons être là au lieu de nous prélasser dans notre loge et de rater ce moment. Nous sentons que quelque chose de spécial est sur le point de se produire.

Lana est ultra-sexy ce soir. Tout au long du concert, Jess a à peine cillé à côté de moi, tellement elle était captivée par les moindres mouvements de Lana, et Dieu sait qu'elle en a.

Comme lorsqu'elles jouent un morceau entraînant comme *No Fear In Love* et qu'elle remue les épaules de gauche à droite de cette façon spéciale et sulfureuse qu'elle a. Elle peut marcher sur scène comme personne d'autre, avec ses jambes interminables, utilisant le pied de micro d'une manière que j'ai essayé de copier, mais qui finit toujours par paraître ridicule chez quelqu'un d'autre qu'elle. Elle est faite de cette illustre poussière d'étoiles qui n'est saupoudrée qu'une fois toutes les quelques générations. Et, je suis incapable de la quitter des yeux, car chaque seconde de leur concert me rappelle pourquoi elles sont les meilleures, pourquoi c'est le plus grand girls band de tous les temps, et pourquoi nous avons été si prompts à dire oui à cette tournée, et comment j'ai réussi à bousiller toutes mes chances de partager la scène avec Lana tous les soirs.

Si l'on doit retenir une leçon des deux derniers concerts des Other Women, c'est que nous sommes meilleures quand nous sommes en communion, quand il n'y a pas de conflit entre nous quatre et que nous pouvons nous contenter de jouer les unes pour les autres tout en essayant de nous impressionner mutuellement et d'impressionner le public du même coup. Notre alchimie singulière ne s'opère pas lorsque nous nous disputons. Je ne suis pas naïve au point de penser que notre groupe n'aura jamais de problèmes, mais tout dépend de la nature de ces problèmes.

— Putain, s'exclame Tim. C'est une tuerie. Je n'oublierai jamais ce moment.

— Lana déchire, mais Billie aussi, ajoute Daphne. J'adorerais jouer un duo avec elle.

— Sam et Deb sont carrées, comme si elles ne faisaient qu'une, poursuit Tim. Elles jouent ensemble depuis si longtemps qu'elles n'ont plus besoin de parler. Elles n'ont besoin que de leurs instruments.

Les yeux de Jess s'écarquillent.

— Oh, putain !

Bien qu'on nous l'ait annoncé, Isabel Adler semble avoir soudainement apparu en coulisses. La voilà surgie de nulle part.

— Je vais m'évanouir, murmure Daphne.

Elle s'accroche au bras de Tim.

— Oh, mon Dieu !

C'est qu'une chanteuse, j'ai envie de dire, mais je n'arrive pas à sortir les mots de ma bouche. Isabel Adler est bien plus qu'une simple chanteuse. Lorsque nous travaillions sur notre dernier album et que nous voulions écrire un morceau plus lent, plus sentimental, nous avons écouté le dernier disque d'Isabel Adler pour nous en inspirer. La façon dont elle a réussi à atténuer le son et amplifier l'intensité de sa musique est magique, même si nous savons qu'il n'y a rien de sorcier là-dedans. C'est ça, la musique.

Je sais aussi pourquoi elle est ici. Elle est ici pour reprendre la place que je lui ai prise. Elle est ici pour chanter avec Lana. Même si la musicienne que je suis meurt d'envie de les voir interpréter ensemble leur duo emblématique, mon petit côté imparfait et profondément humain ne me met pas à l'abri des affres d'une vilaine jalousie, même si je sais très bien qu'il n'y a rien de plus inutile que d'envier quelqu'un comme Isabel Adler.

Isabel est entourée de quelques personnes, dont une femme éblouissante aux cheveux noir corbeau et rouge à lèvres rouge sang. La petite amie d'Isabel, Leila Zadeh.

Tim s'évente.

— Il commence à faire chaud ici, lance-t-il. Que quelqu'un mette la clim, s'il vous plaît.

Les Lady Kings quittent la scène après leur premier rappel. Je ne peux pas m'empêcher de regarder Lana. Mes yeux sont attirés par elle, et je ne pourrais pas détourner le regard si je le voulais. Isabel et elle échangent un regard, et je me demande ce qui se serait passé si je n'avais pas refusé de continuer à chanter en duo avec Lana. M'aurait-elle quand même remplacée par Isabel ? Aurais-je souffert plus ou aurai-je eu moins mal que maintenant ?

Lana se tamponne le visage et les épaules avec une serviette et boit un peu d'eau. Tessie lui passe un peigne dans les cheveux.

— Prête ?

Le sourire qu'elle adresse à Isabel Adler est si large, si beau, si Lana, que mon cœur se brise un peu plus.

Isabel hoche la tête. Leila l'embrasse sur la joue, puis Lana sort à nouveau sous les applaudissements. Elle remercie abondamment la foule, puis lui demande le silence.

— J'ai une invitée très, très spéciale ce soir.

— Cleo Palmer ! crie quelqu'un.

Je rougis, car je me trouve à quelques mètres d'Isabel Adler et qu'il n'est pas normal que les gens crient mon nom au lieu du sien.

Lana secoue la tête.

— Non. Je vous laisse une nouvelle chance.

Je me sens à nouveau rejetée, même si c'est moi-même qui me suis rejetée.

— Isabel Adler ! crie un autre.

Lana hoche lentement la tête.

— Absolument.

Les acclamations de la foule sont si fortes que je me bouche presque les oreilles.

Lana se tourne vers les coulisses où nous nous trouvons tous. Son regard passe sur moi, comme si je n'étais qu'un accessoire, comme si j'avais atteint un tout nouveau degré d'insignifiance.

— Izzy, me ferais-tu l'honneur de te joindre à moi, s'il te plaît ?

Lana tend le bras pour accueillir Isabel Adler sur scène.

C'est l'hystérie dans le public. Évidemment. Cela surpasse tous les espoirs. C'est tellement mieux que le duo que nous formons avec Lana. Cette chanson, c'est la leur, celle du grand retour des Lady Kings, et de Lana. Cette chanson ne me concerne pas. Je n'ai fait que la visiter pendant un certain temps, pendant les quelques rares occasions où Lana m'a permis de monter sur scène, à sa discrétion, pour me prélasser dans sa splendeur à l'occasion de quelques soirs. Ce n'est pas ma chanson, et je n'ai aucune prétention à faire valoir sur elle.

— Oui, dit Lana. Je vous demanderais bien de réserver un accueil triomphal à Isabel Adler, mais qu'en penses-tu, Izzy ? Est-ce que ces applaudissements t'ont suffi ?

— Oh que non ! réplique Isabel. Je n'en ai jamais assez. C'est pour ça que je suis de retour sur scène. N'est-ce pas pour la même raison, Lana ?

Elles en ont fait une saynète, divertissant encore plus la foule avec leurs plaisanteries, ce que Lana n'a jamais fait quand c'était moi qui étais sur scène. Ce moment doit être exceptionnel pour elle.

Lana souffle des baisers au public. Ce soir, c'est un concert vraiment hors du commun. J'ai comme l'impression que le meilleur reste à venir : un duo de cinq minutes aux frissons garantis entre deux légendes de la musique. La conclusion parfaite d'une soirée comme celle-ci. Même si je suis à deux doigts de piquer une crise de jalousie à cet instant-là, nous avons passé un moment extraordinaire tout à l'heure, lorsque nous avons joué devant le public new-yorkais. Nous en avons surpris quelques-uns. Maintenant, c'est au tour de Lana et d'Izzy de remettre la balle au centre.

Elles ne sont que toutes les deux, sans instrument. Lana hoche une fois de plus la tête, et la foule lui mange tellement dans la main qu'elle se tait instantanément et lui offre le silence dont cette chanson a besoin.

Lana commence, et c'est la première fois que je la regarde chanter sans que l'énergie d'être sur scène avec elle me traverse. À présent, je ne suis qu'une spectatrice et, instantanément, un nœud se forme dans la gorge. Quelque chose se défait en moi, lorsque je la regarde et l'écoute dans cette atmosphère solennelle particulière, quand je vois comment elle s'apaise, comment cette énergie frénétique, qu'elle répercutait au public depuis la scène tout à l'heure, s'est calmée en cet instant magnifique, paisible et déchirant.

C'est comme si nous retenions collectivement notre souffle en attendant qu'Isabel Adler se joigne à Lana.

Lorsqu'Isabel se met à chanter, d'abord de façon presque inaudible aux côtés de Lana sur le premier refrain, je sens un changement dans l'atmosphère. C'est de l'admiration pure. Chaque personne présente dans cette salle est happée par ce moment extraordinaire dans l'histoire de la musique. Lana et Isabel n'ont jamais chanté ce duo en direct devant un public.

Isabel se lance dans le deuxième couplet en solo, même si le terme « se lancer » n'est peut-être pas le plus approprié. Elle l'aborde avec prudence, mais aussi avec détermination. Les mots qui se déversent de sa bouche sont intenses et empreints de mélodie. Elle regarde Lana, et Lana la regarde à son tour. Elles se regardent dans les yeux comme Lana et moi avions l'habitude de le faire. Elles vendent l'illusion. Mais, que vont-elles faire ensuite ?

Je ne peux m'empêcher de fixer Lana du regard, de l'observer dans ce moment, de voir le plaisir qu'elle y prend, comment elle s'y perd, ce qu'elle fait avec ses mains, comment elle penche la tête, comment elle déplace les pieds, toutes ces choses que je n'ai jamais remarquées lorsque je chantais avec elle, parce que j'étais tellement absorbée dans notre performance, dans la façon dont elle chantait pour moi et dont je chantais pour elle.

Leur interprétation pourrait être, elle aussi, a cappella, mais l'énergie qui s'en dégage est complètement différente de celle de notre duo, à Lana et moi. La voix d'Isabel est si fragile qu'on a l'impression qu'elle va se briser d'une seconde à l'autre. Et puis, tandis que Lana et elle chantent à tour de rôle les lignes du troisième refrain, sa voix s'ébrèche un peu, et c'est l'un des plus beaux sons que j'aie jamais entendus de ma vie. Le croassement s'accorde si parfaitement avec les paroles qu'il embellit la chanson comme je n'aurais jamais su le faire. Il touche quelque chose de profond en moi, et je ne retiens pas mes larmes. Je les laisse couler librement sur mes joues.

Mes larmes viennent encore plus vite lorsque Lana se rapproche d'Isabel pour partager le micro avec elle pour le dernier refrain, pour clore la soirée, et cela me rappelle ce jour, qui me semble vieux d'une éternité, où je me suis rendue chez Lana pour une répétition et où j'ai suggéré que nous n'utilisions qu'un seul micro pour le dernier refrain. Seulement, ce n'est plus le moment d'être envieuse. On ne peut pas être jaloux de ça, de la beauté que leurs voix engendrent ensemble.

Leur alchimie sur scène est d'une nature différente de celle qui existe entre Lana et moi. C'est plein de respect et magnifique, mais aussi beaucoup moins sensuel. Elles ne se touchent pas les joues, ne s'attrapent pas par la taille et posent encore moins leur tête sur l'épaule de l'autre. L'ambiance qu'elles créent est beaucoup plus éthérée que sulfureuse.

Dans toute son immobilité, elle est tout aussi efficace et viscérale, sinon plus que la version que j'ai façonnée avec Lana.

Je les suis du regard, tandis qu'elles s'éloignent main dans la main, mes joues encore baignées de larmes, car si j'ai appris une chose en regardant ce duo, c'est que mon pauvre cœur n'avait aucune chance de s'en sortir. Je suis tombée amoureuse de Lana dès l'instant où je suis montée sur cette scène avec elle.

Un bras s'enroule autour de moi.

— Bon sang, dit Jess. Je n'ai pas les mots pour décrire ce que je viens de voir.

Elle me tend un mouchoir.

— Ne t'en fais pas, Cleo. Je le ressens, moi aussi.

CHAPITRE 29
LANA

Izzy et Leila ont la gentillesse de donner chez elles une fête de bienvenue pour toute l'équipe de la tournée. Je suis contente de ne pas devoir retourner à ma chambre d'hôtel, car je suis tellement galvanisée par le concert que je ne sais pas ce que cela aurait donné. C'est l'une de ces rares nuits où chaque petit rien se conjugue pour créer une expérience extraordinaire. J'ai appris en trente ans de concerts que des soirées comme celles-ci doivent être savourées, car elles ne se présentent pas très souvent. C'est donc ce que j'ai l'intention de faire.

Ce n'est pas comme si Cleo allait réchauffer mon lit ce soir, même si j'ai l'impression que certaines des invitées d'Izzy et de Leila ne verraient pas d'inconvénient à prendre sa place. Et vous savez quoi ? Je vais peut-être laisser l'une d'entre elles le faire. Parce qu'Izzy et moi, nous avons tout déchiré. Tant que nous serons à New York, la voix de Cleo ne sera pas nécessaire. En ce qui me concerne, Cleo elle-même n'est pas du tout nécessaire. En revanche, son groupe, ses équipes et elle sont à la soirée. C'est le genre d'événement que personne ne veut manquer.

Je passe d'une personne à l'autre, acceptant de nombreux

verres et recevant des félicitations pour le concert. Au fil des ans, j'ai appris à accueillir les deux avec aisance et grâce.

Environ une heure après le début de la fête, je m'installe enfin dans un canapé à côté de Leila. Nous bavardons un peu, jusqu'à ce qu'elle pose son regard d'encre sur moi et me dise :

— Puis-je te dire quelque chose en toute confidentialité ?

— Absolument.

Comme je ne tiens plus l'alcool, je suis déjà bien éméchée, mais je suis sûre de pouvoir garder le secret de Leila.

— Aussi époustouflante qu'ait été la chanson *I should Have Kissed You* que tu as chantée avec Izzy ce soir, ce n'était pas la même chose que lorsque tu la chantes avec Cleo.

— Ça ne peut pas être la même chose, si ? Izzy et Cleo sont des chanteuses très différentes.

Est-ce cela qu'elle voulait me confier ? C'est plus un fait qu'un secret.

— Bien sûr, mais ce que je veux dire, c'est que…

Leila se penche vers moi.

— J'ai vu les vidéos de Cleo et toi sur scène, et… pouah ! Lana. Je suis bien contente que ce ne soit pas comme ça quand tu chantes avec Izzy. Franchement, j'aurais du mouron à me faire si c'était le cas.

Elle me décoche un sourire rouge sang.

— Oui, Cleo et moi, on pouvait mettre le feu à la scène.

Je bois une autre gorgée de vin.

— Elle est très douée.

— Oui, mais ce n'est pas vraiment ce que je veux dire.

Leila est toujours assise tout près de moi et chuchote dans mon oreille.

— Pardon si je suis trop directe, mais Cleo et toi, vous… vous êtes ensemble ?

— Ça ne risque pas, dis-je avec un air railleur. Pour une raison qui m'échappe, on n'a pas le droit d'être ensemble.

— Ah, il y a donc bien quelque chose entre vous ! Je l'ai dit à

Izzy. Elle m'a répondu que, parfois, ça arrivait quand deux personnes chantent ensemble. Pourtant, Izzy et toi, vous êtes deux nanas hyper sexy, et ce n'était pas comme ça tout à l'heure. Vous avez une alchimie différente. C'est beaucoup plus… chaste, je suppose.

Leila hoche la tête comme si elle avait soudain compris l'une des vérités les plus profondes de l'univers.

— Cleo et toi, vous êtes attirées l'une par l'autre et vous ne pouvez pas le cacher. Pourquoi le cacheriez-vous, d'ailleurs ? Je l'ai vu, et je suis sûre de ne pas avoir été la seule. C'est clair comme de l'eau de roche.

— Bon sang, dis-je tout en soufflant. De toute façon, ça n'a pas d'importance. Cleo ne veut plus faire ce duo avec moi.

— Pourquoi ? Elle a tout à y gagner de ce duo ?

— Les habituelles frasques de tournée.

J'agite les sourcils.

— Ah ! Je vois ce que tu veux dire, mais je comprendrais mieux si tu m'expliquais, Lana.

Elle est assise là, tout sourire, comme si elle était une chroniqueuse de potins au rabais et non une journaliste primée.

— Je comprends mieux comment tu as fait pour qu'Izzy te livre ses secrets les plus douloureux pendant que tu terminais sa biographie.

— Allez.

Elle cogne son épaule contre la mienne.

— Dis-moi tout.

Je jette un coup d'œil autour de moi. Quelques invités lancent des regards furtifs dans notre direction, mais personne n'est suffisamment près de nous pour entendre ce que nous disons, même si cela ne faisait aucune différence. Sur la tournée, tout le monde sait ce qui s'est passé entre Cleo et moi.

— On a couché ensemble parce que… très honnêtement, le contraire aurait été presque impossible, surtout après avoir été sur scène avec elle toutes ces soirées. Il se passe un truc quand on chante ensemble, et la soupape était prête à lâcher. On a arrêté de résister et, oui, on a couché ensemble, et…

Je hausse les épaules.

— Et puis tout est parti en vrille, comme si l'on était deux bandes rivales de lycées ou un truc dans le genre.

— Je suis navrée, Lana. Que s'est-il passé ?

Leila ne prend même pas la peine de cacher son petit côté journaliste acharnée. Je la respecte pour cela. Quand je pense que cette femme sublime est entrée un beau jour dans la vie d'Izzy. Moi, tout ce que je récolte, c'est une fille si immature qu'elle se comporte comme une ado en rut qui change d'avis sur un coup de tête, même si Cleo l'interpréterait d'une tout autre manière.

— Des conneries qui ne méritent pas qu'on s'attarde dessus.

— Tu en es bien sûre ? Si j'insiste, c'est parce que je pense vraiment que tu devrais essayer de la faire revenir sur scène avec toi. Izzy ne rejoindra pas la tournée pour remplacer Cleo.

— J'ai une idée pour toi. Tu me sembles être une femme extrêmement persuasive, Leila. Tu es sûre de ne pas réussir à la convaincre ?

— Tu sais bien qu'Izzy a déjà sa propre tournée, objecte Leila avec fierté.

Qu'il serait bon d'avoir quelqu'un qui se bat à mes côtés à chaque instant, d'être avec quelqu'un qui me comprend, tout comme Joan me comprenait ! Izzy et Leila sont faites l'une pour l'autre, c'est une évidence, tout comme il est évident que Cleo et moi ne le sommes pas, bien au contraire.

— Ah.

Comme si le fait de parler d'elle la faisait apparaître, Cleo entre dans la pièce. Je tourne machinalement les yeux vers elle, car elle a ce truc des stars qui nous pousse à la regarder.

— Tu veux que je le lui demande ?

Leila glousse comme les écolières que certains membres des Other Women semblent encore être.

— J'étais près d'elle quand Izzy et toi chantiez, et elle pleurait toutes les larmes de son corps. C'était émouvant, j'en conviens, mais appelle ça de l'intuition journalistique si tu veux, je ne pense pas qu'elle pleurait uniquement parce que la chanson l'avait touchée.

— Cleo sait ce que je veux. C'est elle qui décide, pas moi.

Leila se tourne vers moi.

— Ah bon ? Pourquoi ?

Elle me regarde avec une expression stupéfaite.

Je souffle, un peu exaspérée.

— On peut laisser tomber maintenant ? J'en ai marre de toutes ces manigances. Je crois que je vais aller retrouver ta femme. Elle me fichera peut-être la paix, elle.

— Attends, Lana, s'il te plaît.

Leila pose sa main sur mon genou.

— Cleo. Viens !

Elle fait signe à Cleo de la main, comme si ce geste avait un pouvoir magique. *Super*. Cleo et moi n'avons échangé que quelques grommellements depuis qu'elle m'a dit qu'elle ne voulait plus chanter avec moi.

— Bonjour.

Elle ne quitte pas Leila des yeux.

— Merci de nous avoir invitées. C'est un honneur.

— Oh, je t'en prie.

Leila n'est pas du genre à minauder.

— C'est rien qu'une petite fête.

Je comprends mieux pourquoi la vie d'Izzy a été bouleversée lorsqu'elle a rencontré Leila.

— Mais bien sûr !

Cleo sourit.

— Super, votre concert, la félicite Leila.

— Vous avez assisté à notre concert ?

Cleo semble réellement surprise. Elle n'a toujours pas daigné m'adresser un regard. Encore des gamineries, des raisons supplémentaires de continuer à prendre nos distances. Si je dois me remettre avec quelqu'un, et c'est un grand si, ce devrait être avec une femme comme Leila, pas avec une fille aussi jeune et inconstante que Cleo.

— Évidemment ! Toi et ton groupe, vous êtes extra.

— Merci.

Mon cœur se met à battre plus fort quand je vois les joues de Cleo rosir. Elle est tellement adorable quand un compliment vient troubler sa décontraction de rockeuse.

— C'était un très bon concert, dis-je, m'immisçant dans leur conversation.

— Merci.

Le regard de Cleo croise brièvement le mien avant de dévier.

— Vous savez quoi ?

Rapide comme l'éclair, Leila se lève du canapé et pousse pratiquement Cleo à s'asseoir à sa place.

— Je vais vous laisser avoir une petite discussion.

Sans se retourner, elle s'en va, nous laissant comme deux ronds de flan.

— T'en fais pas, Cleo. Tu n'es pas obligée de me parler. Va.

— Lana, je…

Elle s'installe dans le canapé à une distance respectable de la mienne.

— Pour commencer, dément, votre duo.

Elle prend une grande respiration, puis hoche la tête.

— Super concert, de manière générale. Vous étiez vraiment dans le coup ce soir.

Elle me regarde dans les yeux à présent.

— Qu'est-ce que ça signifie, tout ça ?

— Leila a juste mis son nez là où il ne fallait pas. Je suis désolée. Elle n'en fait qu'à sa tête.

— Qu'est-ce qu'elle t'a dit ?

Je pivote sur mon siège pour lui faire face.

— Elle a insisté pour que je te convainque de rechanter en duo avec moi. Elle a vu les images sur Internet, et voilà où nous en sommes.

— Leila a dit ça ?

Cleo relève un genou pour mieux se tourner vers moi.

— Elle a dit ça *après* m'avoir vu chanter en duo avec Izzy.

Je veux que Cleo revienne sur scène avec moi. Inutile d'y donner une autre signification. Ce n'est qu'une chanson.

— Waouh.

Cleo plisse les yeux.

— Elle ne nous a même pas vues en live.

— Tu veux bien y réfléchir, s'il te plaît ?

Je manque de lui prendre la main.

— Oui. Promis.

Sa voix s'est adoucie, tout comme son regard sur moi.

— Comment vas-tu ? Avec toutes ces… toutes ces histoires ?

Ça m'a peut-être un peu manqué de ne pas passer du temps avec elle.

— Ça va. Aussi bien qu'une fille qui a rejeté Lana Lynch peut l'être, j'imagine.

— Cette tournée est loin d'être terminée.

Je rapproche un peu mon genou du sien, mais c'est tout ce que je peux faire pour combler la distance qui nous sépare.

— Ne faisons pas comme si nous étions des étrangères, d'accord ?

Je la regarde dans les yeux.

Elle hoche la tête. Son regard s'attarde sur le mien.

— Même si c'est débile d'être jalouse d'une femme comme Isabel Adler, je l'ai été, avoue-t-elle. Je le suis encore. Je sais que c'est votre chanson, mais… elle a pris une telle importance pour moi. Elle fait partie de moi, tu sais. Même si la chanson était magnifique, ça m'a fait mal de te voir la chanter avec elle plutôt qu'avec moi.

Bon sang de bonsoir. Je ne m'attendais pas à ça. Les jeunes d'aujourd'hui n'ont plus de carapace comme ceux d'avant. La vulnérabilité est leur marque de fabrique. Je crois bien que les gens du marketing de la maison de disques appellent cela l'authenticité.

— Il y a une solution toute simple à ça.

Je m'assure de ne pas avoir l'air condescendante.

— Tu es toujours la bienvenue sur scène avec moi. *Toujours*.

— Je te remercie. C'est très aimable de ta part, Lana, après tout ce que j'ai dit et, euh… fait.

— Il n'y a pas de quoi.

Je lui adresse un sourire. J'aimerais bien continuer à lui parler, mais une rumeur se propage dans la pièce. Mon premier réflexe est de penser que l'on parle de Cleo et de moi, l'une tout près de l'autre dans ce canapé, jusqu'à ce que j'entende chuchoter le nom d'Izzy.

Quelqu'un de l'équipe des Other Women s'approche de nous.

— Izzy va chanter. Là, maintenant. Dans la pièce d'à côté.

— On ne va pas manquer ça, dis-je.

— C'est mieux que de se faire prendre en embuscade par Leila, réplique Cleo, un sourire aux lèvres, même si je suis plutôt contente qu'elle l'ait fait.

Nous nous levons et suivons la troupe d'invités qui sort de la salle.

CHAPITRE 30
CLEO

Ce sont des moments magiques comme celui-ci qui font que les désagréments qui accompagnent une tournée en valent la chandelle. L'une des choses les plus fantastiques qui se soient produites jusqu'à présent au cours de cette tournée, après ce qui est évident, bien entendu, c'est de voir Isabel Adler donner une représentation intimiste, rien qu'elle et un piano. Le plus beau dans tout ça, mis à part que la mère de Daphne, arrivée hier soir en avion, est devenue presque hystérique, c'est que Lana s'est tenue à côté de moi pendant l'intégralité du mini-concert.

Je suis encore dans un état d'hébétude lorsque je me retrouve dans la cuisine d'Isabel Adler, à la recherche de quelques instants à l'écart de la fête pour m'imprégner de ce que je viens de vivre.

— Tu cherches quelque chose ?

Isabel Adler en personne entre dans la pièce.

— Parce que, moi, je te cherche.

— Vous me cherchez ?

Je porte la main à la poitrine.

— J'ai du mal à le croire.

Isabel s'approche de moi.

— J'ai un compte à régler avec toi.

Ah bon ?

— Qu'ai-je bien pu faire pour offenser l'immense Isabel Adler ? Avant que vous ne me remontiez les bretelles, je tiens à dire que ce que vous venez de faire était spectaculaire.

— Merci. Parfois, on a juste envie de… chanter, tu vois ce que je veux dire ? Je suis sûre que tu comprends. Tu es une chanteuse. Ça ne t'est jamais arrivé de ne pas pouvoir te retenir ? Parce que faire de la musique, c'est ce qu'il y a de plus exaltant au monde.

— Oui. Je ressens souvent ça, en fait.

— À ce propos…

Elle s'appuie sur le meuble de la cuisine, étonnamment propre pour une maison qui donne une fête.

— Tu m'as volé ma chanson, mais je veux que tu saches que tu as bien fait. Que vous avez bien fait, Lana et toi.

Je pousse un petit rire amusé.

— On ne peut pas vraiment dire que je l'ai volée. Je ne fais que la chanter avec Lana à l'occasion. Ce sera toujours votre chanson, à Lana et vous.

Isabel pince les lèvres et secoue la tête.

— Non, non. Je sais quand une chanson a trouvé meilleur propriétaire, si je puis dire. Et, comme je te l'ai dit, tu as bien fait, parce que la version que Lana et toi avez créée est un pur délice pour les oreilles. Elle est tellement érotique, Cleo. Pour être tout à fait honnête, c'est comme si l'on regardait des préliminaires.

Ai-je atterri dans un autre univers en franchissant la porte de cette cuisine ?

— Merci, mais croyez-moi, ce n'est pas pour rien que l'originale est un grand succès.

— Parce qu'elle a poussé Lana et les Lady Kings à remonter sur scène. Lana et moi sommes toutes les deux homos, et cette chanson est pleine d'allusions, et nous sommes toutes deux plutôt douées pour ce métier, mais…

Elle lève un doigt à la manucure impeccable.

— Quand Lana et toi la chantez, il y a cette petite sauce séductrice qui s'y ajoute.

Elle me décoche un sourire.

— Pour être honnête, Leila et moi avons fait un pari.

Elle plonge son regard dans le mien.

— Est-ce que, Lana et toi, vous couchez ensemble ?

— Non, je réponds, la voix étranglée, comme si c'était difficile à admettre.

— J'aurais juré que si ! Mais bon, je me suis trompée sur beaucoup de choses dans ma vie, alors une de plus…

Elle se rapproche de moi.

— Quoi qu'il en soit, la chanson est à vous maintenant. Merci de l'avoir sublimée. Ta voix, c'est de la dynamite, mais je suis sûre que tu le sais. Tout ce que je peux te conseiller, c'est d'en prendre soin. Et mets-la à profit en chantant ce duo.

— Je vais essayer.

Ce n'est pas tout à fait un mensonge. Après avoir vu Lana chanter avec Izzy et après les propos qu'elle m'a tenus sur le canapé tout à l'heure, j'envisage de remonter sur scène avec elle après notre départ de New York. Je dois simplement trouver un moyen de me blinder contre les élans sentimentaux tout en rendant justice à la chanson, tout en offrant le genre de performance qui fait dire à Isabel Adler que j'ai bien fait de reprendre sa chanson.

— Super, parce que j'ai une faveur à te demander.

Isabel me sourit.

— J'adorerais vous voir, Lana et toi, l'interpréter en live. Leila et moi ne l'avons vue que sur Internet, avec un son médiocre, et nous voulons le vivre grandeur nature.

Elle fait un pas de plus vers moi.

— Nous n'attendons que ça. Voilà à quel point nous trouvons que ce duo est bon.

Je ne peux que hocher la tête. Je suis à la fois flattée et inquiète, car je sais pourquoi tout le monde est si gaga de notre interprétation. Or, c'est justement de cela que je dois me protéger.

— Mais, Isabel…

— Izzy, je t'en prie.

— Izzy, vous ne pouvez pas priver le public new-yorkais de votre duo avec Lana. C'est votre ville natale, et c'est ce que les gens attendent maintenant.

Elle chasse ma remarque de la main.

— Pas s'ils ont Lana et toi à la place.

Visiblement, je n'aurai pas d'autre choix que de remonter sur scène avec Lana et d'y exposer à nouveau mon cœur.

— Le public raffole des instants magiques comme avec ce duo. Ils veulent quelque chose qu'ils peuvent emporter chez eux et dont ils se souviendront toujours. Quelque chose qui sort de l'ordinaire et dont ils ont été témoins. Parce que c'est ça, la musique.

Elle a l'air nostalgique. Elle s'éclaircit la voix avant de poursuivre.

— S'il y a bien une chose que je sais et que j'ai apprise à mes dépens dans la vie, c'est que la musique, c'est la drogue légale la plus puissante au monde. Elle a tellement de pouvoir. Elle peut transmettre tellement d'émotions.

Sa voix se brise un peu.

— J'ai vécu sans elle pendant dix longues années. Ce furent les pires années de ma vie.

J'ai lu la biographie d'Izzy. Je sais ce qui est arrivé à sa voix et le temps qu'il lui a fallu pour revenir sur scène.

— C'est pourquoi aujourd'hui, contre l'avis du médecin, je saisis toutes les occasions qui se présentent pour chanter. Quand je reçois des gens, je finis toujours par me mettre au piano. Pourquoi s'en priver ? Un duo avec Lana Lynch ? Oui, par pitié ! Parce que tout peut se terminer en un claquement de doigts. Prends ce qu'on te donne, quand tu peux, Cleo.

Elle pose une main sur mon épaule et la serre avec tendresse.

— Chante ma chanson avec Lana autant de fois que tu le pourras.

Un sourire se dessine sur ses lèvres.

— Excuse-moi pour l'hyperbole qui va suivre, c'est ma spécialité…

Elle pousse un petit rire.

— … mais je suis convaincue que, chaque fois que Lana et toi chantez ce duo, le monde n'en ressort que meilleur.

Elle me lâche l'épaule et lève la main.

— Tel est le pouvoir de la musique, et la magie de Lana et toi sur scène.

La porte de la cuisine s'ouvre, et un homme entre.

— Ah, Harry ! s'exclame Izzy. Tu es l'homme que je cherchais.

Avant que je ne sorte de la cuisine, elle me lance :

— Je sais que tu ne me décevras pas, Cleo.

Manifestement, je serai bientôt de retour sur scène avec Lana, quelles que soient mes appréhensions.

CHAPITRE 31
LANA

C'est notre dernier concert à New York, et mon souhait se réalise déjà. Avec la bénédiction d'Izzy, et sur son insistance, Cleo chante *I Should Have Kissed You* avec moi ce soir. Il doit être encore plus difficile de dire non à Izzy qu'à Leila.

Même si j'ai adoré me produire avec Izzy, j'ai hâte de retrouver Cleo à mes côtés. Elle ne m'a pas seulement manqué en dehors de la scène. Ici aussi, elle m'a manqué. C'est ici que nous nous sentons le mieux, que nos différences sont sans importance et que nous pouvons nous dégager de tout ce qui nous empêche d'avancer dans la vie. Lorsque nous chantons *I Should Have Kissed You*, durant cinq trop courtes minutes, nous pouvons faire comme si notre histoire était réelle. Nous pouvons évacuer les sentiments résiduels qu'elle a laissés traîner dans nos cœurs. Nous pouvons nous en décharger tout en offrant au public ce qu'il souhaite.

Du coin de l'œil, je vois Izzy et Leila dans les coulisses. Toutes les Other Women sont là aussi. En fait, c'est bondé à côté de la scène, comme si je n'étais pas la seule à attendre avec impatience le retour de Cleo.

Avant de m'adresser à la foule, je trouve du regard Cleo

dans le groupe à ma droite. Elle a l'air à la fois détendue et prête à l'attaque. Nos regards se croisent et un frisson me parcourt. J'ai du mal à détourner les yeux, néanmoins nous avons un concert à clore et une chanson à chanter.

— J'ai une bonne et une mauvaise nouvelle, dis-je à l'auditoire, lui adressant mon plus large sourire.

Toutes mes interventions sont suivies d'une salve d'applaudissements, quel que soit ce que je dis.

— Isabel Adler ne chantera pas avec moi ce soir.

Aucun applaudissement ne résonne pour cette déclaration, et je laisse le public digérer leur déception de rigueur avant de poursuivre.

— Mais…

Les pauses lourdes de sens sont l'une de mes spécialités. Je laisse le silence s'installer tout en jetant un rapide coup d'œil à Cleo.

— Devinez qui est de retour ?

Au premier rang, un groupe de femmes enthousiastes fait des bonds de joie et crie « Cleo ! Cleo ! Cleo ! » Le reste du public se joint rapidement à lui. Bientôt, toute la salle réclame Cleo. Je n'étais donc pas la seule à vouloir qu'elle revienne. J'espère qu'Izzy n'est pas trop vexée. Or, c'est elle qui a suggéré cela. Elle a demandé à Cleo de revenir sur scène, et Cleo a accepté.

— La voilà.

Je tends le bras pour accueillir Cleo et, tandis qu'elle s'avance sur scène, toute en fanfaronnade et en assurance propre à son jeune âge, je dois ravaler une boule qui vient d'apparaître dans ma gorge. *Secoue-toi, ma vieille.* Je suis simplement heureuse qu'elle soit de retour.

Cleo fait une révérence à la foule. Elle manie si bien le public, je m'en suis rendu compte dès le premier concert que les Other Women ont donné pour nous au Hollywood Bowl, où elle nous a toutes conquises en à peine cinq minutes. Dans l'heure qui suivait, je décrétais, par pur instinct, que nous devrions chanter cette chanson ensemble, parce que je percevais quelque chose en elle et voulais voir ce qui se passerait si nous unissions nos forces.

Cleo s'empare du micro et se tourne vers moi. Elle me fait un clin d'œil, et je le sens au fond de mon ventre. Elle n'est pas seulement revenue pour satisfaire le public ou pour faire plaisir à Izzy et Leila, elle est aussi là pour me prouver quelque chose.

— Prête ? je lui murmure.

— Carrément, réplique-t-elle avec un tel sang-froid que cela me rappelle moi à son âge.

Je commence le premier couplet, incapable de la quitter des yeux. Je ne peux pas la chanter à une autre femme qu'elle. Je dois lui adresser les mots *I Should Have Kissed You*, même si je l'ai déjà embrassée. Nous avons fait bien plus que cela et, pourtant, le fait d'être réunies sur scène me donne l'impression de tout recommencer à zéro, comme si l'on faisait table rase, comme si c'était un nouveau point de départ d'où pouvait découler une issue différente.

Je m'avance trop. Le fait que Cleo revienne chanter en duo avec moi ne veut pas dire qu'elle souhaite refaire des choses avec moi. Tout ce que je sais, c'est ce que je ressens quand nos voix se mêlent. Même si nos lèvres ne se touchent pas, ne sont même pas proches, l'harmonie de nos voix ressemble à un baiser. Nous nous unissons dans une douce et belle collision qui crée quelque chose d'inhabituel, car lorsque nous nous sommes embrassées pour la première fois, ce fut parce que nous chantions ensemble. C'est là que tout a commencé. Voilà comment je sais que ça ne s'est pas arrêté.

C'est aussi pour cela que je n'attends pas le dernier refrain pour aller vers elle. J'ai besoin de me rapprocher. Je veux sentir le souffle de Cleo sur ma joue lorsqu'elle entonne le dernier couplet. Je veux me délecter de sa présence au moment où elle est la plus belle, quand elle chante avec sa voix envoûtante qu'elle aurait dû m'embrasser depuis longtemps.

Si Cleo est étonnée par ma présence soudaine à ses côtés, elle n'en laisse rien paraître. C'est une professionnelle, habituée à faire face à toutes les surprises qu'une vie sur scène vous réserve.

Je suis consciente de la foule, car il est impossible d'ignorer son énergie, mais toute mon attention est tournée vers Cleo. Vers le mouvement de ses lèvres lorsqu'elle forme les mots, vers ses doigts qui vagabondent de haut en bas sur le pied de micro et le souvenir de la façon dont ils peuvent causer ma perte, vers son haut qui glisse de son épaule droite et dévoile sa peau, vers ses yeux incroyablement bleus braqués sur moi.

Alors que nous nous apprêtons à chanter ensemble le dernier refrain, là encore, je fais quelque chose que je n'ai jamais fait. J'attrape sa main et passe mes doigts entre les siens. Les femmes au premier rang crient si fort que je crains que leurs cordes vocales ne s'en remettent jamais, mais c'est notre moment, celui de Cleo et le mien. Elle resserre ses doigts autour des miens et, sans me quitter des yeux, chante avec moi.

Je me sens toujours incroyablement bien avec un micro en main, mais le fait de chanter cette chanson avec Cleo, devant Izzy et cette foule qui nous transmet tant d'amour, me donne l'impression de pouvoir voler. Comme si tout m'était possible. Comme si la vie sans Joan valait encore la peine d'être vécue. Comme s'il existait, peut-être, quelqu'un d'autre dans ce bas monde qui pouvait me faire ressentir la même chose qu'elle. Comme si l'on pouvait avoir plus d'un grand amour dans sa vie, même si le premier était la mythique Joan Miller.

Alors que nous tenons ensemble la dernière note, je réalise soudain que la personne à laquelle je pense, celle dont je tiens la main, ne ressent peut-être pas la même chose que moi.

CHAPITRE 32
CLEO

Lana est scotchée à moi ce soir, et j'aime ça. Je serre ses doigts. Évidemment que je les serre. J'aimerais que nous restions ici pour toujours, sous le regard adorateur de la foule et les hochements de tête d'Izzy, dans ce moment de pur bonheur musical.

Seulement, je sais que tout se terminera bientôt. Lana me lâchera la main comme elle le faisait au début de la tournée, avec désinvolture, ôtant instantanément toute signification à notre geste. Pourtant, à la façon dont elle me regarde dans les yeux et dont elle s'est approchée de moi bien plus tôt que d'habitude, elle est imprévisible ce soir. Se donne-t-elle en spectacle à cause d'Izzy et de Leila ? Parce que c'est notre dernière soirée à New York ? Tout ce que je sais, c'est que ces cinq dernières minutes ont été sensationnelles et que j'ai hâte d'être à notre prochain concert, bien que j'en subisse bientôt les conséquences, lorsque mes camarades m'entoureront et que Jess me regardera avec ses grands yeux tristes, parce que c'est moi qui sors avec Lana et pas elle.

Depuis qu'Izzy m'a demandé de chanter avec Lana, je cherche des moyens de me protéger et même si je sais maintenant, après la performance de ce soir, qu'il est impossible d'échapper à l'ouragan de sentiments que Lana déclenche en moi, ma stratégie d'avant-concert reposait entièrement sur l'amitié que les membres de mon groupe me portent. C'est mon seul axe de défense, car c'est aussi la raison pour laquelle Lana et moi ne pouvons rien faire d'autre que chanter ensemble. Dans ma tête, avant que j'entre sur scène, avant que Lana ne se mette à chanter pour moi comme elle vient de le faire, tout était limpide. Maintenant, plus rien ne l'est.

Sans me lâcher la main, Lana me serre dans ses bras, puis nous saluons la foule d'une révérence. Ce public new-yorkais a été incroyable. La soirée tout entière a été un conte de fées. Hélas, Lana et moi nous éloignons à présent, et je m'attends à ce qu'elle lâche ma main à tout moment, mais elle ne le fait pas. Elle continue de la serrer pendant que nous recevons des éloges de la part d'Izzy et de Leila, pendant qu'elle prend une serviette pour s'essuyer le front, pendant que nos musiciens viennent nous entourer et que nous savourons tous ensemble l'ambiance triomphale et joyeuse de la soirée.

— Oh, Cleo, murmure-t-elle, avant de me lâcher inévitablement la main.

Elle a une bouteille d'eau à boire, d'autres mains à serrer, des gens à qui parler, une douche à prendre. Elle souffle et secoue la tête.

— Tu as assuré, me dit-elle simplement avant de s'éloigner.

Les membres de mon groupe m'ont suivie. Au lieu de me regarder avec de la tristesse dans les yeux, Jess sautille de joie. Tim passe un bras autour de mes épaules alors que nous nous dirigeons vers les loges.

— C'est énorme, s'exclame-t-il. Quelle tournée de dingue !

— Quelle vie de dingue ! renchérit Daphne.

— Cleo, me dit Jess. S'il te plaît, sois sympa, fais tout ce que Lana te dira de faire à partir de maintenant.

Je me mets à rire. Elle doit plaisanter ou parler en général, emportée par la vague d'exaltation collective de laquelle nous n'arrivons pas encore à nous libérer.

— Je suis sérieuse.

Elle prend ma main, celle que Lana a tenue si longtemps tout à l'heure.

— Si Lana veut être avec toi, qui suis-je pour m'y opposer ?

Je suis encore trop obnubilée par Lana pour la contredire.

— Tu dis ça maintenant, Jessie, mais…

Tim, qui n'a pas suivi notre conversation, s'écrie :

— Grosse bringue d'adieu à New York ce soir ! On va au Glow pour danser jusqu'au bout de la night.

Il se tourne vers Jess et moi.

— Il paraît que tout le monde y va.

— Izzy et Leila aussi ? demande Daphne.

— J'en sais rien. Elles ont passé l'âge de fréquenter les clubs, si tu veux mon avis. Je parlais de tous ceux de la tournée.

— Lana aussi ?

Malgré ce qu'elle vient de me dire, c'est plus fort que Jess.

— Tout le monde, confirme Tim, comme s'il était chargé de l'animation. Avant de partir de New York, il faut qu'on fasse la teuf !

Il me jette un coup d'œil.

— T'es partante, hein, Cleo ? Après un concert comme ça, tu vas quand même pas rester au lit avec un livre ! Il faut que tu élimines l'adrénaline, que tu…

— Tim ! je crie, parce qu'il est survolté. Je viens.

Notre groupe a bien besoin d'une de ces soirées dont nous nous souviendrons pendant des années, quelque chose qui nous permettra d'oublier les dernières semaines de tourmente. Et puis Tim a dit que Lana y allait aussi.

———

J'ai toujours détesté les carrés VIP dans les boîtes de nuit, car ils vont à l'encontre de l'objectif même d'un club, cette expérience partagée où l'on bouge son corps au rythme de toutes les autres personnes qui se déhanchent et transpirent sur la piste de danse. Cela dit, quand on sort avec les Lady Kings, on a besoin d'un périmètre de sécurité. Quelle que soit l'épaisseur du cordon qui nous sépare du reste de la foule, elle ne peut empêcher les admirateurs de Lana d'approcher. Une file de gens qui veulent leur part de Lana Lynch s'est formée, retenue par l'agent de sécurité.

Elle a la gentillesse d'accorder quelques minutes à tous ceux qui voulaient lui parler. Elle semble bien s'amuser. Lana vient de terminer une conversation avec un grand sourire aux lèvres, et a même serré la personne dans ses bras. Elle tape sur l'épaule de l'agent de sécurité et lui chuchote quelque chose à l'oreille. Il redresse le buste et dit quelque chose aux gens qui attendent de l'autre côté du cordon. Elle en a peut-être assez maintenant.

Lana est engloutie par son entourage. Je reporte mon attention sur les membres de mon groupe. Tim est introuvable, même si je devine qu'il est sur la piste de danse et qu'il profite de la moindre miette d'attention qu'on peut lui porter. Daphne est en train de roucouler avec Tessie sur l'un des canapés. Jess semble complètement absorbée dans une conversation avec Billie, c'est toujours mieux que quand cette dernière essaie de me draguer.

Logan s'approche de moi. Il remplit ma coupe de champagne et complète la sienne. Ce soir, place à la beuverie. Heureusement, nous n'avons pas à nous réveiller tôt demain ni à jouer un concert dans la soirée, et ceux de New York auront été fabuleux, à plus d'un titre.

— Je t'ai dit à quel point j'étais fan de toi et des Other Women ? me demande Logan.

— Rien qu'une ou deux fois.

— Alors je te le dis pour la troisième fois.

Il passe un bras autour de mes épaules.

— Cette tournée ne ressemble en rien à ce que j'ai connu.

— Contente que tu t'amuses.

— C'est peu de le dire.

Il me serre l'épaule avant de retirer son bras.

— C'est une expérience unique.

— Ça fait combien de temps que tu travailles pour Lana ?

C'est le moment ou jamais de lui soutirer des informations.

— Ça va faire trois ans. Quand j'ai commencé, l'idée d'une tournée venait à peine de germer dans les têtes de Roy et d'Andy, et regarde où on en est maintenant. Regarde Lana.

— Comment va-t-elle ?

— Bien, je crois.

Il me regarde de la tête aux pieds.

— Et toi ?

— Ça va. Pourquoi cette question ?

— Oh, je t'en prie, Cleo. Je suis bien plus vieux que je n'en ai l'air, et je connais la musique.

Il lève les sourcils.

— Quand vous chantez ensemble, on voit tous ce qui se passe. C'est bien plus qu'un duo.

Il porte la main à la poitrine.

— Je n'aime pas Isabel Adler, je l'adore ! Mais même moi, fan invétéré d'Izzy, je dois admettre que la version que Lana et toi chantez est…

Il hausse les épaules.

— Je suis adepte des longs discours, mais je n'ai même pas les mots pour décrire votre duo. Cette tournée, c'est déjà unique pour moi, mais le fait que Lana et toi chantiez *I Should Have Kissed You* comme vous le faites, comme vous ne pouvez pas vous empêcher de le faire manifestement, c'est une expérience musicale en soi. Même Isabel Adler t'a laissé sa place pour te voir chanter avec Lana. Qu'est-ce qu'il te faut de plus comme preuve ?

— Ce n'est qu'une chanson, Logan.

— À d'autres ! Et je pense qu'on le sait tous les deux. Lana le sait. Tout le monde le sait. Tu n'es peut-être pas encore prête à voir la réalité en face.

— Et c'est quoi, la réalité ?

Je bois une gorgée de champagne.

— *L'am…*

— Cet homme vous importune-t-il, mademoiselle Palmer ? plaisante Lana tout en lui frappant le bras. Si c'est le cas, je vais demander à la sécurité de l'expulser immédiatement du carré VIP.

Logan nous regarde tour à tour et fait une grimace comme pour signifier l'évidence de son raisonnement.

— Je vais vous laisser un peu d'intimité.

Il me fait un gros clin d'œil, puis s'en va, la bouteille de champagne à la main.

Lana me regarde.

— Coucou.

— Coucou toi-même. Je ne m'attendais pas à ce que tu sortes avec nous tous ce soir.

— Je ne peux pas toujours dire non et rester en retrait. Même si ça va piquer demain matin.

Elle me décoche un de ces sourires dont elle a le secret.

— Je comprends pourquoi tu préfères l'intimité de ta chambre d'hôtel.

Je tends la tête en direction du groupe, essentiellement des femmes, qui est aggluttiné derrière l'agent de sécurité.

— Ils te veulent tous.

Peut-on leur en vouloir ?

— Tu sais ce que Joan faisait quand on était dans une situation pareille ?

Un autre sourire, différent, celui-là, apparaît sur son visage.

Je secoue la tête.

— Elle m'embrassait avec effusion devant tout le monde. Elle pouvait se montrer odieuse comme ça.

Lana glousse. C'est la première fois que je l'entends faire ça. Ce n'est pas vraiment son genre.

— Grâce à elle, tout a été plus facile. La célébrité, la gloire, tout ça, c'était ridicule selon elle, même si elle y prenait plaisir. En fin de compte, tout ce qu'elle voulait vraiment, c'était faire de la musique et être avec moi. C'est ce qu'elle disait toujours. Et c'est la vie qu'elle a menée.

Lana réprime un frisson.

— Pardon. Je ne voulais pas en venir là. Le fait d'être ici, ça me ramène à tout ça, même si cette boîte n'existait pas la dernière fois que Joan était à New York.

— Ce n'est rien.

Tout en Lana s'adoucit lorsqu'elle parle de Joan.

— C'était la seule chose qui me réconfortait.

Elle boit une gorgée de champagne.

— Elle est morte si vite, si soudainement, qu'elle n'a pas souffert. Et elle a eu une vie extraordinaire.

Lana soupire, puis me regarde.

— Bon sang, Cleo. Tu arrives toujours, mystérieusement, à me faire parler.

— Je n'ai même rien dit.

— Je pense que, parfois, ce n'est pas tant ce qui est dit qui compte.

Elle finit son champagne.

— C'était un *très bon* concert ce soir. Et ce rappel. Tu…

Elle pose son verre.

— Disons que Joan aurait approuvé. Elle t'aurait approuvée, toi, tout entière.

Je n'ai pas le temps de lui demander ce que cela signifie que quelqu'un l'interpelle, et elle s'en va.

J'envisage mes options : soit je rejoins Tim sur la piste de danse, soit je retrouve Jess et Billie qui parlent toujours et se sont rapprochées depuis la dernière fois que j'ai regardé dans leur direction.

Je choisis la piste de danse et fais en sorte d'être à un endroit où je peux avoir Lana à l'œil. Il est encore tôt, et je veux savoir ce qu'elle voulait dire quand elle a affirmé que Joan m'approuverait, moi, tout entière.

CHAPITRE 33
LANA

J'ai eu mon lot de champagne pour la soirée et me traîne, pompette, sur la petite piste de danse du carré VIP. Je trouve toujours aussi drôle, après toutes ces années, de voir que tout le monde s'écarte sur mon passage et qu'un espace béant s'ouvre pour que je me retrouve au centre de l'attention, même au sein de cette masse de gens avec laquelle je passe tout mon temps et qui me connaît mieux que personne. Tout ça parce que, sur les quatre membres du groupe, j'ai la chance de pouvoir tenir une note.

Tu es naïve de penser que ce n'est que pour cette raison, me disait Joan. Tu n'es pas seulement la chanteuse du groupe, Lana, tu es notre totem. Tu nous représentes. C'est toi que les gens voient lorsqu'ils écoutent notre musique, lorsqu'elle les touche au plus profond d'eux-mêmes. Tu es celle qui leur donne de l'émotion et qui, à son tour, les en libère. C'est ce qu'ils attendent de toi quand ils te voient.

Entourée de ceux qui travaillent sur cette tournée improbable, je danse une bonne partie de la nuit. Plus je suis ivre, plus mon cerveau tourne en boucle sur Joan. Tout à l'heure, l'espace d'une minute, j'ai eu l'impression qu'elle était là, avec moi.

Je ne sais pas pourquoi j'ai ennuyé Cleo avec mes histoires. Elle m'émeut peut-être comme Joan seule était capable.

— Lana ! crie-t-on de l'autre côté du cordon. Je t'aime.

Je jette un coup d'œil pour vérifier que ce n'est pas Cleo qui me déclare haut et fort son amour, même si cela ne lui ressemble pas. Disons plutôt que, dans l'ivresse, je prends mes désirs pour des réalités.

La dernière fois que je l'ai vue, elle dansait, naturellement sexy, sur la piste de danse principale en compagnie de Tim. Évidemment que ce cri ne venait pas d'elle. Dieu merci, il ne venait pas de Jess non plus. Billie et elle ont dû se trouver des atomes crochus, car ce soir, elles sont soudainement devenues inséparables. Elles sont peut-être en train de nous plaindre.

Cleo retourne vers le carré VIP, Tim sur ses talons. Logan se précipite vers eux et tend à chacun une coupe de champagne. Ils l'avalent comme s'ils venaient de jouer un concert de deux heures et que c'était la meilleure eau qu'ils aient jamais goûtée, puis Logan les entraîne sur notre minuscule piste de danse entre les canapés et, quelques secondes plus tard, je me retrouve à danser sur la musique avec Cleo.

Toutes les barrières sont tombées, toutes les inhibitions ont disparu. Je suis en tournée. Tout se passe à merveille, tout le monde est heureux. Ou plutôt, je le suis. Pour la première fois en dix longues années, je peux dire sans équivoque que je suis heureuse, ici, sur cette piste de danse, dans cette boîte de nuit new-yorkaise, après avoir achevé une série phénoménale de concerts par un duo à couper le souffle avec Cleo Palmer, si bien que c'en est presque insoutenable.

Cleo a les yeux mi-clos, ce qui la rend encore plus sensuelle, en revanche ses mouvements sont parfaits. Elle bouge au rythme de la musique comme si la mélodie lui traversait le corps, comme si elle contrôlait ses muscles et que Cleo ne faisait qu'une avec elle. Cette fille incarne tout ce qu'il y a d'extraordinaire et de merveilleux dans la musique. Elle est la chanteuse dont rêvent tous les groupes. Incroyablement séduisante tout en conservant ce petit air de la fille ordinaire, chaleureuse avec le public entre les chansons tout en ayant du chien dès qu'elle ouvre la bouche pour chanter. Et quand elle chante avec moi, quand je chante pour elle et qu'elle me répond, je ressens tout ce qu'elle m'a dit éprouver tout en m'accusant d'être je-m'en-foutiste. Je ressens tout cela. Je crois que, sur scène, j'ai fini par avoir besoin d'elle, ne serait-ce que pour ces cinq minutes par soir. Mais quelles minutes ! Voilà pourquoi c'était si difficile de faire ce duo sans elle. Il manquait quelque chose, même si Izzy est incroyable.

Quand je regarde Cleo qui danse sans complexes, avec une telle liberté, elle illustre pleinement la façon dont je vivais ma vie, mais aussi la façon dont je peux encore la vivre. Alors, c'est plus fort que moi. Je la rejoins tout en dansant — je connais moi-même quelques pas de danse. Je m'approche d'elle jusqu'à ce que nous dansions ensemble.

J'essaie d'être à la page en matière de musique, mais je n'ai pas le temps de tout écouter et je n'ai pas reconnu un seul morceau jusqu'à présent. Je suis une rockeuse dans l'âme, je l'ai toujours été. L'électro fait fureur de nos jours, avec ses DJ super-stars qui sont payés des sommes astronomiques pour appuyer sur quelques boutons au lieu d'enregistrer de vrais disques. Mon cœur a toujours balancé pour ce cocktail simple, mais efficace qui réunit la guitare, la basse et la batterie. Sans oublier le chant, bien entendu.

Cleo et moi dansons ensemble au rythme de la musique, nos jambes suivent la même cadence, nos bras se rapprochent, mais ne se touchent pas. Parfois, la magie de la scène peut être prolongée au reste de la nuit, et ce soir est l'un de ces soirs. Nous sommes tous ivres, en plus d'être grisés d'avoir joué un concert on ne peut plus parfait, avec Izzy et Leila qui nous regardaient depuis les coulisses et la foule qui nous mangeait dans la main. Peu importe à quel point nous les recherchons, les nuits comme celles-ci sont rares. Il faut en profiter au maximum. C'est donc avec un mélange de champagne, d'euphorie et d'un yoyo d'hormones incontrôlables dans le sang que je souris à Cleo avant de me pencher vers son oreille.

— Quand on chante ensemble, lui dis-je tout en respirant son parfum, je ressens la même chose que toi. Je ressens tout.

Je baisse les bras et lui prends la main, comme je l'ai fait sur scène tout à l'heure, et j'ai envie de ne plus jamais la lâcher.

Je regarde Cleo, et tout le reste s'efface de mon champ de vision. Il pourrait tout aussi bien n'y avoir qu'elle et moi dans cette boîte de nuit, sur cette piste de danse improvisée et bondée. Je ne vois qu'elle. Elle ne sourit pas. Elle aspire sa lèvre, rabat une mèche de cheveux derrière son oreille. Elle me fixe du regard comme si je venais de dire quelque chose d'abyssal, quelque chose qu'elle met du temps à assimiler. Elle s'arrête de danser et reste immobile, la respiration forte et un peu saccadée. Puis elle s'approche d'un pas et porte sa main à ma joue.

— Oh, Lana, murmure-t-elle. Et puis, merde.

Elle se penche vers moi et m'embrasse. Je lui rends son baiser de tout mon être. J'enfouis ma main dans ses cheveux et presse mon corps contre le sien. Je me fiche que nous soyons au beau milieu d'une boîte de nuit très fréquentée. Je me fiche que les images de ce baiser fassent le tour du monde demain matin. Pourquoi je m'en soucierais ? J'embrasse la plus divine des femmes, et elle me rend mon baiser.

Des cris de joie et des applaudissements m'arrachent à ce moment. Quelques personnes autour de nous applaudissent.

— Putain, enfin ! j'entends Logan dire.

Je n'ai toujours d'yeux que pour Cleo. Je l'enveloppe de mes bras, comme si je voulais la protéger de tous ceux qui nous entouraient.

J'approche à nouveau la bouche de son oreille.

— Tu veux qu'on s'en aille d'ici ?

Son menton tapote contre mon épaule.

— Une voiture ?

Logan se tient derrière moi. Il est d'une efficacité imparable, même lors de soirées comme celle-ci.

— Oui, s'il te plaît. Merci, Logan.

— Je m'en occupe.

J'ignore comment il arrive à se mettre au travail sur commande, mais c'est une des raisons pour lesquelles je l'aime.

— On va sortir par l'arrière. Suivez-moi avec ce grand type là-bas.

D'un signe de tête, il désigne le videur qui surveille le carré VIP.

— Tu ne veux pas dire au revoir aux gens ?

Je lâche la main de Cleo.

— Je ne pense pas que ce soit nécessaire.

Elle est là, un sourire jusqu'aux oreilles, comme si elle venait de gagner le plus gros jackpot de l'histoire de la loterie.

— Je pense que, de toute évidence, toi et moi, on s'en va.

CHAPITRE 34
CLEO

Entre deux baisers, Lana et moi avons bu de l'eau dans la voiture qui nous ramenait à l'hôtel comme si notre vie en dépendait, bien que nous soyons évidemment encore ivres lorsque nous entrons dans sa suite.

Elle s'avance aussitôt vers moi, mais je la retiens quelques instants.

— Tu es sûre que tu ne vas pas le regretter demain matin ?

— Je viens de t'embrasser au beau milieu du club le plus branché de New York.

Elle m'attire contre elle.

— La seule chose que je regretterai toute ma vie, c'est de ne pas t'avoir embrassée plus tôt.

— Tu dois être encore bien éméchée, parce qu'il me semble que c'est moi qui t'ai embrassée.

— Ce n'est qu'un détail technique.

Lana place ses lèvres à quelques millimètres des miennes.

— Et si l'on s'embrassait l'une l'autre ?

— Je te signale que c'est toi qui t'es jetée sur moi, comme un lion sur sa proie.

J'ai beau plaisanter, j'ai le cœur qui cogne furieusement dans ma cage thoracique.

— Je ne tenais plus, réplique-t-elle, avant de s'immobiliser et de s'écarter légèrement. Je veux que tu saches que ce n'est pas parce que j'ai trop bu. C'est parce que… je suis amoureuse de toi.

Elle pose la main sur ma taille et resserre les doigts sur ma chair.

— Je ne m'en rendais pas compte pour… plein de raisons, en fait. Des bonnes et des mauvaises, mais au final, aucune n'a d'importance. Ça, je le réalise maintenant.

— Et moi, j'ai été amoureuse de toi pendant la moitié de ma vie, je réponds tout de go.

Lana pousse un petit rire.

— Seigneur.

— Ce n'était pas le truc à dire ?

Elle hausse les épaules.

— À ce stade, il n'y a rien qu'on ne puisse pas dire.

Sa main remonte un peu plus haut.

— En fait, on devrait peut-être arrêter de parler.

— C'est l'une des meilleures idées que tu as eues jusqu'à maintenant.

Je plonge mon regard dans celui de Lana. Ce n'est pas la première fois que nous le faisons, mais le fait que cela se produise à nouveau, c'est comme un petit miracle, comme si l'univers conspirait grandement en ma faveur. Car, malgré toutes les histoires avec le groupe et tous mes dilemmes, je n'ai jamais cessé de désirer Lana.

C'est le fait de tout étaler sur scène qui rend la chose si spéciale. Il s'agit de Lana Lynch, la seule et l'unique, et je suis complètement folle d'elle depuis une éternité. Certes, à l'époque, quand je suis tombée amoureuse des Lady Kings et de leur chanteuse hors du commun, je n'imaginais pas que je ferais, un jour, la rencontre de Lana, que mon propre groupe partirait en tournée avec le sien, que nous chanterions un duo qui changerait tout.

Si ce duo n'avait jamais été enregistré, si Isabel Adler n'avait jamais perdu sa voix, si Lana n'avait pas cherché à composer la chanson parfaite pour retourner sur scène, je ne serais pas dans cette pièce en ce moment même. Je ne serais que la chanteuse des Other Women, le groupe en première partie de cette tournée. Seulement, c'est cette chanson qui nous a réunies, qui nous a amenées ici, qui nous a laissées entendre qu'il se passait beaucoup plus de choses entre nous que nous ne voulions l'admettre. Grâce à cette chanson, ce que je ressens pour Lana est infiniment plus fort que ce que Jess ne pourra jamais ressentir pour elle. C'est bien plus qu'un simple coup de cœur pour une rock star.

Sur scène, Lana et moi sommes égales. Sur scène, j'ai eu un premier aperçu de ce qu'il y avait véritablement entre nous. Sur scène, j'ai senti son respect et son admiration grandir pour moi. Je parlerai à mon groupe plus tard. Comme Lana, je suis certaine que je n'aurai aucun regret demain matin, seulement un énorme mal de tête et l'envie de recommencer.

Sa main se faufile encore et soulève mon haut. Je lève les bras pour que nous puissions nous débarrasser d'au moins un pan de tissu. Les gestes de Lana sont impatients. Elle n'arrive pas à m'enlever mon t-shirt assez vite. Or, quand on fait ce métier, quand il y a une telle proximité entre les uns et les autres sur la scène sans qu'aucun puisse trouver un exutoire adéquat pour les émotions que l'on génère, cela se termine ainsi. Avec avidité. Avec frénésie. Chaque cellule de notre corps est envahie par le désir.

Alors je tire sur le t-shirt de Lana. Je la veux nue. Je veux qu'elle soit dépouillée de tous ces habits qui la cachent, parce que nous ne sommes plus sur scène. Nous ne sommes pas à un concert. Nous sommes dans la réalité, dans l'intimité.

— Bonjour, me dit Lana avec tendresse après que nous

avons toutes deux enlevé notre haut et que nous nous retrouvons l'une devant l'autre en soutien-gorge.

Elle se lèche les lèvres avant de m'attirer à elle et de m'embrasser. Notre baiser au club était ardent, mais celui-ci est d'un tout autre ordre. Il est torride, plein d'intentions et il est relié directement à mon clitoris qu'il fait battre d'envie. Je désire Lana depuis tellement longtemps, et ce n'est que maintenant, même si nous l'avons déjà fait une fois, que j'ai l'impression que ce profond besoin est enfin assouvi.

Elle vient de me dire qu'elle était amoureuse de moi. Si j'ai commencé à m'éprendre de la Lana que j'avais créée dans ma tête il y a des années, j'ai largement dépassé ce stade. Je la connais beaucoup mieux maintenant. Au-delà de son sex-appeal de rock star interplanétaire, elle est gentille et attentionnée aussi, et c'est une femme qui a perdu un être qu'elle aimait plus que tout, une femme qui a dû s'épousseter et retrouver le chemin de la vie qu'elle a connue, mais qui ne sera plus jamais la même. Elle est courageuse et confiante et a plus de vingt ans de plus que moi, mais putain que ça m'excite, que ça fait jaillir des étincelles sous ma peau, là où ses doigts glissent le long de mes bras. J'aime tout chez Lana et, au fond de moi, je sais que les membres de mon groupe ne finiront pas par me détester pour ça. Comment le pourraient-ils ? Comment mes meilleurs amis pourraient-ils me refuser cela ?

— Oh, Cleo, murmure Lana lorsque nous nous arrachons à notre baiser. J'ai tellement envie de toi.

Sa voix semble aussi fragile que le verre le plus fin, mais ses mains sont vives lorsqu'elles trouvent le bouton de mon jean.

Je sais exactement ce qu'elle veut dire. Une nouvelle vague de désir me traverse, et je l'aide à enlever mes habits. Je la regarde ôter ses chaussures et son jean. Nous nous contemplons l'une et l'autre et, d'un accord tacite, nous nous défaisons de tout ce qu'il nous reste jusqu'à ce que nous soyons totalement nues.

J'ai la chair de poule de la tête aux pieds, et ce n'est pas parce que j'ai froid, bien au contraire.

Nous tombons sur le lit.

Son corps chaud vient se lover contre moi.

— Rebonjour.

Du bout de l'index, elle suit une ligne qui part de ma tempe, passe sur ma pommette et finit sur mes lèvres.

— Tu es si belle, murmure-t-elle. Comme dans un rêve.

Puis elle m'embrasse à nouveau, et je m'abandonne complètement. Je l'attire sur moi, saisis ses cheveux à pleines mains, et enfonce mon genou entre ses jambes.

Je suis à deux doigts de la supplier, lorsqu'elle commence à descendre tout en m'embrassant. Elle s'arrête sur mes seins, qu'elle semble particulièrement aimer. Je savoure le doux contact de sa langue sur mes mamelons et la certitude de ce qui va suivre : sa langue divine dans un endroit encore plus intime. J'écarte déjà les jambes. Lorsqu'elle sème des baisers humides le long de mon ventre, des gémissements s'échappent de ma gorge. Mon fantasme le plus fou est sur le point de se réaliser. Lana Lynch s'apprête à me faire un cunnilingus.

Elle se glisse entre mes jambes, puis lève les yeux vers moi. Ils brillent de malice, mais pas que. Je sais que cela signifie bien plus pour elle que la fois précédente, tout comme je sais déjà que lorsque nous nous réveillerons demain matin, elle ne me demandera pas de me partir en catimini de sa chambre et de m'assurer que personne ne me voit. Tout le monde sait pour nous. Elle est venue à moi dans une boîte de nuit bondée, où tout le monde a été témoin de notre baiser. Nous voilà à l'étape suivante, et l'on ne peut pas savoir quelle sera la prochaine, mais on ne va pas se plaindre. Le fait que je sois là avec Lana qui m'embrasse le ventre tout en descendant vers mon sexe est la preuve que l'on ne peut jamais prédire l'avenir, mais que ça peut être incroyablement délicieux.

Lana souffle doucement, comme si elle devait prendre le

temps de se calmer, d'assimiler tout ce qui arrive et tout ce qui s'est déjà passé, avant que ses lèvres ne se posent sur mon entrecuisse.

Je retiens mon souffle dans l'attente même si, par expérience, je sais qu'il est impossible de se préparer à ça, à ce moment où tous vos rêves prennent corps. Beaucoup se sont déjà réalisés, mais aucun n'est comparable à celui-ci, à celui vers lequel je suis toujours revenue, à la femme qui en a le rôle principal.

Lorsque la pointe de la langue de Lana effleure mon clitoris, j'ai le cerveau qui vrille de désir. Instantanément, je suis emportée par les émotions les plus folles et le désir le plus pur, et à travers le brouillard qui envahit mon être, je sais, avec une certitude absolue, que je ne connaîtrai personne d'autre. Il n'y aura plus jamais que Lana, car je ne pourrais pas me remettre d'une femme comme elle. J'ai beau avoir le cerveau embrouillé, mon corps me dit tout ce que je dois savoir lorsqu'il prend les commandes, lorsqu'il se transforme en une boule de feu et que je m'abandonne à sa douce bouche.

Lana n'est que chaleur et intention délicieuse. Sa langue sur moi, entre mes jambes, qui me lèche, ça vaut tout l'or du monde. Je ne fais pas le poids face à la puissance de mes rêves, à tout ce que Lana représente, à ce que nous sommes, ici, dans ce lit, ce soir, ensemble.

Ce qui a finalement raison de moi, c'est que Lana en a envie comme moi, qu'elle me veut tout autant que je la veux. En cet instant, il est plus vrai que jamais qu'ensemble, comme nous le prouvons sur scène chaque fois que nous chantons notre duo, nous sommes plus fortes et plus uniques que nous ne pourrons jamais l'être seules.

Je me donne à elle parce que je n'ai pas le choix, parce que je n'ai fait que cela depuis qu'elle m'a demandé de chanter avec elle. J'aurais pu essayer de résister. J'ai tenté, c'est vrai, de prendre la tangente pour le bien de mon groupe. J'ai même pu croire un temps que la solution était de ne plus chanter avec elle. C'était totalement vain, car à présent, j'ai besoin de Lana autant qu'elle a besoin de moi. C'est le plus beau des miracles de l'avoir pour moi, d'avoir sa langue sur mon clitoris, de sentir qu'elle met toute son énergie à me donner du plaisir, à me faire du bien comme jamais.

Je crie son prénom au moment de jouir. Traversée par un pur bonheur, je m'agrippe à ses épaules et plante les ongles dans sa chair. Je pourrais me reprocher de ne pas avoir compris que c'était ce que je voulais depuis le début et que c'était bien de le faire, que je n'avais pas besoin de faire tout un tas de pirouettes pour en arriver là, même si, à bien y penser, peut-être que si. Il a peut-être fallu que je traverse toutes ces épreuves pour en arriver là avec Lana et à tous les moments qui suivront.

Elle remonte sur moi, son menton luisant de mes sécrétions, et la voir ainsi m'excite à nouveau. J'ouvre les bras et la serre tout contre moi, car si ça ne tenait qu'à moi, je ne la laisserais plus jamais partir.

CHAPITRE 35

LANA

À cet instant-là, je pourrais m'endormir, parfaitement heureuse, allongée dans les bras de Cleo, sa poitrine soulevée par les respirations tandis qu'elle reprend son souffle après que je l'ai fait jouir.

Elle me serre fort, comme si je pouvais décider de quitter cette pièce d'un moment à l'autre, ou peut-être est-elle un peu ébranlée. Quelle journée ! Les semaines ont été mouvementées et elle vient de libérer beaucoup d'émotions et de désirs refoulés.

Elle enfouit son nez dans mes cheveux, puis desserre un peu les bras autour de moi.

— Ça va ?

Je m'écarte d'elle pour mieux voir son visage. Mon Dieu, ce visage. Des milliers de personnes doivent rêver de le voir au petit matin, après avoir fait ce que Cleo et moi venons de faire. Par expérience, je sais que cela n'a aucun sens d'avoir un tel effet sur les gens simplement parce qu'on fait ce métier, parce qu'on a le privilège de pouvoir jouer de la musique pour un public qui nous adule.

Le plus grand paradoxe de la célébrité, disait Joan. Selon mon point de vue, c'était elle la plus sexy de nous deux, celle qui avait les traits les plus agréables et le visage le plus symétrique qui soit. *Un sourire à tomber et les nichons qui vont avec*, disait-elle en plaisantant. Pourtant, c'est moi qui recevais le plus d'attention, à cause de ma voix et de ma place sur scène derrière le micro.

— Je ne sais pas trop.

Cleo enroule ses doigts autour de mon poignet.

— Est-ce bien réel ? Es-tu vraiment Lana Lynch ou suis-je en plein rêve ?

Elle me sourit.

— Est-ce qu'on s'est vraiment embrassées dans une boîte de nuit pleine à craquer et est-ce que tu viens de…

Son sourire se fait timide.

— … me faire jouir comme personne ?

— Tout est bien réel.

Je caresse sa joue empourprée du revers de la main.

— Alors je suis la fille la plus chanceuse du monde, réplique-t-elle.

Ce n'est pas le moment de me lancer dans un long discours, prétextant que je n'ai rien de spécial, tout ça parce que je suis la chanteuse des Lady Kings, que je ne suis qu'une femme de cinquante-quatre ans au lit avec une autre femme qui est, très probablement, beaucoup trop jeune pour elle.

— Je crois que tout le plaisir est pour moi.

J'approche les lèvres et embrasse Cleo. Je pourrais l'embrasser toute la nuit. En fait, c'est ce que je vais faire.

Lorsque nous nous écartons enfin, elle me regarde d'un drôle d'air, les sourcils froncés.

— Quoi ? je demande, me fendant d'un sourire.

— Même ton baratin a quelque chose de sexy.

Je ricane, parce que cela ressemble beaucoup à une phrase

que Joan aurait pu dire. Cleo m'a peut-être toujours rappelé Joan, certains aspects d'elle, toutes ces choses dont j'ai été privée pendant trop longtemps.

— Qu'y a-t-il de si drôle ?

Cleo s'est remise de la puissance de son orgasme. Elle me pousse, s'allonge sur moi et cale son genou entre mes cuisses, et je me rappelle tout à coup que je suis entièrement nue et très excitée.

— Absolument rien.

Ma voix a baissé d'une octave. Cette fille m'excite tellement, non seulement parce qu'elle est incroyablement belle et amusante, mais aussi parce que je pense encore que je ne devrais pas l'être, qu'il y a une part d'interdit dans ce que nous faisons. Je suis trop vieille. Elle est trop jeune. Les membres de son groupe n'approuvent pas notre relation. Je ne peux qu'imaginer ce que ses parents penseraient de tout ceci, de nous. L'équipe de com' de la maison de disques, un service dont je me soucie de moins en moins au fil des ans, va sûrement piquer une crise de nerfs. Or, ce qui m'excite le plus, c'est que je m'en fiche, parce que j'ai le droit de faire ce que je veux, et Cleo aussi, et il ne fait aucun doute que les fans vont adorer.

Elle me regarde.

— Tant mieux.

Je contemple ses yeux bleu clair et réalise qu'elle est la seule personne qui puisse me faire souffrir. Plus tôt, elle a préféré son groupe à moi et elle pourrait bien recommencer. Elle est encore si jeune. Il lui reste tant de tournées à faire, des dizaines de disques à enregistrer, des centaines de cœurs à briser. J'ose espérer qu'elle ne brisera pas le mien, seulement je n'ai aucun pouvoir là-dessus, tout comme je n'ai pas pu empêcher Joan de mourir sans crier gare d'une crise cardiaque, juste sous mes yeux.

— Parce qu'on va passer aux choses sérieuses, ajoute-t-elle.

Je ravale ma salive à ces mots, car je sais ce que ça veut dire. Je veux passer aux choses *très* sérieuses. J'ai envie de Cleo. J'ai envie d'elle comme je n'ai jamais eu envie de quiconque.

Elle se penche vers moi, et je l'embrasse comme s'il n'y avait pas de lendemain, alors qu'il y en a bien un et que dans quelques jours, nous remonterons sur scène ensemble. J'ai hâte d'assister à ce moment magique.

Cependant, chaque chose en son temps. J'attire Cleo contre moi et me délecte de sa cuisse contre mon sexe. Ses mains sont partout sur moi, comme Joan le faisait autrefois. Dès qu'elle en avait l'occasion, elle s'arrangeait pour me toucher, qu'il s'agisse d'un doigt accroché au mien ou d'une main posée sur mon dos. C'était sa façon à elle d'être possessive, bien qu'elle ne l'ait pas été autrement. Je le sais parce qu'elle est morte beaucoup trop tôt et qu'à une époque où notre amour, qui avait déjà connu des hauts et des bas, était à son apogée, j'en suis venue à l'idéaliser. J'en avais fait une sainte qu'elle n'était sûrement pas. Je pourrais faire un parallèle avec la façon dont Cleo me voit, cette version de moi qui n'existe que dans sa tête.

Or, ça n'a plus d'importance, car ce sont ses lèvres à elle qui se promènent dans mon cou, et pas celles de Joan. C'est Cleo, dont la chaleur m'envahit, qui redonne vie à des zones de mon corps que j'avais laissées s'éteindre, qui me donne l'impression de pouvoir redevenir la Lana Lynch que j'étais, avec quelques rides en plus. Cleo, elle, ne s'en soucie pas du tout, à en juger par la façon dont elle me lèche le cou du bout de la langue. Je crois que ce qui m'excite le plus, c'est qu'elle me désire toujours, parce qu'elle a dû entrevoir la Lana qu'elle ne connaissait pas, la vraie, celle avec toutes ses fragilités et ses complexes, et pourtant elle est toujours là. Elle est revenue vers moi, et je lui ai ouvert grand les bras.

Les lèvres de Cleo ont atteint mes seins. Je crève d'envie de sentir sa langue douce sur mes mamelons. J'ai le corps tout entier qui palpite de désir. Elle prend un téton dans sa bouche, et je gémis. Je ne retiens rien, comme sur scène, lorsque mes cordes vocales sont le prolongement parfait de ce qui se passe dans mon cœur. J'ai guéri à plus d'un titre quand j'ai refait de la musique, mais lorsque j'ai décidé de reprendre la route, de chanter à nouveau pour les gens, j'ignorais complètement tout ce que j'obtiendrais en retour : la chanteuse des Other Women, le groupe qui joue en première partie de notre tournée et dont je pensais que nous n'avions pas besoin, dans mon lit qui effleure des dents mon mamelon dur comme de la brique et me fait gémir.

Cleo se détache de moi, ses doigts remplacent ses lèvres humides. Elle prend mes seins au creux de ses mains comme s'il s'agissait du plus beau cadeau qu'elle ait jamais reçu dans sa vie, avant de baisser un bras et de dessiner des cercles de plus en plus resserrés autour de mon nombril.

À présent, c'est mon corps tout entier qui a envie d'elle, d'un aboutissement à ce qu'elle a déclenché en moi. J'ai beau être plus âgée qu'elle, cela ne veut pas dire que je ressens moins de choses, au contraire. Les blessures que la vie m'a laissées sont plus profondes, les cicatrices plus fragiles, car depuis que je l'ai rencontrée, depuis que nos voix ont tenu cette première note ensemble, elle me les ronge, me laisse encore plus vulnérable.

Cleo braque son regard sur moi alors que sa main descend encore et que mon clitoris devient le centre d'attention.

Je plonge mon regard dans ses yeux qui ont la couleur d'un ciel brumeux d'été à Los Angeles, ce ciel d'un bleu infini que je peux regarder pendant des heures depuis le poste d'observation favori de Joan dans notre jardin.

Je retiens ma respiration lorsque l'index de Cleo frôle mon clitoris, avant de se retirer immédiatement. Le regard rivé au mien, elle porte deux doigts à ses lèvres et les suce, avant de baisser le bras et d'enfoncer lentement, très lentement, ses doigts dans la moiteur de mon sexe.

Elle fait des va-et-vient en moi, et je suis pleinement avec elle. Il se peut qu'elle finisse par me faire du mal ou inversement, mais nous aurons eu notre moment sur scène et ceci, qui va au-delà de deux personnes en tournée qui font l'amour ensemble. Cleo m'a permis de m'ouvrir à nouveau à ce à quoi je ne pensais plus m'intéresser, à ce que je ne pensais plus pouvoir faire après la mort de ma femme. Pourtant, j'aurais dû savoir à quel point la vie peut être surprenante.

Quand j'étais jeune et que je chantais les chansons de Kay Cooper, jamais je n'aurais pu imaginer qu'un jour je ferais partie d'un groupe de rock révolutionnaire composé uniquement de femmes et dont la carrière s'étend sur plusieurs décennies, et ce n'est pas fini. Il aurait pu arriver tellement de choses aux Lady Kings au fil des ans. Nous aurions pu nous séparer à la moindre broutille. Or, nous ne l'avons pas fait. La seule chose qui nous a terrassées, c'est la mort de notre guitariste. Et pourtant, nous revoilà. Joan n'a pas pu être ressuscitée, mais notre groupe, si.

J'aurais pu taper du pied et refuser de prendre un groupe en première partie de notre tournée. J'aurais pu m'arranger pour que *I Should Have Kissed You* marche seule en démantelant le duo et en en faisant l'une de nos propres chansons. Il aurait pu arriver tant de choses, et c'est le cas. La plupart des événements étaient imprévus.

Ce qui l'est le plus, c'est que je suis en train d'atteindre l'orgasme avec les doigts de Cleo dans cette chambre d'hôtel new-yorkaise. Cleo Palmer, chanteuse du groupe The Other Women, leader extraordinaire, et elle n'est pas mal non plus avec ses doigts.

Elle les enfonce tout au fond de moi, et j'ai le souffle coupé, je suis un peu défaite, comme si une part de moi était en train de se désagréger, cette part de moi qui en était venue à vivre dans le déni, à ne plus faire ce que j'aimais le plus au monde et à ne plus croire en l'amour.

J'attire Cleo à moi et embrasse ses lèvres divines tandis que les vagues de l'orgasme me traversent, que je me livre entièrement à elle et que, morceau après morceau, je redeviens la Lana Lynch joyeuse et intrépide que j'étais.

CHAPITRE 36
CLEO

Dans le bus qui quitte New York, nous avons tous la gueule de bois. Jess semble plus mal en point que les autres. Elle est emmitouflée sous une couverture, un épais masque de nuit lui mangeant le visage.

— Elle rentrait dans sa chambre en titubant, quand Tessie et moi, on sortait prendre le petit-déj, me chuchote Daphne. Je parie qu'elle a passé sa nuit ailleurs que dans sa chambre.

— Tu rigoles !

Je scrute le visage amusé de Daphne. La gueule de bois collective dont nous souffrons tous semble moins la toucher, peut-être parce qu'elle est amoureuse depuis peu.

Daphne secoue la tête.

— On sait tous qu'elle n'a pas couché avec Lana. Pas après ce baiser.

— À ce propos…

Daphne m'a donné tellement de fil à retordre que je me méfie plus de sa réaction que de celle de Jess.

— T'inquiète, assure-t-elle. On n'est pas obligées de discuter de ça maintenant.

Elle jette un coup d'œil à Jess.

— Si Jessie approuve, alors je devrais finir par m'y faire.

Elle lève les sourcils.

— Avec qui elle a passé la nuit, d'après toi ?

Elle se penche vers moi.

— Entre nous, je parie sur Billie.

— Impossible.

Daphne me contredit d'un hochement de tête.

— Elles se sont parlé toute la soirée. J'ai d'abord pensé qu'elles essayaient de se faire une raison concernant Lana et toi, mais personne ne passe autant de temps sur des trucs pareils en pleine nuit dans un club.

Daphne plisse les lèvres et hoche la tête d'un air confiant.

— Donc, à bien y réfléchir, je crois qu'elles flirtaient.

Jess relève son masque.

— Vous savez, c'est hyper dur de dormir quand il y a deux personnes qui racontent des ragots sur vous à portée de voix.

— Oh, pardon, murmure Daphne. Je croyais que tu comatais.

— Et ça te donne le droit de parler dans mon dos ?

Jess se redresse. Son visage est tout fripé, et elle a des cernes sous les yeux, comme si elle n'avait effectivement pas dormi jusqu'à ce qu'elle rentre en douce dans sa chambre au matin.

— Ce n'était pas dans ton dos pour être exact, plaisante Daphne. Et l'on ne faisait que spéculer.

— Oui, c'est ça.

Sur le coup, Jess n'a pas l'air de vouloir cracher le morceau, jusqu'à ce que son visage s'éclaire d'un sourire.

— Si vous voulez tout savoir, j'étais avec Billie hier soir. Elle est… Euh, oui…

Elle rougit.

— Elle est géniale, en fait. Parfois, on ne voit pas ce qu'on a sous le nez, parce qu'on est trop concentré sur autre chose.

Elle me regarde avec attention.

— Comment s'est passée ta soirée avec Lana ?

— Il va me falloir plus de café avant de pouvoir avoir cette conversation, dis-je.

— *Toi*, comment s'est passée ta nuit avec Billie ? piaule Daphne.

— Tout ce que je peux dire, c'est que c'est une guitariste hors pair et qu'elle a des doigts très agiles.

Jess pousse un petit rire.

— Cette tournée est complètement dingue.

Daphne se glisse sur le siège voisin de Jess.

— Il y a une réu, et on ne m'a pas invité ? s'exclame Tim, qui s'approche de nous.

Il s'installe dans le siège en face de Jess. Autant les rejoindre.

— Ce n'est pas encore une de ses disputes, si ? s'enquiert-il.

— Pour une fois, Tim est à la ramasse, note Jess.

— À la ramasse de quoi ?

Il se frotte les yeux. Nous sommes tous exténués, mais nous ne dormirons pas beaucoup pendant ce trajet en bus. Pas tout de suite. Non seulement nous avons joué trois gros concerts à New York, mais il s'est passé aussi un tas de trucs importants.

Jess parle à Tim de Billie, et je me demande si Billie a parlé de Jess aux membres de son groupe. Elles sont peut-être regroupées toutes les quatre dans le bus des Lady Kings, occupées à repasser les événements de la nuit dernière. C'est facile de le savoir. Tout ce que j'ai à faire, c'est d'appeler Lana. Je peux le faire tout de suite, si ça me chante. J'ai comme l'impression que, lors du prochain voyage en bus, beaucoup interchangeront leur place dans les différents véhicules.

Nous bavardons pendant un moment, la question principale étant de savoir si Billie n'était qu'un coup d'un soir, mais nous pouvons en débattre autant que nous le voudrons, seul le temps nous le dira.

— Je suis le seul qui ne s'est pas encore envoyé en l'air sur cette tournée.

Tim claque de la langue.

— Je suis le seul à prendre cette tournée pour le défi musical qu'elle est, sans céder aux distractions de la chair.

Nous éclatons de rire jusqu'à ce que l'inéluctable fatigue nous rattrape et que nous redevenions silencieux.

— Si vous me permettez…

Je me racle la gorge.

— Je veux m'assurer qu'aucun d'entre vous ne pense que j'ai choisi Lana au détriment du groupe.

Tous trois se mettent immédiatement à protester. Je lève les mains et ils s'arrêtent.

— En fin de compte, ce n'était pas vraiment une question de choix. Vous êtes mes meilleurs amis. Vous êtes la famille que j'ai choisie. On vit les uns avec les autres jour après jour. On monte sur scène et l'on fait de notre mieux pour le public, mais aussi pour nous autres. Je ne pouvais pas rêver meilleurs musiciens que vous et je vous aime tous énormément. Je n'ai jamais eu l'intention de compromettre tout ça. J'ai vraiment besoin que vous le sachiez. Vous trois, vous passerez toujours en premier.

— Mais Lana sait tellement bien lécher la cha… commence Tim, un sourire grivois aux lèvres.

Daphne lui donne une tape sur la tête.

— La ferme, Tim. Ne parle pas de la grande Lana Lynch comme ça.

— Mais il a raison ou pas ?

Jess me regarde, emmitouflée dans sa couverture.

— Vous voulez des potins sur Lana ?

Je porte la main à la poitrine.

— J'étais en train de vous dire à quel point je vous aimais, tel un cri du cœur, et vous, tout ce qui vous intéresse, c'est ça ?

— Sans blague ? rétorque Daphne. On t'aime aussi Cleo, mais oui, on veut savoir comment Lana est au lit.

Je secoue la tête.

— Je ne peux rien déballer.

Au cours de nos années de vie commune, j'ai écouté de

nombreuses confessions dans la chambre à coucher de chacune, et j'en ai fait quelques-unes moi-même. C'est ce que font les groupes, du moins, c'est ce que font les Other Women en tournée. Nous nous racontons tout. Nous partageons des détails de notre vie que des amis qui ne passent pas leur temps ensemble sur la route pourraient peut-être garder pour eux. La bienséance et les autres règles tacites ne s'appliquent pas à nous.

Quand on fait partie d'un groupe, on n'est pas simplement les meilleurs amis du monde. On est amis puissance dix. C'est une amitié plus profonde que toutes celles que j'ai pu connaître, parce qu'elle est mise à rude épreuve. Les bases doivent être solides pour que, quand les choses se compliquent, et c'est toujours le cas, le lien s'étire au lieu de se briser. Les détails de notre vie personnelle constituent la base de ce lien, ainsi que les plaisanteries en pagaille de bon ou de mauvais goût et cette expérience incomparable de jouer ensemble, concert après concert, en sachant que nous nous soutiendrons toujours l'un l'autre sur scène et en dehors de la scène.

— Si vous voulez tout savoir…

J'ai du mal à maîtriser ma voix, alors que les souvenirs de la veille affluent dans ma tête.

— … Lana est aussi extraordinaire que ce que l'on imagine.

Je marque une pause pour l'effet.

— Et même plus.

CHAPITRE 37
LANA

C'est différent d'appeler Cleo sur scène maintenant que cela fait quelques semaines que nous dormons ensemble, même si dormir n'est pas vraiment le bon terme pour décrire ce que nous avons fait dans ces lits d'hôtel.

Une fois la porte refermée, Cleo est la même que sur scène. Séduisante, confiante et toujours un peu imprévisible. En plus, j'ai découvert qu'elle rendait accro.

— Merci d'accueillir…

La foule applaudit avec une telle énergie que je n'ai pas le temps de prononcer le nom de Cleo. La réaction du public lors du rappel a gagné en intensité autant que notre petit numéro, même si je ne peux plus vraiment le qualifier ainsi. Ce que Cleo et moi faisons sur scène, c'est plus qu'un numéro, c'est à cela que le public réagit. Lorsque nous chantons l'une pour l'autre, ça fait des étincelles. Si elles étaient présentes dès la première fois, elles se sont multipliées par mille depuis.

J'attends que le public se calme, savourant chaque seconde de son effervescence et la façon dont j'arrive à jouer avec lui.

— L'incroyable, l'incomparable Cleo Palmer !

Ma voix tonne de fierté. La plupart des personnes ici

présentes doivent être au courant pour Cleo et moi. De nos jours, un baiser fougueux dans une boîte de nuit ne passe plus inaperçu. Les fans du premier rang sont déchaînés et hurlent son nom.

Cleo entre sur scène avec l'irrésistible assurance qui la caractérise. Je jurerais qu'elle gagne encore en confiance chaque soir où je l'appelle sur scène. Les représentations des Other Women ont également suivi l'impulsion du milieu de tournée, ce moment privilégié où tout semble aller comme sur des roulettes, quand tous les musiciens sont sur la même longueur d'onde.

Quand j'ai dit à Cleo l'autre fois qu'elle s'améliorait de jour en jour, elle m'a répondu que c'était parce qu'elle couchait avec la meilleure de la profession. Je l'ai embrassée longuement après qu'elle a dit cela.

Nous commençons à chanter comme nous l'avons toujours fait. J'entonne le premier couplet d'une voix aussi délicate que possible. C'est généralement suffisant pour faire taire le public. Maintenant que Cleo et moi roucoulons ensemble toutes les nuits, ce duo ressemble encore plus à des préliminaires, les plus exquis qui soient, d'autant plus que nous ne pouvons pas nous toucher, en dehors de quelques folies sur scène, ce qui renforce la sensation que tout ceci est le prélude d'une histoire.

La voix de Cleo s'élève pour le premier refrain. À nouveau, elle est magnifique, gardant tout en elle pour l'instant afin de pouvoir tout relâcher plus tard. Curieusement, nous arrivons à être plus disciplinées à présent, peut-être parce que nous savons, dans nos cœurs, ce qui se passera dans la soirée et ce que nous ressentons vraiment l'une pour l'autre. Lorsque vous chantez en duo aussi souvent que nous le faisons et que vous dormez ensemble, vous finissez par avoir l'autre dans la peau. Quand vous faites de la musique ensemble, c'est comme si vous dévoiliez tous vos secrets, comme si vous offriez à l'autre une fenêtre sur votre âme.

Sur scène, Cleo me dit beaucoup de choses qu'elle ne peut ou ne veut pas dire en dehors de la scène. Depuis notre première représentation au Hollywood Bowl, nous avons fait tomber toutes les barrières qui nous séparaient. Nous sommes tombées amoureuses.

Nous gardons nos distances pour le solo de Cleo dans le deuxième couplet et, même si je l'ai vue faire maintes et maintes fois, je n'arrive pas à la quitter des yeux. Comme cette première fois que nous avons vu les Other Women à Los Angeles, j'ai le regard scotché sur elle, car c'est une fête pour les yeux autant que l'écouter l'est pour les oreilles. Elle a tout pour elle. Elle met autant d'émotion dans sa voix que dans la façon dont elle se tient, et elle a quelques mouvements que je copierais bien. Seulement, dans cette chanson, il n'est pas question de déhanchements incroyables ou des tours de passe-passe scéniques. C'est une ballade sur deux personnes qui auraient dû s'embrasser. Elle exige plus de calme que de pétulance, plus de retenue que d'exubérance. Là encore, Cleo excelle, et pas seulement sur scène.

Elle me regarde dans les yeux tout en chantant la dernière ligne du couplet, avant de s'approcher de moi avec ce charme bien à elle, les hanches se balançant sur un rythme silencieux, un rythme que seuls nos cœurs peuvent entendre.

Cleo me rejoint au micro pour le refrain suivant. Le public hurle comme s'il venait de gagner un million de dollars, et nous avons appris à faire durer le plaisir, à étirer cette chanson, pour eux comme pour nous, car quand je suis sur scène avec Cleo, je ne veux plus partir.

C'est le dernier morceau de la soirée, et je devrais être épuisée, mais je ne me sens pas fatiguée. Le fait qu'elle se tienne si près de moi au point que je peux entendre sa respiration me revigore, me fait oublier que je suis proche de la déshydratation et que mes muscles auront besoin d'un bon massage pour récupérer. Elle me fait oublier l'inconfort physique et émotionnel des tournées, comme si, tant d'années plus tard, je réapprenais le métier. Comme si l'on m'avait injecté cette énergie insouciante que j'avais lors de nos premières tournées et que rien d'autre ne comptait. La chanson. La musique. Le moment. Joan toujours à mes côtés. Deb et Sam toujours en soutien. Toute cette magie que nous avons créée. Oui, comment pourrions-nous décrire autrement le fait que quatre êtres se réunissent avec leurs instruments respectifs et produisent un son qui met une foule de gens dans tous ses états ?

Ce que Cleo et moi faisons aujourd'hui ressemble aux Lady Kings des débuts. Je ne peux que le ressentir ainsi, puisque je suis amoureuse. Je suis folle de Cleo. En ce moment, c'est elle qui met de la magie dans ma vie, elle qui me donne l'impression que j'ai à nouveau toutes les raisons de vivre, que je veux faire ce métier jusqu'à ma mort.

Nos voix se bousculent, jouent à cache-cache, jusqu'à ce que nous atteignions l'harmonie parfaite, ces quelques notes à couper le souffle avant le bouquet final de la chanson et du concert.

Nous entonnons ensemble le dernier refrain. Nos doigts se rencontrent, et nous les croisons avant de nous prendre la main pour ne pas la lâcher de sitôt. Pendant tout ce temps, les yeux bleus de Cleo sont braqués sur moi. Toute son attention est tournée vers moi.

J'aurais dû t'embrasser il y a longtemps, chantons-nous à l'unisson. Nous tenons la dernière note, la voix de Cleo est aiguë et forte, la mienne basse et rendue rocailleuse par la vie et l'âge.

Pendant cette fraction de seconde entre la fin de la chanson et la déflagration des acclamations du public, je lève la main et demande le silence.

— Et puis je l'ai fait, dis-je dans le micro.

Le public retient son souffle. Je comble la distance qui me sépare de Cleo. Intérieurement, je me fends d'un large sourire, tandis que ma bouche rencontre la sienne.

Je l'embrasse devant tout le monde. Je la serre contre moi et plaque mes lèvres sur les siennes. Nous sommes peut-être sur scène, mais ce baiser n'a rien de factice. C'est un vrai baiser, qui libère toute l'énergie que nous avons créée en chantant ce duo et tous ceux qui l'ont précédé. J'ouvre la bouche et laisse Cleo y entrer.

La foule crie de joie. J'entends quelques applaudissements en coulisses. Seulement, je ne fais pas ça pour les autres. Je le fais pour nous, pour toutes les émotions qui fleurissent dans mon cœur.

J'embrasse Cleo parce que j'aurais dû l'embrasser il y a longtemps.

À PROPOS DE HARPER BLISS

Harper Bliss est l'autrice de plus de quarante romances saphiques très populaires chez les amateurs anglophones du genre. Plusieurs de ses romances ont été traduites en français, dont *A propos de ce baiser* et *Une affaire de famille*.

Après avoir vécu à Hong Kong pendant sept ans, elle est revenue s'installer dans sa Belgique natale, où elle vit dans sa ville préférée avec son épouse, Caroline, et son chat, Dolly Purrton. Elle envisage d'ajouter un chien à la famille, du moins si Dolly le permet.

Harper adore être en contact avec ses lecteurs, que ce soit par email ou dans son groupe Facebook.

www.harperbliss.com
harper@harperbliss.com

ÉGALEMENT DISPONIBLES

Un baiser et tout a changé

Une affaire de famille

À propos de ce baiser

Sous nos étoiles

Un jour ma princesse viendra (avec Clare Lydon)